도서관에는 마녀가 필요하다

fiore t

도서관에는 마녀가 필요하다 2

초판 1쇄 인쇄 2017년 12월 12일
초판 1쇄 발행 2017년 12월 19일

지은이 이청
발행인 오영배
기획 박성인
책임편집 김보나
디자인 권지연
제작 조하늬

펴낸 곳 (주)삼양출판사 · 피오렛
주소 서울시 강북구 도봉로 173
대표 전화 02-980-2112 **팩스** / 02-983-0660
편집부 전화 02-980-2116 **팩스** / 02-983-8201
출판등록 1999년 3월 11일 제9-00046호

ISBN 979-11-283-9313-6 (04810) / 979-11-283-9311-2 (세트)

+ 이 도서의 국립중앙도서관 출판시도서목록(CIP)은 서지정보유통지원시스템홈페이지(http://seoji.nl.go.kr)와 국가자료공동목록시스템(http://www.nl.go.kr/kolisnet)에서 이용하실 수 있습니다. (CIP제어번호: 2017032878)

fiore ret 은 (주)삼양출판사의 로맨스 판타지 문학 브랜드입니다.

도서관에는 마녀가 필요하다

2

이청 장편소설

fioret

Contants

5.
도서관에는 암살자가 필요 없다

베시가 은빛 매 기사들을 순조롭게 무급 노예, 아니 노동자, 아니 봉사 활동자로 삼은 지 어언 삼 일째 되던 날. 마치 공사현장에서나 들려올법한 요란한 소음이 도서관 안에서 울려 퍼지고 있었다.

쿵, 쿵, 쾅—!

관장실에서 두툼한 서류 더미에 파묻혀 있던 베시는 1층에서 들려오는 소리에 얼굴을 팍 찌푸렸다. 대체 뭐가 이리 소란스럽담.

기억을 더듬어보니 은빛 매 기사들에게 망가진 책장을 도서관 밖으로 옮기는 작업을 하라 일러둔 것이 떠올랐다. 아마 이네딧 부인이 베시를 대신하여 그들을 감독하고 있을 터였다. 이 소리로 짐작하자면 일을 하고는 있는 모양이었다. 문제는 '잘' 하고 있는지는 알 수 없다는 점이지만.

어디 한번 보러 가 볼까.

베시는 자신이 없어도 은빛 매 기사들이 제대로 일하고 있는지 확인하기 위해 자리에서 일어섰다. 가볍게 기지개를 편 그녀는 곧바로 관장실을 빠져나와 계단을 내려섰다. 하지만 그녀가 1층 복도를 발로 밟기도 전에 짜증스러운 목소리가 들려왔다.

"대체 여긴 먼지가 왜 이렇게 많은 거야!"

콜록거리는 기침 소리에 섞여 나온 투덜거림에 연이어 다른 소리가 뒤따라 들렸다.

"그러니까 말이야. 여긴 일하는 사람도 없나? 아무리 외성에 있어도 그렇지 명색이 공립 시설의 관리가 이 모양인 게 말이 돼?"

"차라리 돼지우리가 더 깨끗하겠네."

베시는 소리 없이 1층 복도에 서서 손보다도 입을 더 분주히 놀리는 은빛 매 기사들을 지켜보았다. 그들 중 가장 목소리가 우렁찬 건, 부단장인 랜돌프였다.

"이제까지 책임자는 뭘 한 거야? 이건 엄연한 직무 유기나 다름없잖아!"

"부단장님 말씀이 맞습니다. 감사부에서 조사를 해야 합니다!"

"책임자 나오라고 해!"

기사들이 고삐 풀린 망아지인 양 소란을 피워대기 시작하자 베시의 눈썹이 꿈틀거렸다. 저렇게까지 애타게 자신을 찾아 대는 이들을 보니 앞으로 나서고 싶은 마음이 간절하였다.

그러나 베시가 그들 앞에 모습을 드러내기 전에 먼저 그들의 폭동을 저지하려는 이가 있었다.

"기사님들! 지금 뭣들 하시는 겁니까? 입이 아니라 손을 움직이세요, 손을!"

자신보다 머리 두어 개는 더 큰 기사들 앞에서도 당당하게 나선 건 다름 아닌 이네딧 부인이었다. 그 멋진 모습에 기시감을 느낀 베시는 무심코 박수를 칠 뻔하였다.

"뭐, 뭐야. 감히 얻다 대고 소리를—"

랜돌프가 딱딱하게 굳은 얼굴로 이네딧 부인에게 이빨을 드러냈지만, 부인은 전혀 개의치 않았다. 오히려 한 걸음 앞으로 나서서 꼿꼿하게 허리를 핀 채, 말했다.

"좀 있으면 관장님이 검사를 하러 오실 겁니다."

'관장'이라는 말이 나온 순간, 순식간에 불온한 정적이 감돌았다. 베시는 랜돌프를 포함한 은빛 매 기사 전원이 새하얗게 질렸다가 새빨갛게 변하는 놀라운 광경을 목격할 수 있었다.

"지, 지금 협박하는 건가? 누, 누가 그런 마녀를 무서워할 줄 알고!"

딴에는 호기롭게 외친다고 한 것이겠지만, 랜돌프의 목소리가 살짝 떨리고 있었다. 오호라. 내가 하나도 안 무섭다 이거지?

베시가 히죽 웃었다. 그녀의 마음속 깊은 곳, 아니 얕은 곳에도 자리 잡고 있는 심술기가 고개를 번쩍 들었다. 그녀는 망설임 없이 주머니에서 수첩을 꺼내 그 위에 몇 줄을 적었다.

"노튼 경. 저는 지금 협박을 입에 담는 것이 아닙니다. 어디까지나—"

이네딧 부인이 구구절절한 잔소리를 시작하자 베시는 기척을 죽이고 부인의 뒤에 섰다. 그리고 이네딧 부인의 어깨 위에서 고개를 삐죽 내밀어 은빛 매 기사들과 얼굴을 마주하였다. 베시의 얼굴을 본 은빛 매 기사들의 얼굴이 삽시간에 굳어졌다.

"너—!"

랜돌프가 무언가를 말하려고 했지만, 이네딧 부인의 끝없는 잔소리에 그 목소리를 묻혀 버리고 말았다.

그사이, 베시는 히죽거리는 얼굴로 손에 든 종이를 팔랑팔랑 흔들어 보였다.

그러자 은빛 매 기사들이 헉, 하는 신음을 흘리며 굳어 버렸다. 그중에는 몸을 감추듯 양팔로 제 가슴을 가리는 자도 있었고, 사타구니를 보호하려는 듯 어색하게 손을 꼼지락거리는 자도 있었다. 모두 이미 베시의 마법에 호된 고통을 경험해 본 자들의 반응이었다.

그것을 본 베시는 더욱 신이 났다.

단언컨대 세상에서 가장 즐거운 순간은 역시 입만 산 인간을 재주껏 놀려 먹을 때였다. 하물며 상대가 저 은빛 매 기사단이라면 두말할 필요도 없었다.

수첩을 높이 들어 올린 베시는 눈빛과 손짓으로 경고하였다. 이네딧 부인 말 안 들으면 알지?

소리 없는 협박은 아주 유효하였다.

"시, 시간이 벌써 이렇게 되었나! 어, 어서 채, 책장을 옮기도록 하지!"

"그, 그렇죠, 부단장님! 이, 이런 것도 다 수련의 일종이라고 생각하면……."

기사들이 앞 다투어 낡은 책장으로 손을 뻗었다. 그들의 키만 한 책장이 순식간에 하나둘 밖으로 옮겨지기 시작하였다.

이네딧 부인은 갑자기 달라진 기사들의 태도에 어리둥절한 얼굴로 고개를 갸웃하였다. 그것을 흐뭇하게 지켜보던 베시는 이네딧 부인이 뒤를 돌아보기 전에 서둘러 자리를 피했다. 지금 일은 이네딧 부인에게 맡겨 둔 것이었으니 자신이 참견을 했다는 걸 굳이 알리고 싶지는 않았다.

아, 즐거웠어. 이제 다시 일이나 해야겠다. 기분 전환을 마친 베시는 관장실로 돌아가려 하였다. 낡은 계단 층계를 최대한 조심스레 밟고 올라가던 베시는 무언가 석연치 않은 것을 느끼고 멈칫하였다.

고개를 든 그녀는 2층의 복도 끝으로 시선을 주었다. 기분 탓이 아니라면 방금 저 너머에서 무언가가 부스럭거리는 소리를 들은 것 같았다.

저스틴 군인가? 아니, 그럴 리가 없는데. 베시는 곧바로 저스틴이 지금 이 도서관 안에 없다는 사실을 기억해 냈다. 아침 댓바람부터 크리스가 그를 호출한 탓에 저스틴은 지금 황태자의 집무실에 있었다.

그렇다면 저건 대체 뭘까?

애당초 두려움보다는 호기심이 더 강한 베시는 3층으로 올라가려던 발걸음을 돌려 2층의 복도를 걸었다. 수상한 소리가 들린 것은 복도 가장 끝에 있는 전문 서적 열람실이었다.

열람실 문 앞에 선 베시는 문이 아주 살짝 열려 있다는 것을 깨닫고, 미간을 찌푸렸다. 아무래도 기척을 느낀 건 착각이 아닌 모양이었다. 그녀는 먼저 벌어진 문틈 안을 들여다본 후, 천천히 문을 열었다.

끼이익— 낡은 문이 삐걱거리며 열리자 어두운 열람실 안의 전경이 한눈에 들어왔다.

아직 정리가 되지 않아 대충 쌓아 둔 서적들 사이로 무언가 불룩한 것이 보였다. 어둠 속에서도 사시나무처럼 바들바들 떠는 것이 똑똑히 보였다.

사람이었다. 아주 작은 체구의.

베시는 열람실에 숨어든 것이 어린아이라는 것을 바로 깨달았다.

대체 여길 어떻게? 아니, 그보다도 왜 저기에 있는 거지? 머릿속에 떠오른 의문은 여러 가지였지만, 일단 해야 할 일은 하나였다.

"거기, 다 보이니까 이만 나오지 그러니?"

딴에는 부드러운 목소리를 냈지만, 웅크린 아이는 힉— 비명을 지르며 더더욱 움츠러들었다.

아무래도 단단히 겁을 먹은 모양이었다.

한숨을 푹 쉰 베시는 문을 활짝 연 채로 성큼성큼 안으로 들어갔다. 베시의 걸음이 가까워질수록 아이의 몸이 바윗돌처럼 단단히 굳어 갔다.

바로 근처까지 다가간 베시는 아이의 눈높이에 맞추듯 몸을 숙였다.

"여기 어둡고, 먼지도 많고 별로지 않아? 나랑 같이 나가서 맛난 컵케이크 안 먹을래?"

베시의 목소리가 전에 없이 상냥하였다. 얼굴을 무릎 사이에 파묻고 있던 아이가 천천히 고개를 들었다. 조그만 얼굴에는 눈물과 콧물, 그리고 땀이 엉망으로 엉겨 붙어 있었다. 그 모습을 보니 없던 동정심도 생길 지경이었다. 베시는 더욱 다정한 목소리로 아이를 얼렀다.

"일단 여기서 나가자. 응?"

아이가 놀라지 않도록 베시가 조심스럽게 손을 내밀었다. 한참을 머뭇거리던 아이는 주춤거리더니 덜덜 떨며 베시의 손을 잡았다. 굳은살이 군데군데 박힌 작은 손이었다.

손을 마주잡은 채, 베시는 아이를 데리고 열람실을 빠져나왔다.

조금 밝은 곳으로 나와 보니 아이는 그녀의 까마귀, 에릭보다도 어려 보였다.

베시는 우선 아이를 데리고 관장실로 향하였다. 머그잔에 꿀을 듬뿍 넣은 우유를 담아 건네준 그녀는 자신이 말한 대로 맛난 컵케이크도 꺼내 주었다. 아이는 그것을 입에 대지 않았지만, 어느 정도는 진정이 된 모양이었다.

"음― 일단 이름이 뭔지 좀 물어봐도 될까?"

아이에게 묻고 싶은 것이 한둘이 아니었지만, 베시는 일단 가장 기본적인 것부터 시작하기로 하였다. 커다란 눈을 데굴데굴 굴리며 눈치를 보던 아이는 순순히 이름을 밝혔다.

"피, 피터요."

"좋아, 피터. 그럼 이제부터 내가 궁금한 걸 몇 가지 좀 물어볼게. 일단 어떻게 여기 들어온 건지 말해 줄 수 있니? 여길 들어오려면 문지기 아저씨들의 허락을 받아야 하는데."

아무리 본성이 아니더라도 도서관이 있는 외성에 들어오기 위해서는 기본적인 신분 조사가 이루어졌다.

만일 이 아이가 문지기들의 눈을 피해 이곳까지 숨어든 것이라면 이건 여간 심각한 문제가 아니었다. 피터의 대답 여부에 따라 베시는 당장 크리스를 찾아가야 할지도 모른다고 생각하였다. 하지만 다행스럽게도 베시의 우려는 기우였다.

"저, 저는 배달을, 배달을 하러 들어와요."

더듬더듬 말한 아이는 그것만으로는 부족하다 생각했는지 품속에서 무언가 하나를 꺼내 들었다. 엉겁결에 그것을 받아 든 베시는 제 손에 있는 것이 아이의 신분 확인서라는 걸 깨달았다.

'아, 심부름을 다니는 아이구나.'

원래 외성에는 도서관을 비롯하여 일반인이 출입 가능한 관공서가 있는데, 그 곳에서 근무하는 공무원들은 심부름을 하는 아이를 따로 고용하는 경우가 종종 있었다.

아이들의 주된 일은 배달이었다. 고용주가 집에 두고 온 물건부터 그들이 먹을 간식거리까지. 눈치가 빠르고 재주가 좋은 아이는 여러 명의 심부름을 하며 제법 쏠쏠한 수입을 자랑하기도 하였다.

신분 확인서를 확인한 베시는 피터에게 그것을 돌려주었다.

"좋아, 피터. 그럼 심부름꾼인 네가 도서관에는 왜 온 거니? 혹시 누가 심부름으로 책이라도 빌려 오라고 한 거야?"

사실 그럴 가능성은 매우 희박하였다. 공지를 해 두었으니 국립도서관이 정비 기간 동안 임시 휴장이라는 걸 모르는 이들은 없을 터였다.

허나 혹시 또 모르는 일 아닌가. 심부름꾼 아이를 골탕 먹이며 즐거워하는 괴팍한 성격의 고용주가 있을지도.

여러 가지 가능성을 염두에 둔 베시의 질문에 아이는 고개를 푹 숙였다. 조금 전과 달리 피터는 쉽게 대답을 하지 못했다.

한참을 머뭇거리던 아이의 입이 벌어진 순간, 그 입에서 나온 것은 전혀 예상 밖의 말이었다.

* * *

아침부터 쓸데없는 기력을 소모했군.

속으로 혀를 쯧, 찬 저스틴은 신경질적으로 머리를 쓸어 넘겼다.

평소처럼 도서관에서 이네딧 부인을 도와 잡일거리를 하려던 그를 부른 건 황태자였다. 급한 일이라도 생긴 건가 싶어서 달려가 보니 그는 티타임이라는 명목으로 1시간이나 아까운 시간을 쓰게 만들었다.

오전부터 뭐가 좋아서 전하랑 얼굴을 마주하고 차를 마셔야 한단 말인가. 저스틴이 그렇게 볼멘소리를 내자 크리스는 옳다구나, 하는 얼굴로 이렇게 말했었다.

'그럼 베시를 데려올까?'

대체 그 여자는 왜— 저스틴은 얼굴을 팍 찌푸리며 온몸으로 거부반응을 보였고, 크리스는 그런 저스틴을 보며 즐거워하였다.

크리스가 혼자 멋대로 떠들어 대는 화제의 절반은 자신이 요새 만나는 여성들에 관한 것이고, 절반은 은빛 매 기사를 노예처럼 부려 먹는 베시에 대한 것이었다.

어느 쪽이든 생물학적 성별이 같은 대상에 대한 이야기긴 했지만, 저스틴은 일단 베시의 이야기는 크리스가 평소에 하는 여자 이야기와는 다른 범주라고 생각하기로 했다.

결국 황태자의 목적이 무엇인지 알지 못한 채, 저스틴은 맛도 모를 홍차나 한 잔 마시고 도서관으로 돌아오는 길이었다.

정문으로 들어서려던 저스틴은 문득 은빛 매 기사단의 훈련장에서 소란스러운 소리가 들려온다는 걸 깨달았다. 놀라울 정도로 기사로서의 무게감이 없는 자들이라 욕하며 저스틴은 발걸음을 돌렸다. 그의 기억이 맞는다면 그들은 분명 1층에 있던 책장 중 쓸모없는 것들을 밖으로 옮기는 작업을 해야만 했다.

만약 해야 할 일을 제쳐 두고, 농땡이를 피우고 있는 거라면 그들을 괴롭혀 줄 명분이 충분했다. 가뜩이나 크리스와의 무의미한 시간 소모에 신경질이 나 있던 저스틴은 손가락을 까닥거리며 훈련장 문 앞에 섰다.

그 너머에서 시끌시끌한 욕지거리가 들려왔다.

"그 망할 여자! 마음 같아서는 목이라도 졸라 없애 버리고 싶지 않나?"

"내 말이 그 말이야! 어디서 신분도 낮은 평민 계집이 그렇게 설쳐 대는지."

"흥, 꼴에 황태자 전하의 총애를 받는다고 까부는 거지."

비열한 헛소리가 이어지자 저스틴의 무표정하던 얼굴에 서늘한 분노가 감돌았다. 그는 자신이 화가 났다는 것도 깨닫지 못한 채, 살기를 감추기 위해 무던히 노력해야만 했다.

"하지만 요새도 전하는 공사가 다망하신 모양이던데. 그 왜 있잖아. 벨라 영애랑 얼마 전에도 오페라 극장에서 말이야."

"아아, 나도 들었네. 그날 벨라 영애가 입고 온 드레스가 굉장했다면서? 전하께서 즐거운 밤을 보내셨겠군."

"전하가 그 마녀를 예뻐하시는 이유를 모르겠군. 그 계집은 딱히 인물이 뛰어나지도 않잖아."

"그거야 혹시 또 모르지. 뭔가 다른 이유가 있을지도. 안 그래?"

어떤 자의 목소리 속에는 난잡하고 추잡한 것을 상상하는 기색이 역력하였다. 낄낄거리는 웃음소리가 들리자 저스틴의 미간 사이 주름이 깊어졌다. 그사이에도 음담패설이 이어졌다.

저만 것들도 기사라고.

불쾌함을 견디지 못했던 저스틴이 훈련장 안으로 불쑥 들어가려던 때였다.

"아무래도 안 되겠어. 그 여자, 혼쭐을 한번 내줘야겠어."

분노와 증오가 담긴 목소리는 랜돌프의 것이었다. 저스틴이 멈칫하였다.

무언가 좋지 않은 예감이 들었다.

아니나 다를까. 랜돌프가 연이어 입 밖으로 낸 것은 끔찍한 소리였다.

"사고라도 한번 당하면 얌전해지지 않겠어?"

사고? 저스틴은 피가 차갑게 식는 것을 느꼈다.

“하, 하지만 부단장님. 상대는 마녀—”

“제아무리 마녀라도 신은 아니지. 틈을 노리면 분명 기회는 있을 거다.”

랜돌프는 무언가 대단한 일을 하려고 하는 것처럼 떠들어 대고 있었다. 처음에는 머뭇거리던 은빛 매 기사들이 하나둘 부단장에게 동조를 하고 나섰다.

“하긴 그건 그렇죠! 제 아무리 마녀라고 하더라도 결국은 평범한 계집이니까요.”

“맞습니다. 틈을 노려서 기습하면 분명 그 마녀도 어쩔 도리가 없을 겁니다!”

저스틴이 주먹을 꾹 쥐었다. 자신이 어떻게 할 수 없다 느끼는 대상을 해치기 위해 비열한 계획을 세우는 저자가 같은 기사라는 것이 수치스러울 지경이었다. 분노한 저스틴이 무심코 살기를 흘렸다. 저들에게 다시는 저런 엉뚱한 마음을 품지 못하게 만들어주어야 하는 게 아닐까. 다리를 하나 부러트린다거나 팔을 좀 못 쓰게 만든다거나.

안으로 쳐들어가고 싶은 마음과 이대로 조용히 자리를 떠나고 싶은 마음 사이에서 갈등하던 저스틴은 어느새 문 너머가 조용해졌다는 것을 깨달았다.

아, 실수했군.

아무리 이러니저러니 해도 은빛 매 기사들 역시 제국의 기사였다. 저스틴이 내뿜은 흉흉한 살기를 눈치채지 못할 정도면 진즉 기사 작위를 반납해야 했을 터였다.

기왕 들킨 거, 못이라도 박자는 생각에 저스틴은 불쑥 훈련장 안으로 들어섰다.

"안녕하십니까."

"저, 스틴 하이네 경."

랜돌프가 딱딱하게 굳은 얼굴로 저스틴을 보았다. 저렇게 표정 관리가 안 되어서야, 원. 살기를 제대로 통제하지 못했던 제가 할 생각은 아니었건만, 저스틴은 속으로 혀를 끌끌 찼다.

"다들 하시던 일은 끝내고 노는 겁니까?"

마치 숙제를 검사하는 학교 선생님 같은 말투에 기사들의 얼굴이 일그러졌다. 발끈한 기사 한 명은 벌떡 일어서서 목청을 높이기도 하였다.

"노, 놀다니! 우린 정당한 휴식을 취하는 걸세!"

저스틴은 코웃음을 쳤다.

"정당한 휴식이라고 말할 정도로 일을 하긴 했습니까?"

"오늘 할 일은 다 했네! 그래서 이네딧 부인도—"

"맞아! 우린 정말 할 거 다 했네! 그 마, 아니 관장도 오늘은 책장만 옮기면 다른 건 안 해도 된다고 했고."

기사들이 하나둘씩 입을 열자 훈련장 안이 금세 시끄러워졌다.

저스틴은 그 와중에도 랜돌프 혼자 침묵을 지키고 있다는 걸 깨달았다. 딱딱하게 굳은 얼굴을 보고 있자니 픽 웃음이 새어 나왔다.

랜돌프는 긴장하고 있었다. 저스틴이 어디서부터 어디까지 자신들의 말을 엿들은 것인지를 짐작하려는 것처럼 우둔한 눈이 분주히 움직였다.

"랜돌프 노튼 경."

저스틴은 한 걸음 앞으로 나아갔다. 랜돌프와의 거리가 가까워지자 그는 곧바로 그의 어깨를 움켜쥐었다.

처음부터 인정사정 봐주지 않는 거친 손길에 랜돌프의 얼굴이 일그러졌다. 우당탕 소리를 내며 은빛 매 기사들이 자리에서 벌떡 일어섰다. 성미 급한 자 중에는 제 검을 찾는 자도 있었다.

"어깨에 먼지가 묻어 있습니다."

웃는 얼굴로 저스틴이 손에 힘을 주었다. 그의 악력은 맨손으로 돌처럼 단단한 과일을 박살 낼 수 있을 정도로 강력했다. 오죽하면 가까운 이들이 저스틴을 향해 전생에 곰이었냐고 물은 적도 있을 정도였으니까. 그 강력한 손아귀에 어깨를 잡힌 랜돌프의 얼굴이 핏기 하나 없이 질려 버렸다.

"조심하셔야겠습니다. 이렇게 주의력이 없으셔서야 어디서 무슨 '사고'를 당할지 알 수가 없으니."

저스틴이 은근히 사고라는 단어를 강조하자 랜돌프가 눈을 커다랗게 뜨며 굳어버렸다. 아주 불만한 얼굴이었다. 그 반응에 만족하며 저스틴은 천천히 손을 떼어 냈다. 랜돌프의 어깨가 미세하게 떨리고 있었다. 은빛 매 기사들의 경계 어린 눈빛 속에서 저스틴은 태연하게 입을 열었다.

"정당한 휴식을 취하시는데 제가 괜한 방해를 했군요. 계속 쉬시죠."

아예 영영 쉬든가. 마지막 말은 입 속에 꾹꾹 눌러 담은 채, 저스틴은 등을 돌렸다.

그의 등으로 살기와 악의가 빗줄기처럼 쏟아져 내렸다. 정직 처분을 받은 주제에 나댄다는 빈정거림도 한 마디 들려왔다. 하지만 저스틴은 코웃음 한 번으로 그것을 무시하였다. 저에 대한 욕이나 비난으로 인해 화가 나지는 않았다.

'흥, 꼴에 황태자 전하의 총애를 받는다고 까부는 거지.'

그 여자가 전하를 믿고 안하무인으로 행동한다고? 말도 안 되는 소리였다. 베시 에일이라는 여자를 전혀 알지 못하는 자들의 헛소리니 마음에 담아둘 필요는 없었다. 그런데도 화를 가라앉히는 것이 쉽지가 않았다. 분을 삭이려고 할 때마다 그들이 억측으로 떠들어댄 헛소문이 떠올랐다. 그리고 제일 마지막으로 마음에 스며든 것은 랜돌프가 던졌던 의미심장한 한 마디였다.

'그 여자, 혼쭐을 한번 내줘야겠어.'

훈련장을 빠져 나온 저스틴은 거칠게 발걸음 소리를 내며 도서관으로 돌아왔다. 당장 베시의 안전을 확인하고 싶었다.

갑작스럽게 들이닥친 자신을 보고 그녀가 무슨 일이냐고 묻는다면 어떻게 대답해야 할지도 이미 생각해 둔 상태였다.

'랜돌프 노튼 경이 당신을 노리고 있습니다. 신변에 각별히 주의하십시오. 그리고 괜찮을 거라 자신하지 마십시오. 상대는 어쨌거나 제국의 기사, 그것도 한 기사단의 부단장입니다. 당신이 그들에게 미움받고 있다는 자각을 제발 가지란 말입니다.'

로비에서 이네딧 부인이 아는 척 인사를 했을 때, 건성으로 인사를 받아넘긴 그는 계단을 올랐다. 서둘러 관장실의 문 앞에 막 도착한 저스틴은 문 너머에 베시 외의 기척이 있다는 것을 깨달았다.

순간, 간담이 서늘해졌다.

하지만 그는 곧 문 너머의 기척이 아무런 살기도, 악의도 품지 않았다는 걸 깨달았다.

조금 더 주의를 기울여 보니 그 기척은 약하고, 작은 것이었다.

저스틴은 문손잡이를 잡은 뒤 아주 조심스레 관장실의 문을 열었다.

열린 문 너머로 고개를 푹 숙이고 있는 아이의 모습과 베시의 모습이 들어왔다. 그것을 보니 맥이 탁 풀렸다.

"응? 방금 뭐라고 했니, 피터?"

아이가 무슨 말을 한 걸까? 아니, 애초에 저 아이는 대체 누구기에 여기에 있는 거지?

저스틴의 머릿속에 순식간에 여러 가지 의문이 가득 찼다.

하지만 그가 깊은 생각에 잠기기도 전에 아이가 조금 겁먹은 목소리가 들려왔다.

"책을…… 책을 보고 싶었어요."

죄송해요. 아이가 큰 죄를 지은 것처럼 고개를 숙이며 덧붙인 것은 사죄였다. 마치 금방이라도 울음을 터트릴 것만 같은 목소리였다.

"그랬구나. 근데, 피터 어쩌지? 지금은 도서관에 있는 책들을 정리하는 기간이라서 책을 빌려줄 수가 없는데. 개관을 다시 하면 그때 찾아와 줄래?"

관장실에서 들려오는 베시의 음성은 따스했다. 저스틴이 그간 한 번도 들어보지 못한 친절한 음색이었다.

아니, 애초에 그렇게 오래 알고 지낸 사이가 아니니 '그간'이라는 표현은 어색할지도 모른다.

그러나 저스틴은 지금 베시의 모습이 평소의 그녀와는 전혀 다르다고 느끼고 있었다. 소매치기 소년을 감쌀 때도 그랬지만, 아무래도 저 여자는 어울리지도 않게 아이에게 약한 모양이었다.

"화, 화 안 내세요?"

"음, 몰래 숨어든 건 좋지 않지만, 딱히 나쁜 일은 한 건 아니잖니? 괜찮아. 화 안 내."

"하, 지만…… 제가, 저, 책을…… 감히……."

아이가 말을 더듬으며 어쩔 줄 몰라 하였다. 본의 아니게 대화를 엿듣고 있는 저스틴에게도 피터가 무언가를 두려워하는지가 훤히 보였다.

"……언제나 도서관에서 책을 몰래 봤니?"

국립도서관은 공식적으로는 제국민 모두에게 열린 곳이었다.

하지만 이 도서관을 정말 제국민 '모두'가 이 도서관을 이용할 수 있는 건 아니었다. 도서관은 적어도 기본적인 교육을 이수한 자들이나 그런 환경이 뒷받침된 가정에서 자란 사람들이 이용할 수 있는 공간이었다.

초라한 행색으로 짐작건대, 피터는 그런 가정의 아이가 아닌 게 분명했다.

"죄송해요, 죄송합니다."

자신이 야단맞을 것이라고 생각한지 아이가 어깨를 잔뜩 움츠리고 있었다.

저스틴은 어쩐지 입맛이 썼기에 몸을 돌려 벽에 등을 기대었다. 안정적인 번영을 누리고 있는 베이론 제국에도 저런 아이들은 얼마든지 있었다. 한창 부모에게 어리광을 부릴 나이에도 집 밖에 나와 가장 노릇을 해야 하는 아이들. 벽에 기댄 그가 팔짱을 낀 채, 고개를 숙였다.

그가 눈을 뗀 사이에도 열린 문틈에서 여전히 말소리가 들려왔다.

"다시는, 아, 안 올 테니까 제발……."

"어떤 책을 제일 좋아해?"

애걸하려던 아이의 목소리를 끊은 것은 베시의 목소리였다. 한동안의 침묵. 곧 개미처럼 작은 소리로 피터가 말했다.

"……헤르멘의 역사 탐구요."

남들보다 청각이 월등히 좋은 저스틴은 아이의 입에서 나온 책 이름을 듣고 고개를 옆으로 기울였다. 타이틀로 짐작하건대 어린애가 재밌게 읽을 만한 책은 아닌 것 같았다.

아니나 다를까, 베시가 가볍게 감탄하는 소리가 들려왔다.

"헤르멘의 역사 탐구? 정말? 그거 내용 전부 이해가 가긴 해? 아, 아냐. 뭐라고 하는 게 아니라 진짜 궁금해서. 그것 꽤 어려운 내용인데, 재미있어서 읽는 거야?"

"글자가 어렵, 지만…… 재미있어요. 스타이더 건국사도 그렇고요. 엘라고 전쟁에 대한 기록도……."

베시의 말에 용기를 얻은 것인지 피터가 한결 편한 어조로 자신이 왜 그 책을 좋아하는지를 털어놓았다. 베시는 맞장구를 쳐주기도 하고, 몇 가지 말을 덧붙이기도 하였다. 조용히 베시와 대화를 나누던 아이가 머뭇거리며 묻는 소리가 들려왔다.

"저기, 화 안 내세요? 저는……."

"글자는 학교에서 배웠어? 아니면 누군가가 가르쳐 준 거니?"

"……혼자서요."

짧은 대답이지만, 그 대답 안에 아이에 대한 모든 정보가 담겨 있었다.

저스틴은 팔짱을 낀 채, 고개를 들어 올렸다. 그가 거미줄이 처진 천장을 가만히 올려다보고 있는 사이, 베시의 목소리가 들렸다.

"그렇구나. 음…… 그래. 그렇겠지. 있지, 피터. 잠깐만 기다려 볼래?"

그렇게 말한 그녀가 움직이는 기척이 느껴졌다.

부스럭거리는 소리, 달그럭거리는 소리. 그 다음으로 들린 것은 툭툭, 무언가를 털어 내는 소리였다.

"자, 이거."

호기심이 동한 저스틴은 슬그머니 벽에서 몸을 떼어 문틈 안을 들여다보았다.

베시가 아이에게 책 한 권을 건네고 있는 모습이 보였다.

아이는 쉽사리 책을 받아 들지 못하고 어쩔 줄 몰라 하였다. 베시는 아이의 당황을 이해한다는 것처럼 웃더니 피터의 손에 억지로 책을 쥐어 주었다.

"저, 이, 이거—!"

"빌려줄게. 다 보면 가져와. 그럼 또 다른 걸 빌려줄 테니까."

베시의 웃음이 말갛게 부서지는 햇빛 같았다. 이곳에서는 처음 보는 얼굴이었다. 저스틴은 자신이 한 번도 본 적 없는 그녀의 그 얼굴이 싫지 않았다.

아니, 오히려 좋다고 느꼈다.

맛있는 음식을 먹을 때의 행복한 그녀처럼, 아이를 향해 다정한 미소를 보내는 지금의 그녀가 보기 좋았다.

"지금 네가 무슨 생각을 하고 있을지 알아. 어째서 생전 처음 보는 어른이 나한테 상냥하게 구는 걸까 의심스럽지? 알아. 나도 그랬거든. 근데 말이야. 참 신기하게도 세상에는 정말 이유 없는 친절을 베푸는 어른이란 것도 있더라고."

아이가 책을 잘 쥐고 있다는 걸 확인한 베시가 책상 앞에 놓인 의자로 돌아가 털썩 주저앉았다. 높게 쌓인 서류더미 너머로 베시가 피터의 눈을 들여다보았다.

"나도 받은 적 있어. 이유 없는 친절이라는 거. 그 덕인지 나도 가끔 타인에게 이유 없는 친절이라는 걸 베풀고 싶을 때가 있어. 요컨대 이건 변덕이란다."

장난스럽게 베시가 어깨를 으쓱하였다. 정말 변덕을 부리는 것이라고 말하는 것처럼. 하지만 저스틴은 그녀가 부끄러움을 감추려고 하는 것 같다는 느낌을 지울 수 없었다.

"뭐, 내 변덕이 정 부담스러우면 내 부탁이라도 하나 들어주렴."

"부탁이요?"

베시의 말에 피터가 고개를 번쩍 들어 올린다. 주고받는 관계가 익숙한 아이에게는 이 말이 더 받아들이기 쉬운 모양이었다. 베시는 책상 위에 턱을 괸 채, 고개를 끄덕였다.

"있지. 앞으로 사람들을 만날 때마다 도서관의 새 관장인 마녀가 얼마나 좋은 사람인지에 대해서 말해 줄래? 그냥 좋은 게 아니라 엄청 좋은 사람이라고 말이야."

그 부탁에 아이가 잠시 대꾸 없이 앉아 있었다. 굳어 버린 것인지 겁을 먹은 것인지, 혹은 다른 무엇을 느끼는 것인지 알 수 없는 모습이었다.

베시가 웃으며 장난이라고 말을 하려던 찰나, 한참 침묵하던 아이가 고개를 끄덕인다.

"네, 사람들에게 꼭 말할게요. 새 관장님은 엄청 좋은 분이라고요."

아이의 대답을 들은 베시가 조금 멋쩍은 얼굴을 하였다. 정말 그렇게 대답할 거라고는 기대하지 않았다는 것처럼.

"……그래, 고마워."

저스틴은 베시의 얼굴에 다시 한 번 잔잔한 웃음이 번져 나가는 것을 보며 뒤로 한 걸음 물러섰다. 왼쪽 가슴에 가까운 곳이 간질간질하였다.

복도를 소리 없이 걸어 그는 계단을 내려왔다.

방금 전 본 베시의 조금 수줍은 웃음이 머릿속에 단단히 박혀 있었다. 아무리 고개를 흔들어 털어내려 해도 그녀의 얼굴이 기억 속에서 지워지질 않았다.

방심했다.

평소와는 다른 얼굴을 한 그녀가 마치 낯선 사람처럼 보였다.

동시에 저스틴이 마음 한구석에 꽁꽁 싸매어 놓았던 어떤 감정을 떠올리게 만들었다. 웃고 있는 그 얼굴을 가능하다면 계속 바라보고 싶다는 감정. 그리고 그녀가 원한다면 기꺼이 '당신은 좋은 사람입니다.'라는 말을 들려줄 수 있다는 생각.

그 짧은 사이에, 저 엉뚱한 여자에게 정이라도 든 건가? 마음이 무거웠다.

평소보다 천천히 계단을 내려와 1층에 도착한 저스틴은 문득 한 가지를 깨달았다. 자신이 베시를 찾아갔던 목적, 그러니까 은빛 매 기사들을 조심하라는 경고를 해 주지 않았다는 사실을.

이게 무슨 얼빠진 짓이란 말인가. 기가 막힌 저스틴은 미간 사이를 문질렀다.

이런 일은 처음이었다. 그는 이제까지 한 번도 자신이 해야 할 일을 잊거나 실수한 적이 없었다.

처음 참전한 전쟁터에서도 그랬고, 남들은 다 떤다는 입단 시험에서도 그랬다. 그런데 베시의 낯선 모습에 당황하여 생전 처음으로 하려던 일을 잊어버리고 만 것이다.

무심코 걸음마저 멈추게 한 당황스러움 다음으로 밀려온 것은 묘한 초조함이었다.

정말 은빛 매 기사들이 베시에게 무슨 짓을 저지를지도 모른다는 불안함이 그를 사로잡았다.

전하께 보고를 해야 할까?

저스틴은 자신에게 베시를 지켜보라 한 황태자의 얼굴을 떠올렸다. 하지만 크리스는 큰 문제가 없다면 알아서 판단해서 움직이라는 말을 했다.

‘지금 이것은 심각한 상황일까? 전하께 바로 보고를 올려야 하는 상황인가?’

잠시 고민하던 저스틴은 고개를 저었다. 일단은 상황을 조금 더 지켜봐야 할 것이다. 은빛 매 기사들 특유의 허풍일지도 모른다. 무엇보다 아까 전 자신이 적당히 겁을 주었으니 당장은 이렇다 할 큰일은 없으리라.

우선은 조금 더 신경 써서 베시를 지켜야겠다고 결론 내린 저스틴이 계단 층계 위쪽을 힐끔거렸다. 그녀는 지금 그 아이— 피터와 무슨 대화를 나누고 있을까? 또 아까처럼 그런 미소를 짓고 있을까?

방금 전 본, 어딘지 모르게 애달픈 그녀의 웃음이 그의 가슴을 아프게 두드리고 있는 것만 같았다. 어째서 그녀가 이렇게 신경이 쓰이는 것인지 알 수가 없었다. 그는 그 점을 깊게 생각하지 않으려고 애를 썼다.

“……이곳에 있는 동안, 그녀를 지키는 건 내 임무니까.”

한동안 우두커니 자리에 서 있던 저스틴이 중얼거렸다.

듣는 이 하나 없는 변명 같은 말은 먼지투성이의 복도에 조용히 내려앉을 뿐이었다.

*　*　*

달빛 하나 없는 어두운 밤이었다.

나라를 전복하려는 간신들의 모의가 벌어진다거나 질 나쁜 도적 무리가 부유한 상인의 집을 털려고 막 담을 넘고 있을 것 같은, 그러한 나쁜 일이 벌어지기에는 참 딱 인 밤.

그런 밤과는 도저히 어울리지 않는 얼빠진 하품 소리가 요란하게 밤거리에 울려 퍼졌다.

"하아아암."

베시는 벌써 몇 번째인지 모를 하품을 연신 해 대는 참이었다. 그 옆에서 불만스럽게 베시를 지켜보고 있던 에릭이 말했다.

"베시. 하품 좀 그만해. 나도 덩달아 하품이 나오잖아."

"어쩔 수 없지. 하품은 전염되는 거거든."

베시가 뚱하니 던진 말에 에릭은 얼굴을 팍 찌푸렸다. 그녀가 자신을 놀리는 게 틀림없다고 생각했기 때문이었다.

"거짓말 좀 작작해. 그런 게 어디 있어?"

"얘 좀 봐. 너 이디아니움 졸업생 말 못 믿니?"

마치 친남매처럼 실없는 대화를 나누며 두 사람은 어두운 길을 걷고 있었다.

"그나저나 잠 안 잤어? 왜 그렇게 하품을 해 대는 건데?"

"아니, 그런 건 아니고. 요즘 저스틴 군이 이상하게 굴어서 피곤하단 말이야."

베시의 입에서 나온 이름의 에릭의 눈이 반짝 빛났다. 저스틴 하이네에 대한 정보는 아무리 사소한 것이라도 돈이 되었다.

"이상해? 어떻게 이상한데?"

"그게…… 요즘 자꾸 퇴근할 때 집까지 바래다주겠다고 하질 않나, 도서관에서도 계속 실없이 날 찾을 때가 있거든."

제 입으로 말하면서도 도무지 상황이 이해가 가질 않는다는 것처럼 베시가 연신 고개를 갸웃거렸다. 물론 옆에서 그녀의 말을 듣던 에릭은 더더욱 어리둥절한 얼굴로 물었다.

"베시. 너 저스틴 하이네한테 뭔 죄지은 거 있어? 돈이라도 꾼 거야?"

"아냐! 대체 왜 내가 잘못했을 거라고 생각하는 건데!?"

베시가 꽥 지른 소리에 에릭이 조용히 하라는 것처럼 손가락을 입가에 대었다. 입을 삐죽 내민 채, 베시는 입을 다물었다. 치, 자기가 먼저 실없는 소리 해놓고는.

에릭은 그런 베시를 향해 손짓을 하였다.

두 사람은 다시 말없이 걸음을 옮기기 시작하였다.

목적지는 물론 베시가 며칠 전 청한 대로, '실버 대거'였다.

아무리 번화한 거리라고 해도 달빛 한 줄기 없는 시간대에는 행인의 모습도 드물었다. 게다가 에릭은 깊은 골목으로 베시를 인도하고 있었다.

보이는 것은 어딘지 모르게 수상한 분위기를 풍기는 사내들 뿐.

가끔 에릭은 그들 중 몇몇에게 고개를 꾸벅하며 아는 척을 하였다. 대부분 에릭의 인사를 거만하게 받은 후, 노골적인 눈길로 베시를 보았다.

하지만 베시는 겁먹거나 주눅 들지도 않은 채, 태연한 얼굴로 에릭의 뒤를 따랐다. 남자들은 곧 에릭과 베시에게서 흥미를 잃었다.

조용한 골목길을 따라 걷던 두 사람은 곧 커다란 건물 앞에 도착하였다.

"여기야?"

"응. 3층에 올라가자마자 바로 문이 있을 거야. 문은 정확하게 네 번 두들기도록 해. 누구 초대를 받았느냐고 묻는다면 본드가(Street)의 에릭이라고 말하고."

베시는 엄지와 검지로 오케이 사인을 만들어 보냈다. 그리고 망설임 없이 성큼성큼 계단을 올라갔다.

목조 계단에서 삐그덕 거리는 소리도 거의 안 나는 걸로 봐서는 상당히 관리가 잘된 건물이었다. 다만 경사가 제법 가팔라서 3층까지 올라가기가 썩 쉽지는 않았다.

원래 운동에 영 젬병인 베시는 숨을 헐떡이며 3층에 도달하였다. 그녀는 서너 번 정도 심호흡을 하여 숨을 진정시킨 후, 눈앞에 있는 문을 네 번 두들겼다.

그러자 안에서 부스럭거리는 소리와 함께 경계심 가득한 목소리가 들려왔다.

"누구 초대로 온 거요?"

"본드가의 에릭."

에릭이 알려준 대로 베시는 대답하였다. 곧 문 너머에서 무언가가 움직이는 소리가 들리고, 끼이익— 하는 소리와 함께 문이 열렸다.

입구 바로 근처에 서 있던 좀 젊어 보이는 사내가 손짓을 하였다. 안으로 들어오라는 신호였다.

베시가 안으로 들어서자 남자는 곧 문을 닫았다. 그녀가 방을 둘러보려는 것과 동시에 방 안쪽에서 누군가가 걸어 나왔다.

“달이 없는 밤과는 어울리지 않는 손님이시군.”

소설에 나올 것 같은 대사를 읊조리며 등장한 사내는, 문을 열어 준 남자에 비해 좀 중후한 느낌이 나는 신사였다.

베시는 첫눈에 그가 이 실버 대거의 진짜 ‘주인’일 것이라고 짐작하였다.

남자에게서는 보통 사람과는 다른, 어두운 밤 골목의 습한 공기 같은 것이 느껴졌으니까.

“그런가요? 덕분에 조용한 밤 산책을 즐길 수 있어서 좋던데요.”

베시가 싱긋 웃으면서 한 대꾸에 실버 대거의 주인은 눈을 가늘게 떴다. 마치 그녀가 어떤 사람인지를 알아내려고 하는 것처럼 그의 시선이 분주히 그녀를 살폈다.

이윽고 탐색을 마친 주인은 베시에게 자리를 권하였다.

“우선 자리에 앉으시죠. 용건은 앉아서 듣도록 하지.”

베시는 사양하지 않고 제법 푹신한 가죽 소파 위에 엉덩이를 걸쳤다.

"에릭의 소개로 오셨다고? 그럼 어떤 일 때문에 이곳을 찾으신 건지 물어봅시다, 아가씨."

"암살자가 필요해요."

메뉴판 좀 볼게요, 빵이 필요해요, 물 좀 주세요.

마치 음식점에서 음식을 주문하는 것처럼, 자연스럽게 베시는 암살자를 주문하였다. 그 당당함에 실버 대거의 주인이 당황하여 쓴웃음을 흘릴 정도였다.

"이렇게까지 대놓고 암살 의뢰를 하는 손님은 또 처음이군."

"아, 죄송하지만 전 암살 의뢰를 하려는 건 아니에요."

베시의 말에 실버 대거의 주인은 눈을 깜박였다.

"응? 잠시만 기다려 보시오, 아가씨. 방금 아가씨는 암살자가 필요하다고 하지 않았소?"

"네, 필요해요. 암살자. 아주, 아주, 실력 좋은 사람으로."

"……그런데 암살 의뢰가 아니라고?"

도무지 이해할 수 없다는 얼굴로 실버 대거의 주인이 물었다.

암살자가 필요한데, 정작 의뢰하려는 내용은 암살이 아니라니. 그렇다면 대체 암살자는 왜 구하려고 한단 말인가?

실버 대거의 주인은 그런 의구심을 가득 담아 베시를 바라보았다. 하지만 그 따가운 시선에도 불구하고 베시는 활짝 웃으며 대답했다.

"네. 암살 의뢰는 아니지만 실력이 좋은 암살자가 필요해요.

다만 실력 외에도 조건이 좀 까다로워요."

"조건? 어떤 게 필요한 거요?"

이 괴상한 아가씨가 과연 어떤 조건을 꺼내 들까. 실버 대거의 주인은 어느새 '일'이 아니라 개인적 호기심 때문에 그녀의 말에 귀를 기울이고 있었다.

"성별은 상관없어요. 하지만 예뻐야 해요. 그것도 그냥 예쁜 게 아니라 사람을 홀릴 정도로."

"……."

"아, 그리고 하나 더. 남자라면 여장이 가능해야 하고, 여자라면 남장이 가능해야 해요."

실버 대거의 주인은 멍하니 베시를 보던 눈길을 문가에 서 있는 부하에게로 돌렸다.

'야. 지금 이 아가씨가 뭐라고 하는 거냐.'

'저도 모르겠는데요, 보스.'

보스와 똑같이 곤란한 얼굴을 한 청년은 베시를 정신 나간 여자 보듯 쳐다보았다.

물론 평소에도 정말 괴상한 의뢰를 하러 오는 귀족이 가끔 있었다. 하지만 지금 베시가 꺼낸 말에 비하면 그 괴상한 의뢰는 모두 귀여운 수준이었다.

실버 대거의 주인은 부하에게 눈짓을 하였다. 아무래도 이 여자, 내보내야 할 것 같다. 그 신호에 부하는 고개를 끄덕였다.

방안에는 조금 전과는 다른 불온한 공기가 흘렀다. 베시를 보는 실버 대거의 주인의 눈도 사나워졌다. 그는 눈앞에 있는 여성이 장난질을 치러 온 철없는 아가씨라고 생각하고 있었다.

"아가씨, 지금 여기서 장난을 이렇게 치려고 하는 거라면 번지수를 잘못 짚었소."

보통 사람 같으면 겁을 먹고 바들바들 떨 정도로 사나운 눈빛이었다. 그런데도 그 눈빛을 온몸으로 받고 있는 장본인, 베시는 태연하였다.

그녀는 작은 주머니 하나를 꺼내 테이블 위에 툭 던졌다.

쿵, 하는 제법 묵직한 소리였다. 실버 대거의 주인이 날카롭게 빛났다. 그는 주머니를 묶어 둔 매듭을 풀러 속에 든 내용물을 꺼내보았다. 안에서 번쩍거리는 금화가 튀어나왔다.

"그 정도면 조건에 부합하는 암살자, 찾을 수 있나요?"

베시가 던진 금화더미는 평민 가족이 몇 년은 족히 먹고 살 수 있는 금액이었다. 실버 대거의 주인은 깜짝 놀라 촌스러운 쥐색 코트를 입은 붉은 머리의 아가씨를 다시 한 번 살펴보았다.

이런 돈을 아무렇지 않게 내미는 것을 보아하니 생긴 것과는 달리 보통 사람은 아니다. 실버 대거의 주인은 프로였다. 그의 눈매와 말투가 순식간에 달라졌다.

"언제까지 필요하십니까?"

공손한 질문에 베시는 바로 대답하였다.

"가급적 빠를수록 좋아요."

실버 대거의 주인은 잠시 생각에 잠겼다. 사람을 홀리게 만들

정도로 예쁜 얼굴의 암살자. 여러 얼굴이 그의 머릿속을 스쳐 지나갔다.

'잭은 최근에 외국으로 출장을 나가서 안 되겠고, 아이린은 저번 임무 때 다친 상처 치료가 아직 안 끝나서 안 되겠지. 그 외에는…….'

그렇게 생각을 거듭하던 그때, 마침 그의 머릿속에 떠오르는 얼굴이 하나 있었다. 그라면 틀림없이 이 이상한 아가씨가 내민 조건을 충족시켜 줄 수 있을 것이다. 그렇게 확신한 주인은 자신만만한 얼굴로 말하였다.

"알겠습니다. 곧 수배하도록 하겠습니다. 하지만 워낙 바쁜 친구라 며칠 안으로는 좀 어려울지도 모릅니다. 그래도 아마 이번 주 안으로는 인사드릴 수 있을 겁니다."

주인의 말에 베시는 조금 실망한 얼굴을 하였다. 그녀는 당장 오늘이라도 암살자를 만나 보고 싶었다. 그렇기에 암살자를 만나기 위해서는 시간이 며칠이나 걸릴 수 있다는 주인의 말이 마음에 들지 않았다.

주인은 그런 베시의 불만을 알아차리고 냉큼 말을 덧붙였다.

"실력이 매우 좋은 자입니다. 베이론 제국에서 제일가는 암살자, 라고는 못 하겠지만, 일류의 반열에 듭니다. 게다가 당신이 원하시는 대로 인물 또한 출중합니다. 다만…… 한 가지 문제가 있습니다."

"뭐죠?"

기왕이면 아무 문제가 없는 인물이 좋은데. 베시가 고개를 갸웃하며 던진 질문에 실버대거의 주인이 머뭇거리며 입을 열었다.

"경계심이 상당히 강한 편이라…… 의뢰주를 좀 가립니다."

아, 난 또 뭐라고. 주인이 어렵사리 꺼낸 말은 자신이 예상했던 것보다는 별게 아닌 내용이었다.

이런 일을 하는 이들은 크게 두 가지 부류로 나눌 수 있었다. 돈만 쥐어주면 무슨 일이든 다 하는 자가 있는가 하면 아무리 큰 돈을 받아도 일을 가리는 자도 있었다. 아무래도 실버대거에서 추천해주려는 암살자는 후자에 속하는 모양이었다. 일만 잘하면 아무래도 좋다는 생각에 베시는 고개를 끄덕였다.

"괜찮아요. 상관없어요."

"그렇다면 틀림없이 그 친구가 마음에 드실 겁니다. 준비가 되는 대로 저희 쪽에서 연락을 드릴 테니, 한 번만 더 방문해 주시죠."

금화 뭉치를 던진 손님을 놓치지 않기 위해 주인은 필사적이었다.

"음. 더 빠르면 좋겠지만, 일단 알았어요."

어차피 다른 곳에 가 봐야 만족할 만한 결과를 얻을 수는 없을 것이다. 그렇게 생각한 베시는 고개를 끄덕였다.

"그럼 그 사람에게 저한테 직접 찾아오라고 하세요. 이곳에 제가 다시 올 필요는 없을 것 같으니까요. 제 주소는 적어 드리죠."

베시는 늘 가지고 다니는 메모지에 자신의 주소를 휘갈겨 쓴 후 실버 대거의 주인에게 건넸다.

실버 대거의 주인 은 그 주소를 작게 소리 내어 읽어보았다. 주소지는 귀족 거주 지구 근처라 치안은 좋으나 유학생이 주로 사는 거리로 되어 있었다. 적어도 금화 수십 개를 턱, 내던질 정도로 손이 큰 손님이 살 곳은 아니었다.

하지만 그는 자신의 의문을 입 밖으로 내지 않았다. 과한 호기심은 사신을 부르는 법이었다. 이 손님의 신분이나 배경은 추후에 '그'를 통해 알아보면 그만이었다.

"좋아요. 그럼 잘 부탁드릴게요."

볼일을 마친 베시는 자리에서 일어섰다. 더 할 말도, 필요한 것도 없었다.

"물론입니다. 그럼 조심히 가시길."

실버 대거의 주인은 거액을 내민 손님에게 경의를 표하기 위해 자리에서 일어서서 그녀를 배웅하였다. 말 없는 젊은 부하 역시 그녀에게 정중하게 고개를 숙였다.

그들의 배웅을 받으며 베시는 다시 올라왔던 가파른 계단을 힘겹게 내려갔다.

'아, 역시 다시 여기 온다고 안 하길 잘했지. 여길 또 왔으면 이 지긋지긋한 계단도 또 올라야 했잖아.'

그녀는 참으로 게으르고 현실적인 이유로 다시는 실버 대거를 찾지 않으리라 투덜거렸다.

힘겹게 계단을 다 내려온 그녀는 건물 근처에서 익숙한 그림자를 발견하였다.

"어라? 에릭? 안 갔어? 혹시 나 기다린 거야?"

틀림없이 먼저 가 버렸을 거라고 생각한 에릭은 건물 외벽에 기대어 베시를 기다리고 있었다. 에릭은 오해하지 말라며 어깨를 으쓱했다.

"뭐, 개인적인 볼일을 볼 것도 있어서 이 근처에 있었던 겸 기다린 거야."

하지만 에릭이 자신을 바래다주기 위해 기다렸다는 것을 눈치챈 베시의 입가에는 미소가 저절로 떠올랐다.

"헤에. 겉보기와는 달리 신사인데?"

히죽거리며 베시가 에릭을 놀려 먹자 에릭은 혀를 찼다. 토라진 소년이 빠르게 걸음을 옮기기 시작하자 베시도 서둘러 그를 좇았다.

"삐지지 마, 까마귀."

"……안 삐졌어."

어딜 보나 삐진 얼굴인데? 베시는 퉁명스러운 에릭의 얼굴을 내려다보았다. 소년은 제 표정을 감추려는 것처럼 모자를 깊게 눌러썼다.

"그러고 보니, 그 건은 어떻게 되었어?"

"그 건?"

"황실에서 수상한 정황이 포착된 게 있다면서. 조사는 다 끝났어?"

"아직이야. 하루 이틀 안에 조사가 끝날 일이 아니라는 거 당신도 알잖아."

"흠…… 겉보기에는 평화로워 보이는데 말이지."

거대하고 웅장하게 우뚝 솟아 있는 황성, 에카테리아. 그것을 올려다보며 베시가 중얼거렸다. 에릭 역시 베시를 따라 에카테리아 성을 바라보았다.

"그거야 그렇겠지. 높으신 분들 전매특허 아니야? 아무리 구린 일을 벌이고 있더라도 절대 바깥으로는 그게 보이지 않도록 숨기는 거."

어린 소년의 입에서 나온 말은 제법 신랄하였다. 하지만 그 심정이 이해가 갔기에 베시는 고개를 끄덕였다.

"맞아. 저기 사는 사람들은 가장 가까운 곳에 있는 사람을 믿어서는 안 된다는 불문율 같은 것도 있는 모양이더라."

"……황태자가 직접 한 말이야?"

베시가 크리스와 제법 가까운 사이라는 것을, 에릭은 이미 알고 있었다. 그는 베시에게 인정받을 만큼 뛰어난 정보 수집 능력을 자랑하는 소년이니까.

"흥."

하지만 에릭의 질문에 베시는 코웃음을 쳤다.

"그놈이 그런 말을 나한테 할 리가. 그 멍청이는 죽는 순간까지 그 누구에게도 진심을 말할 놈이 아니야."

“그건 어쩔 수 없잖아. 당신 말대로 황족이라는 건 가족조차도 믿을 수 없는 존재니까.”

그렇게 말한 에릭은 “뭐, 나랑은 상관없는 이야기긴 하지만.”이라고 말하며 양손을 호주머니에 찔러 넣었다. 태어났을 때부터 부모의 얼굴을 모르고 자란 고아 소년에게 저 거대한 성 안의 삶이 전부인 황족은 이해할 수 없는 존재였다. 그의 닳은 바지 밑단이 유독 처연해 보였다.

“현재 황제는 어떤 사람이야?”

베시의 갑작스러운 질문에 에릭은 멈칫하였다. 고개를 돌려 베시를 보자 그녀의 무심한 옆얼굴이 보였다. 분명 평소와 같은 표정이다.

하지만 묘하게 서늘한 예리함이 느껴졌다.

“당신도 알만큼 알지 않아? 니콜라스 반 듀벨. 베이론 제국 역사상 가장 위대한 황제—의 아들.”

베시는 웃음을 터트렸다. 에릭의 대답은 정답 그 자체였다.

크리스의 아버지이자 현재 베이론 제국을 통솔하는 니콜라스 황제는 객관적으로 보았을 때 나쁘지 않은 통치자였다.

나라의 기본 체제가 흔들릴 정도로 큰 분쟁이 있는 것도 아니고, 국경 근처에서 생기는 타국과의 다툼도 별로 없었다.

하지만 니콜라스 황제는 콤플렉스를 갖고 있는 걸로 유명했다.

베이론 제국 역사상 가장 위대했던 황제의 아들이라는 콤플

렉스를.

니콜라스 황제의 아버지이자 크리스 왕자의 조부인 사자왕(獅子王) 슐레이 반 듀벨. 그는 그야말로 역사상에 길이 남을 위인이었다.

"크리스 황태자는 조부를 많이 닮았다는 평가를 받고 있어서 서민들의 지지가 두터운 편이지. 서민 출신이 많은 검은 곰 기사단도 크리스 황태자를 지지하는 쪽이 많던데."

"하지만 갠 서자 출신이라 귀족의 지지 기반이 약해. 은빛 매 기사단도 크리스를 눈엣가시로 여기고 있잖아?"

"알만큼 아네. 역시 친해서 그런가 보지?"

베시가 크리스를 싫어한다는 걸 어렴풋이 눈치채고 있는 에릭은 일부러 심술 맞은 질문을 던졌다. 아니나 다를까. 베시는 싫어 죽겠다는 얼굴로 대답했다.

"친하긴 개뿔. 여기로 오기 전에 간단히 조사해서 알 뿐이야. 생각보다 황태자 노릇을 잘하는 것 같아서 의외더라."

"그거야 황태자는 꽤 유능하니까. 문제는 당신 말대로 서자 출신이라는 정도지. 어머니 쪽 신분이 높은 편이 아니잖아."

크리스의 어머니는 성에서 일하던 평민 출신 공무원이었다. 그녀는 첫 황자를 낳기는 하였지만, 자신의 아들이 황태자가 된 후에도 신분은 결국 후궁일 뿐이었다.

베시는 턱을 긁적이며 중얼거렸다.

"지금 황위 계승권을 갖고 있는 건 크리스랑 제2황자인 안델,

그리고 제1황녀인 안젤라던가? 니콜라스 황제는 꽤 여자를 밝히는 걸로 아는데, 그런 것치곤 자식 수가 좀 적은 것 같네."

"황위 계승 후보가 너무 많아 봐야 좋을 것도 없잖아. 참 다행이지."

베이론 제국은 여자가 황제에 오를 수 있는 나라였다. 그런 만큼 크리스 반대파인 귀족들은 황자인 안델이나 황녀인 안젤라를 지지하는 자들도 존재하였다.

다만 문제는 안델이나 안젤라는 아직 일곱 살짜리 아이라는 점이었다. 게다가 둘은 이란성 쌍둥이었다. 그것도 서로 죽고 못 살 정도로 사이가 좋은 쌍둥이.

덕분에 크리스를 반대하는 귀족들은 어느 쪽을 지지해야 할지 아직도 갈팡질팡하고 있었다. 그것이 현재 크리스에게는 매우 다행스러운 점이었다.

"당장 황위 문제는 걱정할 필요는 없겠지. 니콜라스 황제가 얼마나 자기 건강을 챙기는 사람인데. 로젠베리 사들인 거 보면 모르겠어?"

에릭의 말에 베시는 쓴웃음을 지었다. 사자왕 슐레이가 독살당한 것은 꽤 유명한 이야기인 만큼 니콜라스 황제가 독살을 두려워하는 것도 무리는 아니었다. 암만 그래도 로젠베리 전량 구매는 좀 과하다 싶었지만.

"황성 조사는 너무 조급해하지 마. 결과는 반드시 내서 보고할 테니까."

그렇게 말하는 에릭은 상당히 믿음직스러워 보였다. 베시는 새삼 이 앳된 소년의 나이가 궁금해졌다.

말하는 투며 하는 행동은 애늙은이가 따로 없었지만, 자세히 보면 그는 아직도 어린 티를 벗지 못한 얼굴을 하고 있었으니까.

"에릭, 너, 대충 나이—"

"그나저나 어때?"

에릭에게 나이가 몇 살이냐고 물으려던 베시는 말을 멈추었다. 주어가 없는 에릭의 질문이 당황스러웠다.

"뭐야? 갑자기 뭐가 어떠냐는 거야?"

"도서관 말이야. 정비 작업은 잘 되어 가냐고."

발끝에 걸리는 돌멩이를 툭툭 걷어차며 에릭이 물었다.

비록 그의 주요 임무는 도서관 밖에서 정보를 수집하는 것이었으나, 베시의 까마귀이니 그 역시 도서관의 관계자라고 할 수 있었다. 그래서인지 에릭은 은근히 도서관의 상태를 신경 쓰곤 하였다.

"내부 공사는 업자 불러서 견적 낼 생각이야. 아무래도 파손된 부분이 많아서 가볍게 손질하는 것만으로는 안 되겠더라."

베시는 얼굴을 슬쩍 찌푸렸다. 도서관을 살펴보면 살펴볼수록 상태가 심각하다는 결론밖에 나오질 않았다. 결국 그녀는 이네딧 부인의 추천을 받아 시공을 잘하는 업자 몇 명을 알아 둔 상태였다.

"그래도 은빛 매 기사들의 자발적 협조 덕에 인부를 안 써도 돼서 얼마나 다행인지 몰라. 얼마 전에 망가진 책장을 전부 도서관 밖으로 들어내는 일도 그들이 다 했거든."

"……너 괜찮은 거야? 은빛 매 기사들한테 그런 일을 시켜도."

자존심이 강한 기사, 그것도 귀족 집안의 기사들에게 그런 잡일을 하도록 하다니. 다른 사람이었다면 기사들의 검에 난도질을 당할지도 모르는 노릇이었다.

허나, 두려울 것 없는 마녀는 태평하였다.

"괜찮아, 전에 저스틴 군도 아무 잔소리 없이 했던 일인데, 뭐."

베시가 꺼낸 이름에 에릭이 멈칫하였다. 아까 전 저스틴에 대한 이야기를 하다 만 게 생각이 난 탓이었다.

"그러고 보니 저스틴 하이네, 그 기사랑은 대체 무슨 일이 있었던 거야?"

"무슨 일?"

베시가 짐작 가는 바가 없다는 얼굴로 반문하자, 에릭은 콧등을 긁적거렸다.

"아까 실버 대거에 가던 도중에 네 입으로 그랬잖아. 저스틴 하이네가 요새 이상하게 군다면서."

"아, 그거. 별 건 아니고, 요새 날 너무 감싸고 도는 느낌이 든다구."

베시는 한숨을 푹 쉬었다. 아닌 게 아니라 심술쟁이 기사님은 요즘 유독 그녀를 과보호하고 있었다.

오늘만 하더라도 저스틴은 정시 귀가를 마다하면서까지 베시의 일이 끝나길 기다렸다.

물론 전에도 베시를 집까지 바래다준 적은 있었지만, 그건 어디까지나 귀가 시간대가 겹치던 날의 일이었다. 그녀는 기억을 더듬어 보았다.

'대체 언제부터 그 기사님이 이상해진 거지?'

스스로 물음을 던진 베시는 곧 깨달았다.

피터라는 이름의 어린 소년이 도서관에 숨어들었던 날, 아마도 그때쯤부터 저스틴의 태도에 묘한 변화가 생긴 것 같다는 사실을.

하지만 어째서?

다시 한 번 고개를 갸웃하던 베시는 그날 저스틴이 크리스의 부름을 받아 황태자 집무실로 갔었다는 사실을 떠올렸다. 그들이 어떤 대화를 주고받았는지 알 턱이 없는 베시는 생각하였다.

'크리스가 저스틴 군한테 뭔가 지시를 한 모양이네. 날 잘 감시하라고.'

베시가 진실과는 판이하게 다른 결론을 내리는 사이, 에릭이 장난스러운 어조로 말했다.

"혹시 그 기사님이 너한테 마음 있는 거 아니—"

냐고, 물으려던 에릭은 하던 말을 멈추고 말았다.

베시가 싫어도 이렇게 싫을 수 없다는 것을 온몸으로 보여 주는 얼굴을 하고 있었다.

"—인 것 같진 않나 보구나."

에릭이 알아서 제 질문을 마무리 짓자, 베시는 이를 아드득 갈았다.

"말도 안 되는 소리 마! 그 인간의 태도를 생각하면 절대 나에게 호감이 있을 리가 없어! 악의라면 몰라도."

"……그거 아마 반대쪽도 똑같이 생각하고 있지 않을까."

에릭이 중얼거린 말은 잔뜩 흥분한 베시의 귀에는 전혀 닿지 않았다.

"뭔 말만 하면 얼마나 빈정거리는데! 그것도 꼭 말투는 정중 그 자체라니까? 난 살면서 그렇게 예의가 바른데도 상대 기분 나쁘게 하는 사람은 처음 봤어. 사람 속 긁는 재주 하나는 타고 났다니까, 그 남자!"

"피장파장 아냐? 너도 사람 속 긁는 재주는 남다르잖아."

베시는 이번에도 깔끔하게 에릭의 말을 무시하였다.

"심지어 말이지. 그 남자, 나한테 속은 것처럼 굴면서 오히려 날 속이기까지 한다고! 이게 말이 돼? 어떻게 날 그렇게 감쪽같이 속일 수가 있어? 난 이제까지 그 누구한테도 속아 본 적이 없단 말이야!"

에릭은 침묵하였다. 어린아이의 유치한 고자질을 듣는 보호자가 된 기분이었다.

"애초에 기사라는 건 좀 뭐랄까, 융통성이 없고 놀려 먹는 재미가 있는 샌님 같은 그런 족속 아니야?"

아니, 그건 절대 기사의 정의가 아니지! 에릭은 마음속으로만 항변하였다.

"하지만 저스틴 하이네는 뭐랄까. 검만 잡아 본 샌님 느낌이 아니야. 그래서 상대하기가 좀—"

"그거야 그렇겠지. 저스틴 하이네는 참전을 경험한 기사니까."

침묵하던 에릭이 툭 던진 말에 베시는 멈칫하였다. 그녀는 조금 의외라는 얼굴로 되물었다.

"저스틴 군이 전쟁에 나간 적이 있다고?"

에릭이 몰랐냐는 얼굴로 고개를 끄덕였다.

"응, 기사가 된 후로 몇 번이나. 그때마다 여러 공을 세웠기 때문에 그 나이에 벌써 하얀 사자 기사단의 부단장인 거야. 그리고 다음 하얀 사자 기사단 단장은 저스틴 하이네가 될 거라는 말도 나오는 거고. 그 기사님이라면 틀림없이 최연소 부단장 타이틀에 이어 최연소 단장 타이틀도 거머쥐게 될걸."

"……저스틴 군이 그렇게 강해? 얼마나 강한데?"

베시는 분명 저스틴이 은빛 매 기사들을 상대로 검 한 번 뽑지 않고, 손쉽게 그들을 혼내 준 것을 본 적이 있었다. 하지만 그것만으로는 그가 얼마나 뛰어난 실력을 가지고 있는지 짐작할 수 없었다. 콧등을 긁적인 에릭이 저스틴에 대한 설명을 시작하였다.

"혹시 저스틴 하이네가 최연소 수석으로 입단한 건— 아는구

나. 그럼 원래는 황제가 그를 자신의 호위 기사로 삼기 위해 붉은 늑대 기사단에 넣으려고 했었던 것도 알아?"

헉, 그건 완전 처음 듣는데? 베시는 눈을 동그랗게 떴다. 그 정직한 반응이 마음에 든 것인지 에릭은 몇 가지 정보를 더 알려주었다.

"우리 황제 뿐만이 아니야. 전장에서 그의 실력에 반한 적국의 왕이 탐낸다는 말도 있어. 덴베르 알지? 왕이 전쟁광으로 유명한 나라. 거기 왕이 저스틴 하이네를 회유하려고 그렇게 용을 썼대. 지금도 틈만 나면 저스틴에게 개인적인 사자를 보내려고 한다더라. 저스틴이 덴베르로 오기만 하면 그가 원하는 건 무엇이든 들어주겠다고 공공연하게 말하고 있다나."

에릭의 입에서 연이어 흘러나온 말에 베시는 무어라 형용할 수 없는 얼굴을 하였다. 그 얄미운 말만 골라하는 심술 맞은 남자가 악명 높은 타국의 왕이 탐을 낼 정도로 뛰어난 기사라니. 영 믿기지가 않았다.

베시의 그런 속마음을 알 리 없는 에릭은 모자챙을 툭툭 치며 말을 이었다.

"하지만 그 기사님의 대단한 점은 검술 실력만이 아니지."

"응? 그거 말고도 뭐가 더 있어?"

"그 성격 말이야."

그 말을 들은 순간, 베시의 얼굴이 활짝 폈다. 드디어 내 마음을 이해해 주는 사람을 만났구나!

"아! 역시 너도 그 인간 성격에 문제가 있다고—"

"아니, 그거 말고."

칼같이 베시의 말을 잘라먹은 에릭은 인기척을 살피려는 것처럼 주변을 한 번 둘러보았다. 그리고 자신들 외에 다른 사람의 모습이 보이지 않는다는 걸 확인한 뒤, 말했다.

"아까 말했잖아. 황제가 처음에는 저스틴 하이네를 붉은 늑대 기사로 임명하려고 했었다고. 그때, 저스틴 하이네는 황제의 명을 거부했어."

제정신인가. 공작가의 막내 도련님이 감히 황제의 명을 거부해?

제 생각은 하지도 않은 채, 베시는 경악한 얼굴을 하였다. 에릭은 그녀의 심정이 이해가 간다는 얼굴로 고개를 끄덕였다.

"그래, 맞아. 미쳤지. 근데 그 기사는 더 미친 짓을 저질렀지. 황제에게 이렇게 말했대. '저는 저보다 약한 자를 지키는 기사이고 싶습니다. 전하는 저보다 강하시며, 존엄한 분이시지 않습니까. 당신께는 저를 대신할 자들이 얼마든지 있으니 제가 저의 정의를 실현할 수 있도록 윤허해 주십시오.'라고."

에릭은 제법 저스틴의 목소리 흉내를 잘 내었다. 말을 끝낸 에릭이 칭찬을 바라는 것처럼 베시를 보았지만, 그녀는 한동안 아무 말을 할 수 없었다.

약한 자. 그 단어에 떠오르는 것이 있었다.

'그렇습니다. 나보다 약하면 모두 약자죠.'

저스틴이 자신을 집까지 바래다주던 어느 날 밤의 일이었다. 그녀는 그때 마주했던 저스틴의 눈을 떠올렸다. 그 누구도 부러트릴 수 없는 강철과 같이 단단한 신념이 그의 안에 있었다.

"그 남자, 이상해."

깊은 생각에 잠겨 있던 베시가 툭 내뱉은 말에 에릭이 피식 웃었다.

"알아. 수도에서 저스틴 하이네는 여러 가지 의미로 유명인이니까."

"황제는 용케 저스틴 군의 목을 안 쳤네. 작위도 없는 일개 기사가 명을 거부했는데도."

"하이네 공작가와 반 듀벨 황가는 사이가 각별하거든. 그리고 아까도 말했잖아. 저스틴 하이네는 유명인이라고. 그 기사님, 상대가 누구건 간에 상관없이 제 고집대로 행동하는 걸로 유명하다니까."

보통 다른 귀족이 그렇게 행동한다면 집안을 믿고 안하무인격으로 구는 것이라 생각하리라. 하지만 저스틴 하이네에 한해서는 그 누구도 그런 의심을 하지 않았다.

베시 역시 사람들이 왜 그렇게 생각하는지 알 것 같았다.

"차라리 실력이라도 없으면 모르겠지만…… 검술 실력은 발군이고, 전략마저 훌륭하니 다들 더 할 말이 없는 거지. 그런 상대니까 네가 휘둘린다 하더라도 별수 없지 않겠어?"

딴에는 위로하려는 것처럼 에릭이 베시의 어깨를 툭 쳤다.

"보면 그 기사님 은근 두뇌파인 게 틀림없거든. 그렇게 인기가 좋은데, 이제까지 이렇다 할 스캔들이 터진 적도 없으니까. 얼마나 머리를 잘 쓰면 그렇게 사생활 관리가 잘되겠어?"

"뭐?"

에릭이 전달하고 싶은 건 '저스틴은 만만치 않은 상대다'라는 점이었지만, 베시는 정작 자기가 듣고 싶은 부분에만 반응하였다.

"저스틴 군이 그렇게 인기가 많아?"

"응? 그거야 당연하지. 저스틴 하이네는 이 수도에 있는 모든 여성이 꿈꾸는 신랑감이라고. 요새야 근신 중이라서 그럴 일이 없었지만 예전에는 순찰 도는 날이면 그 기사의 얼굴 한 번 보겠다고 온 거리의 여자들이 줄을 서고 있었을 정도였으니."

"으으으음, 온 거리의 여자들이 줄을 섰을 정도라."

베시는 잠시 얼굴을 찌푸리고 생각에 잠겼다. 그러더니 이내 환한 얼굴로 주머니에서 수첩과 펜을 꺼내 들었다.

"에릭! 이 수도에서 가장 소문이 빠르고 잘 퍼져 나갈 곳은 어디 어디라고 했었지?"

"어, 어? 소문?"

갑작스러운 베시의 말에 당황하면서도 에릭은 천천히 기억을 더듬어 몇몇 가게의 이름을 알려 주었다. 베시는 에릭이 알려 준 장소를 전부 적어 내려갔다. 수첩에는 어느새 대여섯 개 정도의 이름이 적혀 있었다.

"위치도."

긴말 없이 베시는 수첩을 내밀었다. 이제 변덕스러운 마녀를 이해하길 포기한 에릭은 말없이 상세한 주소를 적었다.

"후후, 역시 넌 정말 유능한 까마귀야. 고마워, 에릭."

에릭은 베시가 무엇에 감사하는지도 모르는 채 얼떨결에 고개를 끄덕였다. 다만 그녀의 눈이 심상치 않은 빛을 띄우고 있는 것을 보고 짐작할 뿐이었다.

이 괴상한 마녀가 또 무슨 꿍꿍이를 꾸미고 있다는 것을.

* * *

이튿 날, 도서관으로 출근한 베시는 제일 먼저 2층으로 향하였다.

꼭두새벽부터 소집당한 은빛 매 기사들은 삼삼오오 모여, 싫어 죽겠다는 얼굴로 망가진 장서를 수선하고 있었다. 아교로 떨어진 표지를 붙이는 작업은 원숭이도 할 수 있을 만큼 간단하였다. 하지만 그 쉬운 일도 하기 싫어 일하는 척만 하는 기사도 있었다. 그런 자에게는 '마녀의 저주'라고 속삭여 주기만 해도 일의 능률이 쑥쑥 올랐다. 그 모습을 흐뭇하게 지켜보던 베시는 이네딧 부인에게 감시를 부탁한 후, 저스틴을 찾아 나섰다.

잠시 1층을 어슬렁거리던 베시는 뒤뜰에서 정체를 알 수 없는 소리가 들린다는 걸 깨닫고, 창문 밖으로 고개를 쑥 내밀었다.

눈을 크게 뜨고 둘러보니 뒤뜰에는 더는 쓸 수 없다는 판정을 받은 낡은 책장들이 놓여 있었다. 얼마 전에 은빛 매 기사들이 땀을 뻘뻘 흘리며 옮긴 그것이었다.

어라? 저거 전부 버리기로 했던 책장들 아냐? 베시가 그런 생각을 하는 것과 동시에 책장 사이에서 불쑥 저스틴이 걸어 나왔다.

"저스—"

그를 부르려던 베시는 잠시 말을 멈추었다. 저스틴의 손에 도끼가 들려 있는 걸 깨달았기 때문이었다.

'응? 도끼? 대체 왜 저 남자가 도끼를?'

창틀에 턱을 괸 베시가 어리둥절한 얼굴로 자신을 지켜보고 있다는 것도 모른 채, 저스틴은 책장 하나를 발로 툭 차서 쓰러트렸다.

쿵— 제법 육중한 책장이 둔탁한 소리를 내며 쓰러지자 저스틴은 망설임 없이 도끼로 책장을 내리찍었다.

콰, 콰. 몇 번의 도끼질 끝에 책장은 훌륭하게 장작개비가 되어 있었다.

아니, 대체 공작가의 막내 아드님이 무슨 장작 패는 솜씨가 저렇게 좋아?

베시가 눈을 몇 번 깜빡거리는 사이에도 책장 몇 개가 사라지고, 대신 장작이 작은 산처럼 쌓여 있었다. 저스틴은 숨을 고르는 법도 없이 계속 일에 열중하고 있었다.

호기심을 참지 못한 베시는 창틀에서 고개를 내린 후에 재빠르게 뒤뜰로 향하였다. 그녀가 저스틴의 앞에 도착했을 때는 이미 놓여 있던 책장의 반 이상이 장작으로 탈바꿈한 상태였다.

"저스틴 군. 뭐하는 거예요?"

갑자기 베시의 목소리가 들려도 저스틴은 놀라지 않았다. 진즉 베시의 기척을 알아차린 탓이었다.

그는 평소처럼 무심한 목소리로 답했다.

"보면 모르는 겁니까. 쓸모없는 책장을 쪼개 두고 있습니다."

"아니, 그건 나도 보면 알거든요. 대체 왜 책장을 쪼개 두는 건데요? 이거 버리기로 했던 거 아니었어요?"

"이네딧 부인께서 이 책장들을 보니 장작으로 쓰면 참 좋을 것 같은데, 그냥 버리기에는 참 아깝다고 하시더군요. 그래서 제가 장작으로 만들던 참입니다."

저스틴은 손에 들고 있던 도끼를 옆에 있던 나무 조각 위에 툭 던져 박아 둔 후, 손을 탈탈 털었다. 암만 봐도 한두 번 이 일을 해 본 사람의 모습이 아니었다.

"저스틴 군, 평소에 집에서 장작 패는 일 해요?"

감탄의 의미를 담아 물은 베시는 곧 자신의 말실수를 깨닫고 아차, 하였다.

청소나 짐 옮기기도 그렇지만 장작을 패는 일은 허드렛일이었다. 보통 귀족이라면 이런 종류의 일은 평생 손에 댈 리가 없었다. 오죽하면 전쟁터에 참전하는 귀족 출신 기사는 자신의 전용 종자를 따로 데려가기까지 할까.

그것을 잘 아는 베시는 얼른 제 말을 스스로 부정하려고 하였다.

"아, 그럴 리가 없—"

하지만 그녀의 말이 끝나기도 전에 저스틴이 입을 열었다.

"지금은 아니지만, 어릴 때는 종종 했습니다."

어릴 때? 하이네 공작가에서는 어릴 때 장작 패기 수련을 시키는 남다른 가풍이라도 있는 건가? 베시는 저스틴의 입에서 말이 이어지기를 기다렸다.

하지만 저스틴은 멀찌감치 떨어져 나간 장작을 주워 오느라 분주히 움직일 뿐, 더는 아무런 말이 없었다. 아무래도 더는 설명해줄 생각이 없는 모양이었다.

꼬치꼬치 캐물으며 그를 귀찮게 할 수도 있었지만, 베시는 그러지 않기로 하였다. 그가 말을 아끼는 이유가 있을 터였다. 나중에 궁금해지면 또 물어보지, 뭐.

대신 그녀는 한동안 저스틴이 하는 일을 물끄러미 지켜보았다. 장작을 패고, 옮기는 동작은 군더더기 하나 없이 깔끔하였다. 보고 있자니 괜히 기분이 좋아졌다. 이번 겨울은 이 기사님이 손수 패준 장작으로 따뜻하게 날 수 있을 것 같았다.

이윽고 몇 분 후, 저스틴은 장작을 전부 보기 좋게 쌓아 올리고 나서야 베시를 돌아보았다.

"그래서 무슨 일입니까?"

그제야 퍼뜩 정신을 차린 베시는 어째서 자신이 저스틴을 찾았던 것인지를 떠올렸다. 좋아, 어디 한 번 잘 구슬려 봐야지! 의욕을 불태운 그녀가 애교 가득한 얼굴로 양손을 앞으로 모았다.

"저스틴 군, 있죠."

"싫습니다."

"……아직 아무 말도 안 했거든요?"

"지금부터 당신이 터무니없는 부탁을 할 것 같다는 불길한 예감이 듭니다."

쯧, 이래서 눈치 빠른 남자는 싫다니까. 베시는 속으로 혀를 차면서도 겉으로는 웃는 낯을 유지하였다.

"에이, 터무니없는 부탁이라뇨. 그런 걸 내가 왜 부탁하겠어요. 전 그냥 저스틴 군에게 심부름을 몇 개 좀 해 달라고 부탁하려는 것뿐인걸요."

날 좀 믿어 달라는 것처럼 베시가 한껏 슬픈 척을 하였다. 그녀에 대해 잘 모르는 사람이라면 안경알 너머로 보이는 선한 눈동자에 얼핏 속을 것 같기도 하였다.

그러나 지금 그녀의 앞에 있는 남자는 저스틴 하이네였다. 그는 베시가 어떤 여자인지를 이미 알고 있었다.

'무언가 속셈이 있군.'

저스틴은 베시의 얼굴을 물끄러미 쳐다보았다. 그냥 보는 것만으로는 그녀가 대체 무엇을 꾸미고 있는 것인지는 알 수 없었다. 베시가 무슨 생각을 하는 것인지 알기 위해서는 일단 그녀의 부탁에 고개를 끄덕여야 할 게 분명했다. 하지만 순순히 그녀의 생각대로 움직이는 건 영 내키지 않았다.

일단 무얼 시키려는지 들어나 보자는 생각에 저스틴이 물었다.

"어떤 심부름입니까?"

"아, 별 건 아니고요. 손님 접대용 쿠키랑 커튼용 원단이랑 새로운 사서 유니폼을 가게에서 받아 와 주세요. 가게마다 이미 이야기는 다 해 두어서 가서 받아 오기만 하면 돼요."

싱글벙글 웃으며 베시가 한 말은 정말 평범한 심부름 같았다. 그러나 저스틴은 이상하다는 것을 곧바로 눈치챘다.

'배달을 시키면 될 텐데 왜 나에게 다녀오라는 거지?'

쿠키, 커튼용 원단, 새로운 사서 유니폼. 베시가 말한 물품은 그렇게 중요한 물건들은 아니었다. 그러니 급하게 필요해서 저스틴에게 직접 가라고 말하는 것은 아니리라.

저스틴은 참 의심스럽다는 얼굴로 다시 물었다.

"왜 하필 저에게 부탁하는 겁니까? 그런 건 저보다는 이네딧 부인이—"

"이네딧 부인은 안 돼요! 지금 은빛 매 기사들이 농땡이 못 피우게 감시 부탁하고 왔는걸요."

"차라리 제가 그들을 감시하고, 이네딧 부인이 심부름을 가는 편이 낫지 않겠습니까.”

“안 돼요. 저스틴 군이랑 은빛 매 기사들은 같이 두면 위험하니까. 주로 은빛 매 기사들의 안전이.”

아주 단호한 목소리로 베시가 저스틴의 제안을 기각하였다. 짚이는 구석이 없는 건 아니었기에 저스틴은 입을 다물었다.

“가게 세 곳을 오늘 내로 다 안 돌아도 괜찮으니까 천천히 다녀와요. 어차피 이 이후에는 크게 저스틴 군의 도움이 필요한 일은 없으니까요.”

역시나 수상하군. 베시가 제법 상냥하게 덧붙인 말에 저스틴의 의심은 더더욱 크게 부풀었다. 그가 자신을 미심쩍다는 얼굴로 보고 있다는 걸 깨달은 베시는 얼른 가 보라는 것처럼 저스틴의 어깨를 툭툭 쳤다.

“자, 다녀와요. 늦어질 것 같으면 밖에서 바로 귀가해도 돼요. 내가 허락할게요.”

저스틴은 얼굴을 팍 찌푸렸다. 현재로서는 딱히 의심이 가는 구석이 없으니 싫은 소리를 할 수도 없었다. 결국 그는 고심 끝에 한 가지 좋은 생각을 떠올렸다.

“……알겠습니다. 그럼 대신 조건이 하나 있습니다.”

“조건? 뭔데요?”

“베시가 함께 갔으면 합니다.”

저스틴의 난데없는 제안에 베시가 순간, 눈을 동그랗게 떴다. 그러나 그녀는 당황한 기색을 순식간에 지우고, 실없는 웃음을 지어 보였다.

"에이, 저스틴 군이 무슨 어린애도 아니고, 심부름을 같이—"

"만일 베시가 저와 함께 가지 않는다면 전 절대 당신이 시킨 심부름을 갈 생각이 없습니다.

고집스러운 그의 말투에 베시는 얼굴을 일그러트렸다.

"무슨 사람이 그렇게 의심이 많아요? 그냥 좀 다녀—"

"베시가 함께 가지 않는다면 안 갈 겁니다."

베시가 투덜거림을 마치기도 전에 저스틴은 단호하게 제 의사를 밝혔다. 그의 고집이 보통이 아니라는 걸 아는 베시는 한숨을 푹 내쉬었다.

그가 자신의 뜻대로 순순히 움직여 줄 남자가 아니라는 건 알고 있었지만, 설마 이렇게 나올 줄이야.

내가 같이 가도 상관은 없으려나? 하지만 혼자 보내는 게 효과는 더 확실할 텐데. 음, 아니 그래도 아예 안 가는 것보다는 그래도 같이 간 다음에 나 혼자 몰래 빠져나오면…….

팔짱을 낀 채, 생각에 잠겨 있던 베시는 문득 자신의 얼굴 위로 쏟아지는 따가운 시선을 느꼈다.

고개를 들어보니 제 앞에 서 있는 남자가 의심 가득한 눈빛을 보내고 있었다. 이 남자를 혼자 보내는 건 무리겠구나. 그렇게 판단한 베시는 팔짱을 스르륵 풀며 한숨을 내쉬었다.

"알았어요, 좋아요. 같이 가요."

그제야 저스틴의 눈썹이 스르르 제 각도를 되찾았다. 그것을 본 베시는 속으로 고개를 절레절레 저었다. 참 이상하게도 이 남자를 이기는 건, 늘 쉽지가 않았다.

* * *

"국립도서관에서 나왔습니다. 물건은 어디에 있습니까?"

다스티에서 최고로 맛있는 쿠키로 유명한 한 과자 가게 안.

도저히 과자 가게와는 어울리지 않는 커다란 남자가 무뚝뚝한 얼굴로 카운터에 있는 점원에게 말을 걸었다.

점원은 멍하니 그를 쳐다보다가 그의 얼굴이 무척 낯이 익다는 생각을 하였다.

가만있어 봐라. 이 얼굴을, 내가…… 어디서, 봤더라?

"……예약한 물건, 아직 준비가 안 된 겁니까?"

무뚝뚝하게 다그치는 남자의 말에 점원은 퍼뜩 정신을 차렸다.

구, 국립도서관? 어라? 그러고 보니 국립도서관에 쿠키 한 박스 주문이 들어왔었지. 어디 보자, 주문자 명은—

"저, 저스틴 하이네 경!?"

작은 예약 용지에 쓰여 있던 예약자 명을 읽은 점원은 새된 소리를 꽥 질러 버렸다. 저스틴은 무어라 형용할 수 없는 얼굴로, 동시에 어딘지 모르게 달관한 것 같은 분위기를 풍기며 고개를 끄덕였다.

"맞습니다. 저스틴 하이네입니다."

"아, 아아아아! 주, 주, 준비 다 됐습니다! 자, 잠시만 기다려 주세요!"

점원은 마치 전설 속에 나오는 용이라도 본 것 같이 요란법석을 떨며 주방 안쪽으로 사라졌다.

덩그러니 남겨진 저스틴은 달큼한 냄새로 가득한 과자 가게 안을 둘러보았다. 불행 중 다행으로 가게 안에는 다른 손님이 없었다. 덕분에 저스틴은 한결 마음에 여유를 가지고 주변을 볼 수 있었다.

아기자기한 장식물과 아이들이 좋아할 것 같은 귀여운 동물 모양 쿠키, 그리고 보기만 해도 단내가 올라오는 하얀 생크림 케이크.

자신과는 도저히 어울리지 않는 메르헨틱한 분위기가 몸에 맞지 않는 옷처럼 어색하기 짝이 없었다.

저스틴은 한숨을 쉬며 자신을 이 어색한 장소로 끌고 온 원흉을 찾아 고개를 돌렸다.

그의 날카로운 시선 끝에는 뭐가 그리 즐거운지 싱글벙글 웃고 있는 베시의 얼굴이 들어왔다.

그녀는 알록달록한 디저트가 가득한 진열장 앞에 서 있었다. 손가락으로 무언가를 세어 보기도 하고, 어깨를 들썩거리는 모습을 보고 있자니 화를 낼 마음도 들지 않았다. 고작해야 예쁘게 꾸민 게 전부인 설탕덩어리가 저렇게 좋단 말인가.

그는 카운터 안쪽에서 직원들이 분주히 움직이는 모습을 힐끔 본 뒤, 베시를 향해 다가갔다.

"살 게 더 있습니까?"

한창 진열장 너머의 디저트에 열중해 있던 베시는 저스틴의 목소리에 화들짝 놀랐다. 하지만 그녀는 얼른 놀라지 않은 척, 표정을 가다듬었다.

"아뇨, 그냥 보는 거예요."

그렇게 말하면서도 베시의 눈은 계속 진열장 너머로 향하고 있었다. 저스틴이 무심코 그녀의 눈길을 따라 진열장 너머의 쉬폰 케이크를 힐끔거릴 만큼 애절한 눈빛이었다.

"……그렇게 먹고 싶으면 그냥 사는 게 낫지 않습니까."

저도 모르게 저스틴이 그렇게 말하자, 베시도 무심코 대답하였다.

"으으— 그러고 싶은데, 아까 이미 바나나 파이를 두 쪽이나 먹고, 딸기잼 아이스크림까지 먹어 버……."

거기까지 말한 베시는 하던 말을 멈추고, 고개를 부자연스럽게 돌려 저스틴을 보았다. 그녀의 눈동자가 심하게 흔들리고 있었다.

"린 적은 없고, 그냥 안 먹는 거예요. 딱히 먹고 시, 싶은 것도 아니고."

표정은 심각 그 자체였지만, 베시의 목소리에는 분명 동요가 느껴졌다. 그것을 눈치챈 저스틴은 무심코 웃음이 터질 뻔하였다.

눈 하나 깜빡하지 않고 술술 거짓말을 잘도 하는 여자가 이럴 때는 마치 생전 거짓말을 해 본 적 없는 사람처럼 행동하는 것이 재미있었다.

"그렇습니까."

입에서 흘러나오려는 웃음기를 감춘 채, 저스틴이 심드렁하게 대답하자 베시는 어색하게 고개를 옆으로 돌렸다. 그래도 그녀의 미련 어린 눈동자가 가끔 진열장으로 향하였다.

'생각보다 귀여운 구석이 있군.'

저스틴이 그런 생각을 하며 시무룩한 베시를 바라보는 사이, 카운터 안쪽에 있던 점원이 허둥지둥 달려왔다.

"오, 오래 기다리게 해 드려서 죄송합니다!"

점원은 새하얗게 질린 얼굴로 커다란 쿠키 박스를 내밀었다. 누가 보면 저스틴이 칼 안 든 강도인 줄 알 정도로 손이 벌벌 떨리고 있었다.

사실 그도 그럴 것이 이런 가게에 기사가, 그것도 귀족 남성이 찾아오는 일은 흔한 일이 아니었다. 그만큼 이 가게의 점원들에게 이 일이 당혹스러운 사건이리라. 저스틴은 왠지 모를 머쓱함에 정중하게 상자를 받아 들었다.

"아닙니다. 계산을—"

"대, 대금은 이미 지불이 다 된 것이니 그냥 가지면 되십니다! 감사합니다! 또 와 주세요!"

아직 가게를 나서지도 않았는데 점원은 열심히도 인사를 해댔다. 저스틴은 고개를 구십도로 숙이는 점원의 머리 위에서 조용히 입을 열었다.

"저 케이크도 구매하고 싶으니 계산을 부탁드리고 싶습니다."

"네?"

점원이 어리둥절한 얼굴을 하는 것과 동시에 베시 역시 놀란 얼굴을 하였다.

저스틴의 손가락 끝이 가리키고 있는 것은 방금 전까지 베시가 눈을 떼지 못하던 쉬폰 케이크였기 때문이었다.

"진열창에 있는 저거. 판매하는 게 아닌 겁니까?"

"아, 아닙니다! 판매하는 거 맞습니다! 당장 포장하겠습니다!"

여전히 긴장한 얼굴을 한 점원이 진열장 안에서 케이크를 조심스럽게 꺼내 들더니 놀라운 속도로 순식간에 케이크 포장을 마무리하였다. 예쁘게 포장된 케이크 상자를 받아든 저스틴은 계산을 마친 뒤, 그것을 받아 들고 앞장서서 가게를 빠져나갔다.

멍하니 그 뒷모습을 지켜보던 베시는 점원이 "안녕히 가세요오."라고 힘없이 인사하는 것을 듣고 퍼뜩 정신을 차렸다. 앗, 저 남자 좀 봐. 날 두고 가다니!

"기다려요, 저스틴 군!"

베시가 얼른 가게 밖으로 뛰어나가자 그녀 앞으로 케이크 상자가 휙 내밀어졌다. 고개를 들어 보니 저스틴이 무심한 얼굴로 베시에게 케이크 상자를 내밀고 있었다.

그것을 쉽게 받아 들지 못한 채, 베시는 얼떨떨한 얼굴을 하였다. 설마 이거 나 주는 건가? 대체 왜? 그녀가 머릿속에 떠오른 의문을 입 밖에 내기 전에 저스틴이 먼저 선수를 쳤다.

"이네딧 부인이 쉬폰 케이크를 좋아하신다고 들었습니다. 부인과 함께 나눠 드시라고 드리는 겁니다."

베시는 안경알 너머로 커다란 눈을 깜빡거렸다. 이네딧 부인이 쉬폰 케이크를 좋아해? 처음 듣는 말이었다.

하지만 아직 그녀 역시 이네딧 부인과 안 지 얼마 안 된 사이라 아닐 거라고 확신할 수는 없었다. 그리고 그건 저스틴 역시 마찬가지일 게 분명했다.

예쁜 빨간 리본이 묶인 상자를 잠시 내려다보던 베시가 상자를 조심스럽게 받아 들었다.

"그래요. 이네딧 부인이 좋아한다면 어쩔 수 없죠. 같이 나눠 먹어야겠어요."

일부러 선심 쓰듯 하는 말에도 저스틴은 화를 내지 않았다. 그저 묘한 표정을 지은 채, 베시를 보고 있을 뿐이었다.

그 시선을 마주하자 간질간질한 숨이 가슴을 채웠다. 그녀의 눈이 잘못된 것이 아니라면 지금 저스틴은 '다정하게' 베시를 보고 있었다. 괜히 부끄러워졌다.

베시는 자신이 평소와 똑같은 얼굴을 하고 있기를 바라며 상자를 쥔 손에 힘을 꾹 주었다.

"그…… 시간이 많이 지났네! 이제 원단 가게로 가요."

그렇게 말한 베시가 먼저 성큼성큼 앞으로 걸어 나갔다.

그 뒷모습을 본 저스틴은 피식 웃었다. 은빛 매 기사들이 그렇게 두려워하는 악랄한 마녀에게는 다른 사람이 모르는 의외의 모습이 분명 존재하였다.

한 걸음 뒤에서 베시의 뒤를 따르던 저스틴은 곧, 그녀와 어깨를 나란히 하며 걸었다.

두 사람 사이에서는 잠시 아무 말이 없었다.

베시는 자신의 손가락 끝에 스치는 부드러운 공단 리본의 감촉을 느낄 때마다 입가가 벌어지려는 것을 참아야 했다.

일단 이 케이크는 가져가서 직원실에 두었다가, 내일 이네딧 부인이랑 같이 티타임을—

"그래서 진짜 이유는 결국 뭡니까?"

한동안 침묵을 지키던 저스틴의 입에서 불쑥 튀어나온 말에 베시는 고개를 갸웃하였다.

"뭐가요?"

"쿠키를 도서관 이름으로 주문하고, 예약자 명은 제 이름으로 한 이유."

윽. 베시는 저도 모르게 어깨를 가볍게 굳혔다. 아무래도 그는 무언가를 눈치챈 모양이었다.

그러나 베시는 모르는 척, 시치미를 뚝 뗐다. 조금 전과는 달리 아주 자연스럽고 당당한 모습으로.

"이유요? 무슨 이유?"

"……."

아무것도 몰라요, 라고 말하는 것 같은 베시의 얼굴에 저스틴이 한쪽 눈썹을 꿈틀거렸다.

베시는 도서관에서 저스틴에게 심부름을 시켰던 때와 마찬가지로 생글생글 웃었다.

"도서관 이름으로 주문한 건 도서관에서 손님 접대용으로 쓸 과자이기 때문에 경비 처리를 위해서였고, 예약자 명을 저스틴 군의 이름으로 한 건 저스틴 군이 찾으러갈 때 혼선이 없게 하기 위해서였어요."

그녀의 말은 분명 앞뒤가 맞았고, 논리적으로 큰 모순이 없었다. 하지만 저스틴은 이미 그녀의 진짜 의도를 파악하고 있었기에 그 말에 순순히 고개를 끄덕일 수 없었다.

"그렇군요. 그럼 베시에게는 이 '심부름'이 다른 의도는 전혀 없었단 겁니까?"

"어머, 다른 의도랄 게 뭐가 있어요. 정말 과자가 필요해서 주문을 한 거라니까요."

그렇게 날 못 믿겠냐는 것처럼 베시가 천진스러운 표정을 지어 보였다.

"그렇습니까. 그럼 제가 오해를 했나보군요. 혹시라도 베시가 '국립도서관에 저스틴 하이네가 있다'는 사실을 널리 알리기 위해 저를 일부러 이곳으로 보내려고 했던 게 아닌가 했습니다."

"아하하하하하."

저스틴의 말이 끝나기가 무섭게 베시가 크게 웃음을 터트렸다. 저스틴 역시 드물게 은은한 미소를 지으며 말을 이었다.

"제 선부른 오해였나 봅니다. 전 또 설마 베시가 절 선전 간판으로 써 먹으려는 건가 싶어서 오해했지 뭡니까."

베시는 그 말에 아무런 대답을 하지 않은 채, 여전히 딱딱한 웃음만을 흘렸다. 물론 속으로는 '이 남자는 대체 왜 이렇게 눈치가 빠른 거야!'라고 외치며.

저스틴의 추측은 전부 사실이었다. 그가 수도에서 인기가 많은 기사라는 걸 알게 된 후, 베시의 뇌리에 곧바로 스친 생각은 '그럼 그 인기를 이용해 먹자'라는 알뜰살뜰한 생각이었다.

주로 여성이 많이 방문하고, 소문이 쉽게 퍼져 나가는 장소를 골라 주문 예약을 넣어 둔 것도 그래서였다. 장소만 제대로 골라잡는다면 하루만에도 온 수도 내에 소문을 퍼트리는 건 어려운 것이 아니었다.

일반적으로 평민 여성이 기사를 만날 수 있는 기회는 흔치 않았다.

에릭도 말하지 않았던가. 저스틴 하이네가 순찰을 돌면 일부러 그를 보기 위해 거리로 나오는 사람도 있었다고.

그러니 저스틴 하이네를 언제든지 볼 수 있는 곳이 있다면 그곳에는 사람들이 당연히 몰리리라. 그렇게 계산했던 베시는 자신이 한 가지를 깜빡했다는 걸 깨달았다.

저스틴 하이네가 자신에게조차 만만치 않은 남자라는 걸.

어떻게 할까. 손을 꼼지락거리려던 베시는 문득 자신의 손에 들려 있는 케이크 상자에게로 시선을 돌렸다.

자신에게 케이크를 주던 저스틴의 모습, 그리고 은빛 매 기사들 앞에서 자신을 감싸려고 하던 그의 모습이 차례대로 떠올랐다.

가장 마지막으로 떠오른 것은 꽃을 팔던 소녀를 구하려던 모습이었다.

"아—"

그 순간, 베시는 깨달았다.

입으로는 얄미운 말만 골라 내뱉는 이 남자는 곤경에 처한 사람을 그냥 보고 넘기질 못한다. 잔뜩 투덜거리면서도 결국 끼어들어 일을 해결한 후에야 제 갈 길을 가는 그런 남자인 것이다.

그렇다면 그런 남자를 움직일 방법은—

한 가지뿐이다.

결심을 굳힌 베시가 조심스레 입을 열었다.

"저스틴 군."

"네."

"국립도서관 말이에요. 이용객을 예전 수준으로 회복하지 못하면 폐관인 거 알고 있죠?"

"……알고 있습니다."

"이 나라에서 사람들이 유일하게 책을 빌려 볼 수 있는 곳이 국립도서관인 것도 알고 있죠? 책은 고가의 물건이니 형편이 안 되는 이들은 사서 보는 건 어림도 없다는 것도."

베시의 말을 듣던 저스틴이 걸음을 가만히 멈추어 섰다. 그래서 하고 싶은 말이 뭐냐고 묻는 대신, 저스틴은 묘한 시선으로 베시를 내려다보았다. 그 시선을 마주한 베시는 겁 없는 얼굴로 히죽 웃었다.

"도와줘요. 도서관이 폐관되지 않게."

부탁이란 걸 좀체 하는 법이 없는 베시인 것을 알기에 그녀의 말이 낯설었다. 이게 그녀의 진심일까?

저스틴의 눈에 비친 그녀의 모습 위로 얼마 전 피터를 마주하고 있던 그녀의 모습이 겹쳐졌다.

아이를 향해 말갛게 웃던 상냥한 베시 에일. 괜히 가슴 한구석이 욱신거렸다. 괜한 걸 떠올렸다 생각하며 저스틴은 혀를 찼다. 저를 간판처럼 이용해먹으려는 베시의 속셈이 괘씸하다 생각했는데, 벌써부터 마음이 약해지고 말았다.

"제가 '심부름'을 다니는 게 도서관 폐관과 무슨 상관이 있는 겁니까."

"저스틴 하이네가 도서관에 있다는 걸 알면 사람들이 도서관에 관심을 가질 테니까."

너무나 간단하게 베시는 조금 전 저스틴의 추측을 긍정하였다. 맥이 탁 풀릴 정도로 빠른 변화에 저스틴은 약간 당황하고 말았다. 아까 전까지는 그렇게 잡아떼더니 이번에는 솔직하게 이실직고라. 베시 에일은 도무지 종잡을 수가 없는 여자였다.

"……그런 식으로 제 이름을 이용한 홍보가 정말 도서관에 도움이 될 것 같습니까? 일시적으로 사람을 끄는 효과밖에 없을 겁니다."

지극히 타당한 그의 지적에 베시는 픽 웃었다.

"처음에는 당신 때문에 오더라도, 다음에 올 때는 도서관이 좋아서 오고 싶게 만들면 되죠. 그게 관장인 내가 할 일이고."

그녀의 목소리에는 당당한 자신감이 엿보였다. 저스틴은 베시가 어느덧 진지한 눈을 하고 있다는 것을 깨달았다. 그녀가 지금 입 밖으로 내는 가벼운 어조의 말이 모두 진심이라는 것도.

어디선가 가늘게 불어온 바람이 베시의 머리칼을 흐트러트렸다.

머리칼이 드문드문 가리는 안경알 너머의 눈동자는 맑게 시린 한겨울의 하늘과 같았다. 역시 저 안경은 촌스럽군. 그렇게 생각하며 저스틴이 천천히 입을 열었다.

"……어디입니까. 다음 가게 위치."

저스틴의 말을 들은 베시가 빙그레 웃었다.

빰을 꼬집어 주고 싶을 만큼 얄미운, 하지만 귀여운 미소였다.

* * *

두 사람이 도서관으로 돌아온 것은 해가 뉘엿뉘엿 넘어가기 시작한 시간대였다.

돌아오는 길에 저스틴은 양손 가득 무거운 짐을 들었음에도 불구하고, 아무런 불평을 하지 않았다. 베시가 거들겠다고 손을 내밀어도 케이크 상자나 잘 챙기라는 말을 한마디 들었을 뿐이었다.

결국 그녀가 할 수 있는 건 고맙다는 말 한마디뿐이었다.

"바로 집으로 갈 겁니까?"

물건을 어느 정도 정리한 후, 저스틴이 묻는 말에 베시는 고개를 끄덕였다. 은빛 매 기사단은 물론 이네딧 부인 역시 진즉 퇴근한 도서관에는 저스틴과 베시 두 사람밖에 없었다.

"오늘은 남아서 할 일 없어요. 저스틴 군도 바로 가도 좋아요."

"그럼 바래다 드리겠습니다. 준비를 하고 나오십시오."

베시가 필요 없다는 말을 하기도 전에 저스틴은 먼저 등을 돌렸다.

전에도 이런 적이 있었던 것 같은데.

그리 오래되지 않은 기억을 더듬으며 베시가 한숨을 쉬었다. 어차피 도서관을 나서야 하는 건 사실이니, 굳이 그의 제안을 거절할 필요는 없었다.

그녀는 관장실에 올라가 서둘러 낡은 코트를 챙겨 왔다. 계단 층계를 밟고 내려오던 그녀의 눈에 어둠 속에서 가만히 어느 한 곳을 응시하고 있는 저스틴이 보였다.

그의 시선을 따라 고개를 돌렸지만, 베시의 눈에는 보이는 것이 아무것도 없었다.

"저스틴 군?"

이상하다 싶은 생각에 소리 내어 그를 부르자 저스틴이 천천히 고개를 돌렸다.

"거기 뭐라도 있어요?"

베시는 다시 한 번 저스틴이 보고 있던 곳을 보았다. 커다란 나무 가지가 축축 늘어져 제법 음산한 그림자를 만들어 내고 있는 장소였다.

"아무것도 아닙니다. 가죠."

그렇게 말한 저스틴이 베시에게 어서 오라는 것처럼 눈짓을 하였다. 베시는 저스틴이 보고 있던 장소에 계속 시선을 고정한 채, 그의 뒤를 따랐다.

"아까 거기에 정말 아무것도 없었어요? 혹시 유령이라도 본 거 아니죠?"

그를 놀리려는 마음 반, 정말 뭘 본 건가 궁금한 마음 반으로 베시가 던진 질문에 저스틴이 피식 웃었다.

"마녀가 유령을 믿습니까?"

"못 믿을 건 없죠. 마녀의 존재 자체도 유령만큼이나 터무니없는 거 아닌가요?"

자신의 존재를 부정하는 발언을 아무렇지 않게 한 베시가 어서 말해 보라는 것처럼 저스틴의 어깨를 가볍게 쿡 찔렀다. 저스틴은 드물게 망설이는 것 같은 얼굴로 베시를 보더니 결국 고개를 저었다.

"아까도 말했지만 아무것도 아닙니다."

그는 말을 돌리려는 것처럼 작게 헛기침을 한 뒤, 입을 열었다.

"그나저나 아까 그 케이크는 잘 보관하였습니까?"

저스틴이 말한 케이크가 무엇인지 베시는 금방 알아차렸다. 그가 이네딧 부인과 나눠 먹으라며 주었던 쉬폰 케이크. 그것을 떠올린 베시의 입가에 저절로 미소가 떠올랐다.

"아, 내일 티타임 때 먹으려고 잘 두었어요."

그가 일부러 말을 돌렸다는 걸 알면서도 베시는 짐짓 그 수법에 넘어가주었다. 쉬폰 케이크의 몰캉하고 부드러운 맛을 상상하는 것만으로도 기분이 좋아졌기 때문이었다.

"쉬폰 케이크니까 차는 향이 조금 강한 걸로 준비해도 괜찮을 것 같아서 찻잎은—"

한참 신이 나서 떠들던 베시는 멈칫하였다. 자신이 너무 흥분했다는 사실을 깨달은 베시는 어색하게 입을 열었다.

"—미리 골라 두었으니까 이네딧 부인이랑 나눠 먹으려고요."

나는 결코 좋아 죽겠다는 티를 낸 적이 없다, 그렇게 주장하려는 것처럼 베시가 얌전한 척하였다. 고작 케이크 하나 가지고 이렇게 오두방정을 떠는 모습을 보인 게 조금 머쓱하였다. 정작 저스틴은 그런 베시보다는 다른 게 신경이 쓰이는 모양이었다.

"여자들은 디저트를 좋아하는 사람이 참 많군요."

누구라고는 콕 집어 말하지는 않았지만, 저스틴이 말한 그 여자'들'에는 분명 베시도 포함되어 있었다. 며칠 간 그녀를 지켜본 결과, 저스틴은 베시가 상당히 단 걸 좋아하는 편이라는 결론을 내릴 수 있었다. 그녀는 도서관에서 마주칠 때마다 무언가 단 걸 먹고 있었다.

하지만 정작 베시는 다른 생각을 한 듯, 눈을 반짝 빛냈다.

"어머. 저스틴 군. 디저트를 좋아하는 여자분을 많이 아나 봐요?"

그녀는 바로 어제, 에릭이 했던 말을 똑똑히 기억하고 있었다. 저스틴 하이네는 수도에서 가장 인기가 많은 기사 중 하나이지만, 결코 스캔들이 난 적이 없다는 말을.

어쩌면 방심한 저스틴 본인의 입에서 핑크빛 연애담 한 두어 개는 들을 수 있는 게 아닐까.

베시는 잔뜩 기대하며 저스틴을 바라보았지만, 정작 그의 입에서 나온 말은 허탈한 것이었다.

"그렇지는 않습니다. 그저 제 형수님이 디저트를 좀 많이 드시는 데다가—"

거기까지 말한 저스틴은 잠시 말을 멈춘 후, 베시를 힐끔 보았다.

"지금 제 옆에 있는 사람도 꽤 디저트를 좋아하는 것 같아서 말입니다."

그 시선이 노골적이었기에 베시는 저스틴이 지칭하는 상대가 저라는 걸 알아차렸다. 그녀는 얼굴을 찌푸리며 입을 열었다.

"지금 날 두고 하는 말이에요?"

저스틴이 어깨를 으쓱하였다.

"아니요. 누구라고 딱히 말하지는 않겠지만……. 요새 도서관에서 볼 때마다 입가에 쿠키 부스러기가 묻어있거나 크림을 묻힌 사람이 있어서."

헉, 내가 그렇게 자주 뭘 묻혔나? 베시는 저도 모르게 제 입가를 한 번 닦아냈다. 옆에서 나직한 웃음소리가 들려왔다. 아차. 베시는 얼른 손을 내리고 저스틴을 흘겨보았다.

"……저스틴 군, 지금 웃었죠?"

"아닙니다."

약간 웃음기 섞인 목소리로 부정한 저스틴은 평소처럼 무심한 얼굴로 말을 이었다.

"어쨌거나 형수님의 디저트 사랑이 꽤 유별나신 편이라서 여성들은 디저트를 좋아한다고 생각해 왔습니다."

"세라 공작 부인이 그렇게 디저트를 좋아하나요?"

베시는 사람 좋아 보이던 아름다운 귀부인의 얼굴을 떠올렸다. 분명 직접 가게까지 찾아와 애플파이를 먹던 그녀의 정성은 예사로운 것이 아니었다. 보통은 하인을 시켜서 포장해 온 것을 먹는 경우가 대부분이리라.

"네. 형수님께서는 식후에도 디저트를 꼭 챙겨 드실 뿐만이 아니라 가끔은 식사를 가벼운 디저트로 대신할 때가 많습니다. 티 파티도 자주 여시는 편이고.”

에게, 고작 그거 가지고? 나도 하루에 다섯 번도 넘게 디저트 챙겨 먹는데? 참 이상하다며 베시가 고개를 갸웃하였다. 자신이 절대 평범하지 않다는 것을 잊어버린 그녀가 항의하였다.

“형편이 아주 어려운 사람이라면 모를까, 그 정도면 보통 아니에요? 나도 하루에 세 번은 족히 먹는데, 하이네 공작 부인 정도 되는 분이라면 당연히 그 정도는 드시겠죠.”

“……그게 보통이라는 겁니까?”

“네. 내가 보기에는 공작 부인이 따로 유별난 건 아닌 것 같아요. 다른 귀부인들도 그런 사람들 많지 않아요? 저스틴 군도 파티 같은 데 가 보면 알 거 아니에요. 여자들은 다들 술 약간과 디저트만 먹을 텐데?”

일반적으로 파티에 참석한 여성은 음식을 먹는 일이 거의 없었다. 방심하여 배에 힘을 푼 순간, 바짝 졸라맨 코르셋이 풍선 터지듯 빵 터져 버릴지 모른다는 불안감 때문이었다.

게다가 짙은 화장을 한 그녀들이 남자들이 하듯 입을 쩍 벌리고 음식을 먹을 수 있을 리가 없었다. 그렇기에 대부분은 허기를 디저트로 달랬고, 그 습관이 몸에 베다 보니 평소에도 끼니를 디저트로 대신하는 여성이 상당히 많았다.

물론 그녀들이 먹는 디저트가 엄청난 고칼로리라는 사실은 아무도 염두에 두질 않았다. 베시조차도.

“공작 부인이 유별난 게 아니라 대부분의 귀족 여성이 그럴 거예요. 뭐, 평민이라면 먹고 싶어도 먹을 수 없는—"

베시가 세라를 편들 듯 말을 이어가자, 저스틴이 시큰둥한 얼굴로 그녀의 말에 끼어들었다.

"파티에 간 적이 없어서 모릅니다."

"……네?"

자신이 잘못 들었나 싶어서 베시는 다시 한 번 되물었다.

하이네 공작가의 자제가 파티에 간 적이 없다고? 그게 말이 되는 소리인가. 아니면 무언가 사정이라도 있는 걸까?

베시가 호기심이 가득한 시선을 보내자 저스틴이 어깨를 으쓱하였다.

"성가셔서."

"……."

괴짜다, 정말 내 상상을 초월하는 괴짜야, 이 기사님.

베시는 놀라움과 감탄, 그리고 약간의 황당함이 섞인 시선으로 저스틴을 보았다.

그녀가 있던 이디아니움 아카데미는 세계 최고의 학습 기관이었고, 그곳에는 최고의 인재들이 모여들었다.

그들 중에는 신분이 높은 자도 상당히 많았기에 베시는 귀족 혹은 그보다 고귀한 신분의 지인이 제법 있었다. 그녀의 주변에 있던 이들은 대부분 괴짜였지만, 그래도 저스틴만한 괴짜는 없었다.

귀찮아서 파티에 안 가? 제국 최고의 명문 귀족 가의 자제가?

도저히 있을 수 없는 일이었다.

"……안 혼나요?"

"이제 다들 포기했을 겁니다. 전에 불미스러운 사건이 좀 있었으니까."

저스틴의 말이 묘하게 의미심장하였다. 베시는 입꼬리 한쪽을 근사하게 밀어 올리는 이 남자가 어느 파티장에서 예의바른 얼굴로 깽판을 치는 모습을 상상해 보았다.

놀라울 만큼 위화감이 없었다.

하여간 별나. 자신이야말로 정말 별나다는 건 새카맣게 잊어버린 채, 베시는 고개를 절레절레 저었다. 그것을 본 저스틴은 자신 파티를 싫어하는 이유에 대해 조금 더 길게 부연 설명을 덧붙였다.

"내가 왜 전혀 즐겁지도 않은 공간에서 보기도 싫은 얼굴을 마주하는 고문 아닌 고문을 견디겠습니까."

"그렇게 재미없어요, 귀족들의 파티?"

이제까지 베시가 참석해 본 파티라는 건 마녀들의 도시 '하얀 달밤'에서 벌어지던 마녀들의 모임, 그리고 아카데미에서 매년 학생들을 위해 열던 연회 정도였다.

저스틴의 표현 대로 성가신 일도 있긴 하였지만, 베시가 경험한 파티에는 나름대로 즐겁고 유쾌한 기억이 더 많았다. 하지만 아무래도 저스틴 쪽은 전혀 그렇지 않은 모양이었다.

"재미가 없습니다. 의미도 없고. 차라리 그럴 바에는 당신과 있는 편이 훨씬 낫습니다."

아무 생각 없이, 아니 무의식중에 한 말에 저스틴은 스스로 놀랐다.

그는 옆에 있는 여자를 돌아보았다.

저스틴의 동요를 알아차리지 못한 베시는 피식 웃고 있었다. 정말 끔찍한 모양이네요. 그녀의 덧붙임에 저스틴은 무심코 부정하고 싶어졌다.

당신과의 시간은 그 정도로 싫지는 않다고.

"……나쁘지 않겠군요."

"응? 뭐가요?"

"아무리 지루하고, 쓸모없는 파티라도 당신과 함께 간다면 즐거울 것 같습니다."

어머나, 이 남자 좀 봐. 나한테 뭘 기대하는 거람? 나보고 파티에 온 사람들을 지루하지 않게 해 주는 광대 역할이라도 하라는 거야?

저스틴의 말에 숨은 뜻이 무엇인지 알아차리지 못한 베시가 한쪽 눈썹을 꿈틀거렸다.

"저스틴 군. 날 대체 뭐라고 생각하는 거예요?"

베시의 날선 물음이 끝나기가 무섭게 망설임 없는 대답이 돌아왔다.

"국립도서관의 새로운 관장, 이디아니움 아카데미 출신의 학자, 두려움과 함께 위기의식까지 어딘가로 보내 버린 마녀."

응? 마지막이 좀 이상한데. 이번에는 베시가 눈썹을 양쪽 다 꿈틀거렸다.

"그런 사람이 파티장에 있다면 틀림없이 재미있을 겁니다. 당신이 있는 것만으로도 분위기가 꽤 달라지겠죠."

얼핏 듣기에는 장난스러운 목소리였지만, 그 안에는 진심이 담겨 있었다. 하지만 베시가 그것을 알 턱이 없었다. 그녀는 그저 저스틴이 드물게 자신을 조금 좋게 평하는 것 같아 기분이 좋아졌다.

"어머, 그거 참 유감이네요. 내가 저스틴 군과 함께 파티에 갈 일은 저얼대 없을 텐데."

심술 맞게 말한 그녀가 혀를 작게 날름거렸다. 저스틴은 아무 대답을 하지 않았다. 짙은 청록색 눈동자 속에 의미를 알 수 없는 빛이 감돌았다.

"……저도 압니다. 당신과 내가 파티에 갈…… 그런 일은 절대 없겠죠."

그의 목소리가 조금 전보다 차가웠다. 그러나 제 집의 파란 지붕을 발견한 베시의 귀에는 그 소리가 닿질 않았다. 여기까지면 충분하다며 베시는 저스틴의 어깨를 가볍게 툭 쳤다.

"이제 그만 가 봐요, 저스틴 군. 오늘은 고생 많았어요. 내일 봐요."

그렇게 말한 베시는 성큼성큼 제집 방향으로 걸어갔다.

얄미울 만큼 경쾌한 걸음걸이였고, 야속할 만큼 아쉬움이 느껴지지 않는 뒷모습이었다.

괜히 씁쓸한 기분이 들어 저스틴은 입을 꾹 다물었다. 그의 귀에는 아직도 베시가 남기고 간 말이 선명하게 남아있었다.

'어머, 그거 참 유감이네요. 내가 저스틴 군과 함께 파티에 갈 일은 절대 없을 텐데.'

당연하다면 당연한 말이었다. 그런데도 어째서인지 서운하다는 생각을 떨칠 수가 없었다. 우리가 함께 있는 게 싫은 건 내가 아니라 당신이 아니냐는 말이 입안에서 맴돌았다. 한참 동안 베시의 집을 바라보고 있던 저스틴은 한숨을 쉬었다.

"……피곤한가 보군."

그런 게 아니면 갑자기 무거워진 기분을 설명할 길이 없었다. 오늘은 가서 일찍 쉬어야겠다고 생각하며 그가 등을 돌렸다. 그 뒤로 가로등 불빛이 길게 그림자를 드리웠다.

* * *

저스틴이 모습을 감춘 후.

검은 후드를 뒤집어쓴 인물이 골목길에서 조용히 모습을 드러냈다. 그는 사람들이 없는 틈을 타 조용히 길을 걸어 나갔다.

이윽고 그의 걸음이 멈춘 것은 파란 지붕의 어느 집 앞.

바로 베시가 살고 있는 집이었다.

그는 안의 동태를 살피려는 것처럼 창문 앞에 멈추었다. 그러나 창문에는 짙은 커튼이 드리워져 있었기에 그는 제 목적을 이루지 못하였다.

한참을 서성이던 그는 결국 뒤로 물러섰다. 그리고 처음 나타났을 때와 마찬가지로 소리 없이 그림자 속으로 모습을 감추었다.

곧 고요한 어둠만이 거리를 에워쌌다.

*　　*　　*

하늘은 맑고, 바람은 상쾌한 날이었다.

날씨 덕인지 길을 지나다니는 여인들의 얼굴은 하나같이 들떠 있었다.

옷차림만큼이나 입이 가벼운 그들에게서는 요새 수도를 떠들썩하게 만드는 소문이 자연스레 흘러나오고 있었다.

"부인, 그거 들었어요? 도서관에 새 관장이 부임했다는 거."

"도서관? 그 다 망해 가는 도서관을 말하시는 건가요?"

"그래요, 그 도서관 말이에요. 근데 듣자 하니, 그 새 관장이 마녀라지 뭐예요."

"에이, 거짓말. 어떻게 마녀가 도서관 관장이겠어요?"

"정말이라니까요. 그 마녀가 마법을 부려서 은빛 매 기사단을 자기 노예처럼 부려 먹고 있다는 말도 있어요."

"어머나, 무서워라."

마치 연극배우처럼 높은 톤으로 중얼거린 여성의 얼굴에는 두려움이나 불안보다는 호기심이 더 강하게 엿보였다. 그러자 상대는 더더욱 신이 나서 자신이 들은 소문을 펼쳐 놓았다.

"그리고 말이죠. 하얀 사자 기사단의 저스틴 하이네 경이 도서관에서 봉사 활동 중이라는 말도 있더라고요. 사실일까요?"

"어머, 그게 사실이면 굉장하네요. 그 도서관에 가면 저스틴 하이네 경을 볼 수 있는 걸까요?"

재잘재잘 떠들어대는 여성들의 목소리가 한껏 들떠 있었다.

본의 아니게 그녀들의 뒤에서 대화를 엿듣게 된 저스틴은 얼굴을 찌푸렸다. 불행 중 다행으로 지금 그의 얼굴은 커다란 종이 상자 뒤에 가려져 있었다. 덕분에 저스틴은 사람들의 주목을 받는 볼썽사나운 사태를 피할 수 있었다.

그 대신 이렇게 자신에 대한 소문을 직접 귀로 엿듣게 되는 껄끄러운 상황을 겪어야만 했지만.

저스틴이 베시의 '심부름'을 수락한 지 오늘로 벌써 이틀째였다.

그사이, 소문은 제법 빠르게 퍼져 나가 이제 곳곳에서 국립도서관에 대한 이야기가 들려오고는 하였다. 베시의 당초 목적은 확실히 성공한 게 분명했다.

다만 부작용도 있었다.

"하지만 마녀가 관장이라는 게 역시 마음에 걸리네요."

베시에 대한 화제가 나오자 저스틴의 어깨가 저도 모르게 들썩였다. 자신에 대해서 사람들이 떠들 때는 아무렇지도 않았는데, 이상하게도 베시에 대한 이야기가 나오자 마음이 쓰였다.

"저도 그게 좀 마음에 걸려요. 전 차라리 예전처럼 마녀 차별법이 있던 시절이 나은 것 같아요. 요새는 어느 나라건 마녀 차별을 금지하는 게 추세라면서요? 아무리 그렇다 하더라도 마법을 쓰는 여자들을 무분별하게 받아들이는 건 좀—"

베이론 제국은 마녀에 대한 인식이 그다지 나쁘지 않은 축에 속하는 나라였다. 그러나 그렇다고 해서 사람들이 마녀에게 호의적인 시선을 보내는 것은 결코 아니었다.

자신과는 다른 존재, 자신이 할 수 없는 걸 할 수 있는 존재. 사람들은 그런 마녀를 경계하고, 또 두려워하였다.

"젊은이들 중에는 마녀에 관심을 갖는 이들도 있나본데, 바보 같은 일이에요."

"맞아요, 기분이 나쁜 걸요."

저스틴은 앞에서 쉼없이 떠드는 귀부인들의 뒤통수를 노려보았다. 기분 나빠야 해야 하는 건, 저들이 아니라 이쪽이었다. 잘 알지도 못하는 사실에 대해서 편견을 가지고 떠들어대다니.

불쾌해진 저스틴은 사람을 피하기로 결심하고, 재빠르게 머릿속으로 지도를 그렸다. 순찰을 하면서 자연스럽게 여러 지름길을 익힌 덕에 그는 곧 성으로 향하는 외진 길을 찾아낼 수 있었다.

뒷골목 특유의 습한 공기가 피부에 따갑게 와 닿았다.

저스틴은 골목길에 상주하는, 보이지 않는 눈들이 자신을 향하고 있음을 깨달았지만 개의치 않았다.

이 근처라면 검이 필요할 정도로 위험한 인물은 없었다. 기껏해 봐야 여행자 지갑이나 좀 터는 조무래기들 정도이리라. 그런 상대라면 검을 들 필요도 없었다. 대부분은 저스틴에게 책잡히지 않으려는 것처럼 꽁무니를 빼기 바빴다.

어느새 조용해진 골목길 틈으로 햇빛이 잘린 치즈 조각마냥 듬성듬성 쏟아져 들어왔다.

그것을 보며 시간을 가늠한 저스틴은 얼굴을 찌푸렸다. 당초 계획보다 제 귀가 시간이 조금 늦어졌다는 것을 깨달은 탓이었다. 도서관에 있는 베시 생각에 어느새 그의 걸음이 자연스레 빨라지기 시작하였다.

은빛 매 기사들이 무언가 좋지 않은 마음을 품고 있다는 걸 안 이후로, 저스틴은 되도록 베시의 곁을 떠나려 하지 않았다.

하지만 아무리 신경을 써도, 이렇게 어쩔 수 없이 도서관을 비워야 하는 때도 있었다. 그럴 때는 가급적 빨리 일을 해결하고 다시 도서관으로 돌아가는 수밖에 없었다. 그사이 별일은 없으리라 스스로를 안심시키며.

이네딧 부인도 있으니, 은빛 매 기사들이 도서관에서 직접적으로 무슨 일을 벌일 리는 없다.

무엇보다 그들은 베시를, 정확히는 베시의 마법이 곳곳에 도사리고 있는 도서관을 두려워하고 있었다.

그러니 만일, 그들이 무언가 계략을 꾸민다면 도서관 밖에서 일이 벌어질 것이다. 그것을 잘 알고 있는 저스틴은 괜한 불안을 잊으려는 것처럼 걸음을 서둘렀다.

그때, 문득 멀지 않은 곳에 붉은 무언가가 휙 움직이는 것이 보였다.

붉은색. 저스틴은 저도 모르게 그 색을 따라 시선을 돌렸다.

그리고 자신의 시선에 끝에 있는 것이 붉은 머리칼의 낯선 이라는 걸 알고 쓴웃음을 지었다.

그녀가 이런 곳에 있을 리가 없는데, 아무래도 자신이 너무 예민하게 반응한 것 같았다.

저스틴이 그런 생각을 하며 그곳을 막 지나치려고 할 때였다.

붉은 머리, 그리고 쥐색 코트.

이번에는 분명 아는 얼굴이었다.

"베시!"

저스틴이 커다랗게 베시의 이름을 부르자, 그녀가 깜짝 놀라 뒤를 돌아보았다. 그리고 저스틴의 얼굴을 보자마자 '망했다'라는 표정을 지었다. 엉덩이를 뒤로 슬금슬금 뺀 그녀에게서 도망가려는 기색이 느껴졌다. 저스틴은 단숨에 그녀를 향해 달려갔다.

"당신이 어째서 여기 있는 겁니까?"

"어, 아— 그러는 저스틴 군이야말로 대체 왜 여기 있는 거예요? 도서관으로 가는 길은 여기가 아니지 않아요?"

대답이 궁해진 베시가 되레 질문을 던지자, 저스틴은 눈썹을 삐딱하게 움직였다.

"질문은 제가 먼저 했습니다."

"아, 아니 뭐, 별 건 아니고 이 근처에 볼일이 좀 있어서요."

누가 보더라도 별 게 있는 게 분명한 얼굴로 베시가 시선을 피하였다. 그러더니 다시 한 번 화제를 돌리기 위해 노력하였다.

"그러는 저스틴 군이야말로 여긴 진짜 무슨 일인 거예요? 설마…… 농땡이! 저스틴 군 지금 농땡이 치려고 이리로 온 거죠!"

그 노력이 가상했기에 저스틴은 한숨과 함께 입을 열었다.

"아닙니다. 이쪽에 성으로 향하는 지름길이 있습니다."

"어머나, 그렇구나. 응, 그럼 조심해서 들어가요. 나는 이만 볼일을 보러 가야해서, 호호호."

베시는 싱긋 웃으며 등을 돌렸다. 명백히 이 자리를 도망치려는 수작이었다.

하지만 무언가가 있다는 걸 짐작한 저스틴이 그녀를 순순히 보내 줄 리가 없었다. 그는 손에 들고 있던 종이 상자를 대충 옆으로 내던진 뒤 손을 뻗었다.

"베시."

동작 그만, 이라고 말하는 것처럼 저스틴이 베시의 어깨를 턱 붙잡았다. 어깨를 붙잡힌 베시가 놀란 얼굴로 뒤를 돌아보았다.

"저스틴 군, 지금 뭘 던진—"

하지만 베시가 핀잔을 하기도 전에 저스틴은 꿋꿋하게 제 할 말을 하였다.

"동행하겠습니다."

이미 예상했던 저스틴의 제안에 베시가 격한 거부반응을 보였다.

"아니, 아니, 아니! 그럴 필요는 저언혀 없어요! 저스틴 군은 그냥 가서 도서관에서 은빛 얼간이, 아니 은빛 매 기사분들이 땡땡이 안 치고 열심히 일하나 확인만 좀 해 주세요."

언제는 그들과 나를 같이 두면 위험해서 안 된다고 하지 않았느냐는 말 대신 저스틴은 다른 대답을 입에 담았다.

"이네딧 부인이 계시잖습니까."

"이, 이네딧 부인은 장서 매입 때문에 잠시 자리를 비울지도 모른다고 했어요! 그러니까 저스틴 군이—"

"제가 감시하지 않아도 그들이라면 당신이 시키신 일을 충실히 수행할 거라 장담하죠."

무엇보다 지금 필요한 건 그들을 감시하는 게 아니라 그들이 당신에게 무슨 짓을 못 하도록 지켜보는 거니까.

사실 랜돌프가 못된 말을 입에 담은 후로 벌써 며칠이 지났고, 그 뒤로 베시의 주변에 큰 문제는 없었다. 하지만 방심할 수는 없었다.

'사고라도 한 번 당하면 얌전해지지 않겠어?'

랜돌프의 비열한 얼굴과 악의 어린 목소리가 아직도 기억 속에 선명하였다. 역시 베시를 혼자 두는 건 위험하였다.

"있죠. 저스틴 군, 내가 무슨 세 살배기 어린애도 아니고 괜찮거든요? 나, 진짜 그냥 혼자 가도 되는데."

"당신을 혼자 두면 세 살배기 어린애보다 더 불안합니다."

아니, 그게 무슨 뜻이야!? 베시가 눈을 세모꼴로 치켜 올리자, 저스틴이 작게 헛기침을 하였다. 지금은 쓸데없는 말싸움으로 시간을 소모할 때가 아니었다.

"아무리 성 근처라지만 이런 골목길은 치안이 좋지 않습니다. 그런 곳에 당신을 혼자 두고 갈 순 없습니다."

저스틴이 너무나 단호했기에 베시는 곤란해지고 말았다. 그의 청록색 눈동자에 서린 고집이 보통의 것이 아니라는 걸, 그녀도 이미 알고 있었다.

어쩔 수 없다는 걸 깨달은 베시가 고갯짓을 하였다.

"알았어요. 대신 지금부터 가는 곳에서는 아무 말도 하지 말고, 가만히 있기. 알았죠?"

무언가 불길한 예감에 저스틴은 쉽사리 대답하지 못했다.

"베시. 어딜 가려는 겁니까?"

"……약속 먼저. 안하면 안 데려갈 거예요."

베시의 푸른 눈동자가 반짝 빛났다. 저스틴은 속으로 한숨을 내쉬었다. 베시가 저스틴의 굳센 고집을 아는 것처럼 저스틴 역시 그녀의 성격을 알았다.

"……약속하겠습니다."

베시는 저스틴의 말에 만족스레 웃었다. 이러니저러니 해도 그가 약속을 어길 사내가 아니라는 걸 알고 있었으니까.

"좋아요, 그럼 따라와요. 방금 내동댕이친 그 상자 챙겨서."

*　　*　　*

"베시."

"가만히 있기로 약속했죠?"

목적지에 도착한 저스틴이 무언가를 말하고 싶어 하는 얼굴을 하였다. 하지만 베시는 씨익 웃으며 약속을 지키라고 저스틴의 입을 막았다.

그 요구대로 저스틴은 입을 다물었지만, 그의 시선은 날카롭게 주변을 살피느라 바빴다.

"하하하하! 그 새끼, 그거 완전히 미친 거 아니야?"

"왜 아니겠어? 아주 돌아 버린 놈이지! 히히히."

"어이, 여기 술 더 가져와!"

베시가 저스틴을 데리고 간 곳은 술집이었다.

그것도 꽤나 좋지 않은 냄새가 나는 쪽의 술집.

현상 수배지에 얼굴이 실려 있을 것 같은 사내들이 자리를 가득 메우고 있는 그곳에서 촌스러운 옷차림의 베시와 커다란 상자를 든 저스틴은 자연스럽게 이목을 끌 수밖에 없었다.

"뭐야? 저것도 계집이냐? 엊그제 내가 밟아 죽인 쥐 새끼 같은 코트를 입고 있는 꼬라지 하고는! 차라리 벗고 다녀라!"

"하하하! 맞아, 차라리 홀딱 벗으라지!"

술에 얼큰하게 취한 사내 몇 명이 더러운 욕설이 섞인 야유를 베시에게 던졌다.

저스틴의 얼굴에서 순간 여유가 사라졌다. 전에는 크리스가 베시가 입고 다니는 코트가 매우 촌스럽다고 말한 적이 있었다. 그 역시 그 의견에는 동감이었다. 그러나 술집의 건달이 베시를 비하하는 건 전혀 다른 차원의 문제였다.

그것도 여성에게 상당히 치욕적인 발언을 아무렇지 않게 일삼는 행태가 역겨웠다.

만일 그의 손에 칼이 들려 있었다면 사내가 말을 끝내기도 전에 술집에서는 피바람을 불었을지도 모르는 노릇이었다.

베시는 종이 상자를 든 저스틴의 손가락이 위험하게 꿈틀거리는 것을 목격하고, 재빠르게 그의 팔을 붙잡았다.

"약속했잖아요, 저스틴 군."

"……어째서 이런 곳에 온 겁니까, 베시."

분노를 간신히 삭인 저스틴의 질문에 베시는 눈짓을 하였다.

사람들의 시선이 가장 안 미치는 외진 구석.

모자를 깊게 눌러쓰고 있는 작은 체구의 소년이 보였다. 그 모습이 무척 익숙하다는 것을 깨달은 저스틴은 아, 하는 신음을 흘렸다.

분명 베시의 지갑을 슬쩍하려고 했던 소년, 에릭이 테이블에 앉아 누군가를 기다리고 있었다.

베시는 저스틴을 데리고 에릭이 있는 테이블로 향하였다.

"오래 기다렸어?"

"왜 이리 늦—"

늦었냐. 항의하려던 에릭은 베시의 옆에 서 있는 저스틴을 보고 눈을 휘둥그레 떴다.

"자, 잠깐! 베시! 대체 여기 저 사람이 왜 있는 거야!?"

"아, 그게 만났어. 바로 조기 앞에서."

"알아서 떨구고 왔어야지!"

"따라오겠다는 걸 어떡해. 그리고 내가 이 사람을 떨굴 수 있겠어? 나 운동 신경은 별로 안 좋단 말이야."

"그래도 어떻게든 떼어 놓고 왔어야지! 안 그럼 굳이 성 밖에서 이렇게 만나는 이유가 없잖아!"

"괜찮아. 저스틴 군은 비록 성격이 모났고, 사람 염장 지르는 말을 하는 사람이지만 입은 무겁거든. 그러니까 오늘 우리 대화는 못 들은 걸로 해 줄 거야. 그쵸?"

"……때와 경우에 따라서는 다릅니다. 그런데 베시? 방금 뭐라고 했습니까? 내가 성격이 모났고, 사람 염장 지르는 말을 하는 사람이라고 했습니까?"

저스틴의 대답에 에릭은 한숨을 쉬며 고개를 저었다.

어이구, 맙소사. 이 둘 사이에 껴있어 봐야 좋은 꼴을 못 볼 게 분명했다. 지금이라도 다시 약속을 잡고, 이 자리를 벗어나는 게 현명하지 않을까.

에릭이 혼자 심각하게 고민에 빠져 있는 사이, 베시는 히죽거리며 대답하였다.

"네? 내가 그런 말을 했나요? 어머, 나도 모르게 솔직하게 마음속에 있는 말을 하고 말았나 봐요. 이해해 줘요, 저스틴 군."

"괜찮습니다. 이해합니다. 베시는 생각이 짧고, 뻔뻔함 성품의 소유자니 충분히 그럴 수 있겠죠."

"그건 저스틴 군이잖아요!"

"베시겠죠."

저스틴과 베시가 옥신각신 다투는 모습을 본 에릭이 아련한 얼굴을 하였다.

"저기, 베시. 그냥 다음에 약속 다시 잡는 게 낫지 않겠어?"

"뭡니까. 내 앞에서는 못 할 대화라도 나누려는 겁니까?"

저스틴의 눈이 위험스럽게 빛났다. 에릭이 깜짝 놀라 온몸으로 그것을 부정하기 전에 베시가 먼저 입을 열었다.

"그런 거 아니니까 걱정 말아요. 크리스에게 해를 끼칠 내용은 아니고, 제국에 지대한 위험을 끼칠 내용도 아니거든요."

"그럼 상관없겠군요. 내 앞에서 말해 보시죠."

다소 거만한 저스틴의 대답을 들은 베시는 여봐란듯이 듯 에릭을 향해 고개를 추켜올렸다.

"봐봐. 이런 점은 생각보다 말 잘 통하는 기사님이라니까?"

뭐야. 방금 전까지 둘이 싸우고 있지 않았나.

사이가 좋은 건지, 나쁜 건지 헷갈리는 두 사람의 모습에 에릭은 얼굴을 찌푸렸다.

"하아— 오죽하시겠어."

"그래, 그래. 괜찮으니까 빨리 시작하자. 저스틴 군도 그 상자 거기 옆에 대충 둬요."

베시의 말대로 저스틴이 상자를 테이블 밑으로 내려놓는 사이, 에릭은 손가락을 튕겨 사람을 불렀다.

인상이 썩 좋진 않은 점원에게 맥주 두 잔과 진저에일을 주문한 에릭은 곧 자신의 실수를 깨닫고 맥주 한 잔을 딸기 주스로 변경하였다. 곧 거품이 근사하게 올라간 맥주 한 잔과 진저에일, 그리고 딸기 주스 한 잔이 테이블에 놓였다.

에릭은 능숙한 손놀림으로 맥주를 베시 쪽에 두고, 진저 에일은 제 앞에, 마지막으로 딸기 주스는 저스틴 앞에 두었다. 설마 하니 자신의 앞에 딸기주스가 놓일 거라 생각하지 못했던 저스틴이 눈썹을 꿈틀거렸다.

"……이건 무슨 의미입니까."

"기사님은 술 못 하시니까 딸기 주스를 드시라는 의미요. 저랑 같은 거 시켜드릴까 했는데, 진저에일은 좀 취향타는 음료잖아요. 그래서 무난한 딸기주스로 시켰죠."

딴에는 저스틴을 위한 에릭의 따듯한 배려였다. 저스틴 역시 그것을 알고 있었기에 불만을 토로할 수가 없었다. 하지만 이런 가게에서 내가 딸기 주스나 마셔야겠냐는 마음에 그는 쉽게 잔을 집어 올리지 못했다.

"여기 가게가 더럽긴 해도 음료는 다 괜찮으니까, 딸기 주스 마음에 드실 거예요. 베시, 너도 맥주 한 번 마셔 봐. 여기 라거 진짜 끝내준다고 술꾼들 사이에서는 호평이거든."

"그래? 그럼 어디 한 번—"

눈을 반짝 빛낸 베시가 커다란 맥주잔에 입을 대고 몇 모금을 꿀꺽꿀꺽 들이마시더니 눈을 휘동그레 떴다.

"오, 진짜 술맛 괜찮네? 이거라면 몇 잔이고 마실 수 있겠다."

베시는 단숨에 반 정도 맥주를 들이마신 후, 잔을 테이블 위에 내려놓았다. 저스틴은 아직도 딸기 주스에는 손도 대지 않은 채, 못마땅하다는 시선을 보내고 있었다. 베시는 그런 저스틴을 모른 체하며 에릭을 향해 입을 열었다.

"그래서 어떻게 됐어? 정보는?"

에릭은 저스틴 쪽을 힐끔 본 뒤, 망설이다가 입을 열었다.

"더 캐 봤는데, 나온 건 없었어. 저번에 말한 정도에서 끝."

"흐음, 역시 밖에서 조사하는 건 한계가 있네. 더 안 나온단 말이야?"

"저번에 알아낸 정보만 해도 입수하는데 엄청 고생했다구. 애초에 내가 말한 정보, 밖에서는 돈 적 없는 이야기뿐인 거 알기

나 해?"

에릭은 자신의 고생을 몰라도 너무 모르는 게 아니냐며 툴툴거렸다.

가만히 두 사람의 대화를 듣고 있던 저스틴은 타이밍을 재어 대화에 끼어들었다.

"뭘 조사하고 있는 겁니까, 베시?"

"아, 별건 아니에요. 얼마 전에 보조의가 연달아 그만둬서 새로 보조의 뽑았던 일에 대해서 좀 조사를 했거든요."

"베시!?"

베시가 너무나도 간단하게 자신이 무엇을 조사했는지 밝히자 오히려 에릭이 깜짝 놀라고 말았다.

황가에 충성하는 기사단의 일원에게 이런 이야기를 쉽게 하다니. 자칫 잘못하다가는 엄한 꼴을 당할지도 모르는 노릇이었다. 하지만 베시는 태연하였다.

"왜? 저스틴 군이 전에 그랬단 말이야. 거짓말은 나쁜 거라고. 난 그래서 사실대로 말한 것뿐이야."

베시의 천연덕스러운 대답에 이번에는 저스틴이 조금 놀란 얼굴을 하였다. 마치 내가 그런 말을 언제 했냐는 것 같은 표정이었다.

그러나 그는 곧 짐작 가는 바가 있는지 아, 하는 소리와 함께 이마를 문질렀다.

베시가 자신을 놀려 먹으려는 걸 눈치챘을 때, 조금 심술을 부렸던 적이 있었다. 가까이서 본 베시의 눈썹이 나비의 여린 날개처럼 파르르 떨리던 모습이 기억 속에 생생하였다.

그것을 떠올리자 어째서인지 입안이 조금 마르는 것 같았다. 저스틴은 방금 전까지는 손도 대지 않았던 딸기 주스를 집어 올려 목을 축였다.

그것을 보며 베시가 저스틴을 향해 몸을 기울였다.

"있죠, 저스틴 군. 듣자 하니 첫 번째 보조의랑 두 번째 보조의는 모두 실종되었다는데, 사실이에요?"

"……대답할 수 없습니다."

베시의 말에 저스틴은 나름대로 단호하게 대답하였다. 하지만 에릭과 베시 모두 저스틴의 그 대답에 눈을 동그랗게 뜨고 놀라고 말았다.

"결국 그 정보가 정말이란 말이네?"

"그럼 정말 실종이란 말이야?"

베시와 에릭이 각각 외친 말에 저스틴은 잠시 당황하였다. 내가 뭘 어쨌다고 이런 반응들이란 말인가. 그러나 곧 그는 자신의 실수를 깨닫고 한숨을 쉬었다.

저스틴은 베시의 질문에 아니라고 대답하지 않았다. 대답할 수 없다는 말은 결국 긍정이나 다름없는 말이었다. 내가 이런 실수를 할 줄이야. 저스틴은 얼굴을 구기며 딸기 주스를 한 모금 더 마셨다.

이때가 기회다, 싶었는지 베시는 질문 공세를 퍼붓기 시작하였다.

"범인에 대한 단서는요?"

저스틴은 묵묵부답으로 일관하기로 작정하였다.

"……."

"로젠베리를 듀벨 왕가에서 대량으로 사들인 건 왜 그런 거죠?"

"……."

"최근 성안에서 무언가 사건이 벌어졌던 건가요?"

"……."

"흐음, 보조 주치의 실종 사건과 로젠베리를 대량으로 사들였던 시기, 묘하게 겹치던데. 저스틴 군이라면 이유, 알죠?"

"……."

베시가 질문 공세를 퍼붓는 동안에도 저스틴은 얼굴색 하나 바꾸지 않았다.

실수는 한 번이면 족했다.

옆에서 그 모습을 지켜보던 에릭은 한숨을 쉬며 베시의 어깨를 툭 쳤다.

"베시, 그쯤해 둬. 이 기사님 죽어도 입을 안 열 작정이야."

쯧, 베시는 혀를 차며 저스틴을 곁눈으로 흘겨보았다. 치사하게. 그것 좀 말해 주면 어디가 덧나나. 베시의 따가운 눈총을 받으며 저스틴은 이해할 수 없다는 얼굴로 입을 열었다.

"베시. 나야말로 묻고 싶군요. 대체 어째서 그런 걸 조사하는 겁니까? 당신은 도서관의 관장이니 이건 당신의 할 일이—"

"아니요, 저에게 필요한 일 맞아요. 황가의 일이라면 크리스와 관계가 있는 거고, 크리스가 연루된 일이라면 나랑 무관한 일은 아니죠."

저스틴은 그녀의 말에 잠시 놀란 얼굴을 하였다. 크리스에 관한 일이라면 자신과 무관한 일이 아니다? 베시의 말투는 마치 크리스와 자신이 사이가 각별하니, 그의 일도 베시에게는 아주 중요한 일이라고 하는 것만 같은 투였다.

베시는 그런 저스틴의 오해를 금방 눈치채고 입을 열었다.

"아. 뭔가 되게 오해하고 있는 표정인데, 말해 두지만 저스틴 군이 생각하는 그런 건 아니에요. 절 도서관 관장으로 임명한 게 크리스고, 그 크리스가 한창 귀족 나으리들과 파워 게임 중이잖아요? 만일 그가 진다면, 저에게도 불리한 상황이 생길 테고. 그걸 위해서예요. 미리 내가 움직일 수 있도록 포석을 깔기 위한."

베시의 말에 저스틴은 잠시 침묵하였다.

분명 그녀의 말은 이치에 맞았다.

현재 베시는 크리스의 추천으로 도서관 관장이 된 상태였다. 그러니 크리스에게 무슨 일이 생긴다면 베시 역시 그를 돕기 위해 움직일 수밖에 없으리라.

하지만 그것을 머리는 이해하면서도 가슴은 이해하지 못했다.

저스틴은 베시가 지금 이런저런 조사를 하는 것이 크리스 때문이라고 생각하자 숨이 턱 막히는 것을 느꼈다.

어라? 어째서 이렇게 기분이 불쾌한 거지? 그는 이유 모를 불쾌함과 불편함에 입안이 쓴 것을 느꼈다. 마치 베시에 대해 잘 알지도 못하면서 험담을 하던 행인들을 마주했을 때와 비슷한 ― 하지만 그때보다도 더욱 싫은 기분이었다.

화풀이라도 하는 것처럼 그는 잔에 남아있던 딸기 주스를 단숨에 들이켰다. 새콤달콤한 맛이 입안 가득 퍼졌지만, 가라앉은 기분까지 씻어 주지는 못했다.

"뭐, 말은 거창하게 했지만 결국 알아낸 건 별것 없긴 하잖아, 베시."

"칫. 기왕이면 네가 더 힘써 줬으면 좋았을 텐데. 내 까마귀는 내 생각보단 무능한 것 같다?"

베시가 에릭을 향해 애꿎은 핀잔을 던지자, 그는 난 최선을 다했다고 주장하는 것 같은 얼굴로 항변하였다.

"무슨 소리야. 난 돈 받은 만큼은 했잖아. 그리고 당신이 시킨 다른 것도 조사하느라 꽤 바빴단 말이야."

"바쁘긴 뭐가 바빠? 애초에 그 책들에 대한 기본적인 정보는 내가 다 줬잖아. 네가 알아본 건 이 수도에서 그 책들이 무언가 특별한 의미가 있는지 정도였으면서."

"『만일의 세계』, 『왕과 열두 종소리의 탑』, 『용을 찾는 아이들』, 『사랑의 증표』. 이 책 모두 나온 지 한참 된 책들이라서 단순한 정보를 찾는 것도 힘들었거든?"

에릭은 책에 대한 조사가 오히려 성의 내부 사정에 대한 조사보다 더 힘들었다고 불만을 토로하였다.

사실 에릭의 말은 옳았다. 애초에 책이라는 게 그다지 인기가 없는 이 나라에서, 책에 대한 소문이나 정보를 수집하는 게 쉬울 리가 없었다.

"게다가 그 책들, 아무리 캐 봐도 별건 없었잖아. 대체 왜 굳이 그런 낭만 소설에 대해서 알아보라고 시킨 건데?"

참으로 쓸데없는 시간을 소비했다는 얼굴로 에릭이 질문을 던지자 베시는 입을 꾹 다물었다.

2층에 있던 열람실을 정리하면서 발견했던 4권의 책.

『만일의 세계』

『왕과 열두 종소리의 탑』

『용을 찾는 아이들』

『사랑의 증표』

그 4권의 책이 아무리 생각해도 마음에 걸렸다.

정확한 이유는 알 수 없었지만, 그 책이 마치 누군가에게 메시지를 전달하기 위해 놓여 있던 것처럼 느껴졌으니까.

그렇기에 베시는 에릭을 시켜 여러 방향으로 조사를 하였다. 베시가 알기로 4권의 책에는 어떠한 공통점이나 특별한 점은 없었다. 하지만 혹시 또 모르는 일이었다. 이 제국에서는 그 4권의 책에 어떠한 의미가 있을지도.

그러나 에릭을 통한 조사 결과 밝혀진 것이라고는 베이론 제국에서는 책이라는 게 참 인기가 없다는 슬픈 결론 정도였다.

"분명, 뭔가 있을 텐데 말이지."

베시는 자신만이 아는 안전한 장소에 옮겨 둔 4권의 책에 대해 생각을 하며 맥주를 한 모금 더 들이켰다. 먼 곳을 향한 그녀의 눈이 무언가 아주 복잡하고 어려운 수수께끼를 푸는 것처럼 반짝거리고 있었다.

있기는 개뿔. 그렇게 중얼거리던 에릭은 문득 또 한 명의 일행이 너무 조용하다는 것을 깨달았다. 그러고 보니 기사님은, 왜 이리 조용—

"우왓! 베, 베시!"

"으응? 왜, 우왓!"

에릭의 당황한 외침에 심드렁하게 대답하던 베시 역시 저스틴이 앉아 있던 방향을 보고 기겁하고 말았다.

"저, 저스틴 군!?"

조금 전까지 딸기 주스를 한 번에 들이켜던 저스틴이 테이블 위에 축 늘어져 있었다.

"왜 그래요? 어디 아파요?"

당황한 기색이 역력한 얼굴로 베시는 허둥지둥 저스틴을 살펴보았다. 에릭 역시 의자에서 뛰어내려 베시를 도왔다.

저스틴이 으음, 하는 신음을 흘렸다. 베시는 갑자기 저스틴이 열이라도 나는가 싶어서 급하게 그의 몸 상태를 확인하였다.

"열이, 좀 나나? 갑자기 왜 이러지? 감기, 는 아닐 테고?"

혼란에 빠진 베시가 저스틴의 병명을 이리저리 추측해 보는 사이, 에릭은 저스틴이 마시다 남긴 딸기 주스 컵을 들어 올려 그 안에 담긴 액체를 맛보았다. 쩝쩝 입맛을 다시며 에릭은 얼굴을 찌푸렸다.

"……베시."

"아! 이럴 때는 의사를 불러야 하나? 아, 아니! 일단 데리고 나가는 게 낫나?! 그리고 하이네 공작가에도 연락 넣어야 하고, 이네딧 부인한테도 일단 말해야 하고…… 앗! 근데 오늘은 도서관에 은빛 매 기사들이 있을 테니까 이네딧 부인에게 말하는 건 나중에 해야겠다! 그럼 일단 당장 하이네 공작저로 전언을 보내서……."

"베시."

"아, 바빠 죽겠는데 왜 그래! 너도 빨리 부축해서 여기서 저스틴 군을 데리고—"

"병 걸린 거 아니니까 걱정하지 마. 그 기사님, 취한 거니까."

"……뭐? 취해?"

"이 딸기 주스, 발효된 건가 봐."

에릭이 자신이 든 딸기 주스 컵을 베시를 향해 내밀었다. 베시는 킁킁 냄새를 맡아보았지만, 알코올의 알자도 느껴지지 않았다.

미심쩍은 얼굴을 한 그녀는 컵을 받아 들어 바닥에 조금 남아 있던 주스를 한 모금 맛보았다. 달콤하고 새콤한 맛이 곧 입안을 가득 채웠다. 오, 생각보다 괜찮네.

딸기주스의 맛에 감탄하던 그녀는 곧 끝 맛에서 묘하게 술맛 비슷한 맛이 난다는 것을 알아차렸다.

"……발효 딸기 주스구나, 이거."

이 가게의 딸기 주스는 아마도 저장고에 오래 숙성시킨 주스인 모양이었다. 하지만 암만 생각해도 고작 반 잔을 마시고 취할 정도의 알코올 농도는 아니었다.

"……이걸 먹고 이 기사님은 취한 거고."

어린애가 마셔도 안 취할 것 같은 이걸 마시고 취하다니. 에릭이 기가 막힌다는 얼굴로 덧붙인 말에 베시는 아련한 표정을 지었다.

미간을 잔뜩 찌푸린 채, 끙끙 앓고 있는 저스틴을 보자니 사과주에 얽힌 어느 날 밤의 아름답지 않은 추억이 떠올랐다.

"……또 제 발로 걸어서 보낼 셈이야? 난 이번에는 보모 역할 진짜 사절이거든?"

에릭도 같은 기억을 떠올린 것인지 베시에게 짜증스레 물었다. 아아. 정말이지. 베시는 절레절레 고개를 저으며 한숨을 내쉬었다.

저스틴 하이네는 정말 생각하지도 못한 부분에서 손이 많이 가는 남자였다.

*　　*　　*

장난감을 사 달라고 조르는 아이의 목소리.

그것을 엄하게 꾸짖는 엄마의 목소리.

큰 소리로 자신의 사업이 번성함을 자랑하는 신사의 목소리.

커다란 새 보석이 갖고 싶다고 교태를 부리는 숙녀의 목소리.

베시는 지나다니는 사람들의 목소리를 음악처럼 감상하며 벤치에 가만히 앉아 있었다. 그리고 그런 베시의 무릎에는 저스틴의 머리가 놓여 있었다.

술에 취해 곯아떨어진 저스틴을 에릭과 함께 술집 밖으로 끌고 나온 베시는, 큰길가에 있는 광장으로 그를 데리고 왔다. 에릭은 저스틴을 집으로 보내지 않는 베시의 결정에 의아해했지만, 곧 그 이유를 깨달았다.

대낮부터 술에 취해서 집으로 돌아가는 저스틴 하이네. 그 얼마나 말도 안 되는 모습이란 말인가. 저스틴의 명예와 하이네가의 품위를 위해서라도 있어서는 안 되는 일이었다.

물론 베시는 단지 '조금만 기다리면 딸기 주스의 알코올 같은 건 금방 사라질 테니까'라는 이유로 기다리기로 한 것이었지만.

나무 그늘에 놓여 있는 벤치로 포근한 봄바람이 불어왔다.

사람들은 벤치에 앉아 있는 여자와 그녀의 무릎을 베고 있는 남자에게 큰 관심을 주지 않았다. 지나다니는 이들은 모두 그들을 날이 좋아 데이트라도 나온 연인이겠거니, 생각하였다.

만일 그 남자가 저스틴 하이네고, 그가 술에 취한 상태라는 걸 알았다면 구경하려 몰려든 사람들로 난리가 났겠지만, 다행히도 그런 소란은 벌어지지 않았다.

주변은 적당히 요란스러웠고, 시간은 천천히 흘러갔다.

베시는 자신의 무릎을 베고 누운 남자의 얼굴을 가만히 내려다보았다. 그냥 눕혀 놓기는 뭣해서 무릎을 빌려주기는 하였지만, 언제까지 이러고 있어야 하는 건가 투덜거리며.

하지만 그런 불만은 저스틴의 잠든 얼굴을 마주한 순간, 순식간에 사라지고 말았다.

"하—"

생기기는 진짜 잘생겼단 말이지. 베시는 미간을 살짝 찌푸리고 있는 저스틴의 얼굴을 가만히 내려다보았다. 반듯하고 예쁜 이마에 그녀의 시선이 오래도록 머물렀다. 검은색 머리칼이 바람이 불 때마다 물결처럼 잔잔히 흔들리고 있었다.

베시는 저도 모르게 손을 뻗어 저스틴의 머리칼을 살며시 쓸어 넘겼다. 보드라운 털의 감촉이 그림자처럼 손에 달라붙었다.

꼭 강아지 털 같네. 베시는 어렸을 때, 만져 보았던 어린 강아지의 감촉을 떠올리며 저스틴의 머리칼을 열심히 쓰다듬어 보았다.

이 남자가 묘하게 귀여워 보이는 것이 아무래도 위험했다.

이제 슬슬 그만할까, 그런 생각을 하며 베시가 슬그머니 손을 뗄 때.

불현 듯 무언가가 턱, 베시의 손을 잡았다.

깜짝 놀란 베시가 자신의 손목 쪽으로 시선을 돌려보니 어느새 저스틴의 손이 베시의 손을 꼭 붙잡고 있었다.

"깨, 깼어요, 저스틴 군?"

마치 잘못을 들킨 어린아이처럼, 베시는 멋쩍음을 감추며 물었다. 그녀의 목소리에 반응하듯 저스틴이 천천히 눈을 떴다. 짙은 속눈썹 아래 자리한 그윽한 청록색 눈동자가 본능적으로 베시를 향하고 있었다.

"……."

무슨 일인지 눈을 뜨고서도 그는 아무 말을 하지 않았다. 그저 베시를 가만히 바라볼 뿐. 한동안 그런 저스틴에게 시선을 붙잡혔던 베시는 곧 자신을 보는 저스틴의 눈매가 묘한 감정에 젖어 있다는 것을 깨달았다.

무슨 일일까? 아직 잠이 덜 깼나? 아니, 술기운이 덜 빠진 걸까? 베시는 고개를 갸웃하였다.

"베시."

방금 전까지 잠들어 있던 사람이라고는 믿을 수 없을 만큼 또렷한 목소리로 저스틴이 베시를 불렀다. 그 목소리에 이상하게 가슴이 쿵 내려앉았다. 동요를 애써 감추며 베시가 저스틴을 향해 고개를 숙였다.

"왜요?"

"위험한 일은 하지 마십시오."

눈을 뜨자마자 제일 먼저 하는 말이 잔소리라니? 베시는 기가 막힌다는 얼굴로 저스틴을 흘겨보았다.

"위험한 일이라니, 내가 뭘 어쨌다고 그래요?"

"황실의 일에…… 연루되면……."

조금 전까지는 또렷하던 목소리가 차츰 줄어들었다. 아무래도 아직 잠에 취해 있는 게 분명했다. 에이, 잠에 취한 인간의 헛소리니까 신경 쓰지 말아야지. 그렇게 생각하며 베시는 저스틴의 눈 위로 손바닥을 펼쳐 올렸다.

"네, 네, 알았어요. 저스틴 군이 걱정 안 해도 별일 없을 거거든요?"

"……당신은, 물가에 내놓은…… 아이보다 위험합니다."

여전히 졸음기가 가득한 목소리로 저스틴이 중얼거렸다. 그리고 천천히 손을 들어 제 눈을 가리고 있는 베시의 손을 마주 잡았다. 생각지도 못한 접촉에 베시의 가슴이 다시 한 번 덜컹거렸다.

"내가 걱정…… 하게……."

걱정? 당신이 나를? 눈을 동그랗게 뜬 베시는 저스틴의 다음 말을 기다렸다.

하지만 아무리 기다려도 그의 뒷말은 들리지 않았다. 대신 규칙적인 숨이 베시의 손바닥을 간질이고 있었다. 아, 다시 잠든 걸까.

베시는 저스틴의 얼굴을 들여다보기 위해 제 손을 서서히 뒤로 빼내려고 하였다. 그러나 그녀의 손을 잡고 있는 저스틴의 손힘은 여전했다. 베시를 놓치지 않으려고 하는 것 같은 강한 힘이었다.

어디선가 꽃향기가 섞인 바람이 불었다. 베시는 자신의 뺨이 화끈거리는 것은 햇빛 탓이라고 생각하기로 했다.

"아, 덥다."

괜히 큰 목소리로 덥다고 중얼거린 베시는 고개를 벤치 옆으로 돌렸다. 바로 옆 화단에 피어 있는 물망초가 눈에 들어왔다. 방금 전 바람에 섞여 있던 단 향기의 정체는 물망초의 향이었던 모양이었다. 짙은 물색의 꽃이 탐스럽게 벌어져 있는 것이 보기가 좋았다. 그것을 바라보며 달아오른 얼굴의 열을 식히려던 베시의 머릿속에 문득 재미있는 장난이 한 가지 떠올랐다.

베시는 물망초와 잠든 저스틴을 번갈아 바라보았다. 그녀의 시선이 마지막으로 향한 곳은 저스틴의 부드러운 머리칼이었다.

6.
마녀에게는 도움이 필요하다

한 번 잠이 든 저스틴은 쉽게 눈을 뜨질 못했다. 해가 질 때까지 기다릴 수는 없는 노릇이기에 베시는 저번처럼 마법을 이용하여 저스틴을 공작저 근처까지 데리고 갔다. 성가신 일을 떠맡게 되었음에도 불구하고 저스틴의 뒤에서 얌전히 뒤를 따라가는 베시의 기분은 최고조였다.

잘난 기사님의 오른쪽 귀 옆에 얌전히 꽂혀 있는 물망초 덕분이었다.

'이 정도 장난이면 별것도 아니지, 뭐.'

지나다니는 행인들이 뜨악한 시선으로 저스틴을 보며 지나쳤다는 것을 떠올리며 베시가 킥킥거렸다. 내일 도서관으로 나온 그가 어떤 얼굴로 자신을 찾아올지가 심히 기대되었다.

하이네 공작저의 대문이 눈에 보이기 시작할 때쯤, 베시는 콧노래를 흥얼거리며 뒤로 한 걸음 물러섰다. 아직 해가 떠 있는 시간대니 도서관에 돌아가서 업무를 볼 작정이었다.

하지만 몇 걸음을 옮기기도 전에, 들려온 목소리에 화들짝 놀라 멈출 수밖에 없었다.

"어머, 도련님?"

분명 낯익은 목소리였다. 베시는 경직된 동작으로 주변을 둘러보았다. 그러자 그곳에는 화사한 공작새 깃털로 장식한 모자를 쓴 세라가 하녀를 거느린 채, 서 있었다.

"설마, 베시? 베시가 맞나요?"

그렇게 묻는 세라의 눈에는 반가움과 의아함이 동시에 서려 있었다.

"……하하, 안녕하세요."

맙소사. 망했다. 진즉 튈걸.

베시는 등에서 식은땀이 주르륵 흐르는 것을 느꼈다.

대낮부터 술에 취해서 집으로 돌아온 저스틴 하이네. 그리고 그런 저스틴의 옆에 있는 자신.

심지어 저스틴은 의식이 없는 와중에도 척척 걸어 움직이고 있었다.

게다가 머리! 머리에 꽃도 달았지, 참!

베시가 휙 소리가 나게 고개를 돌려 저스틴을 보았다. 얼마나 신경 써서 꽂아 두었는지, 꽃은 아직도 탐스러운 모양새를 자랑하며 얌전히 제자리에 있었다.

등에서 식은땀이 주르륵 흘렀다.

아무리 생각해도 변명의 여지가 없는 상황이다. 베시는 무어라 설명하면 좋을까 필사적으로 머리를 굴렸다.

"아, 그— 하이네 공작 부인, 이건 말이죠."

"어머나, 베시! 정말 베시가 맞군요! 반가워요!"

밝게 외친 세라가 긴 드레스 자락을 휘날리며 달려와 베시의 손을 꼭 잡았다. 그녀가 얼마나 반가워하는지, 베시는 조금 머쓱할 지경이었다.

"아, 네, 저도요."

책 읽는 것 같은 말투로 덩달아 반가움을 표한 베시는 다시 한번, 저스틴 쪽을 힐끔 보았다.

공작저 앞에 도착한 순간부터 저스틴은 아무 움직임 없이 자리에 서 있기만 했다.

슬슬 마법이 풀릴 때가 다가오고 있었다.

얼른 저 기사님을 들여보내야 할 텐데. 아니, 머리에 단 꽃만이라도 우선 좀 떼야 하는데. 초조한 베시의 귀로 세라의 느긋한 목소리가 들려왔다.

"후후, 이렇게 찾아와 줘서 고마워요. 일단 안으로— 어머, 그러고 보니 도련님은 왜 저러고 계시는 건가요? 머리에 저 꽃은 또 뭐죠?"

베시의 손을 잡아끌며 그녀를 공작저 안으로 데리고 가려던 세라는 저스틴을 보고 고개를 갸웃하였다.

등 뒤에 다시 한 번 식은땀이 주륵 흐르는 것을 느끼며 베시가 입을 열었다.

"아, 저기, 그게 실은 물망초가 향이 좋아서 저스틴 군에게 달아 주면 어울리겠다 싶어서 제가 달아 준 건데, 가 아니라!"

횡설수설한 베시는 제 이마를 탁 내려치고 싶었다. 입에서 튀어 나온 모든 말이 문제였다.

심지어 저스틴을 칭하는 제 호칭도 적절하지 못했다.

저스틴 군, 이라니. 도서관에서야 그렇게 불러도 상관없지만, 공작가의 사람 앞에서 쓸 호칭은 아니었다.

"공작 부인—"

당황한 베시가 서둘러 제 실수를 바로잡으려고 하였지만, 세라는 별 불쾌함이나 의문이 없는 얼굴로 고개를 끄덕였다.

"그렇군요. 파란색 꽃잎이 우리 도련님 머리색과 무척 잘 어울리긴 하네요. 후후, 정말 귀여워요. 그렇죠, 베시?"

세라는 베시를 향해 동의를 구하는 눈빛을 보냈다.

180을 훌쩍 넘는 장신의 남자가 꽃을 달고 있는 모습이 귀여운지 어떤지는 모르겠지만, 베시는 일단 고개를 끄덕였다. 제가 저지른 죄가 있었으니 어쩔 수가 없었다.

"그, 그러게요. 저, 정말 귀엽네요."

"후후. 그나저나 지금 도련님은 왜 저러고 계시는 거죠? 마치 잠든 사람 같네요."

고개를 쭉 뺀 세라가 의아하다는 얼굴로 저스틴의 얼굴을 이리저리 살펴보았다. 베시는 자신이 변명해야 할 것이 한 가지가 더 있다는 것을 깨달았다.

"아, 지금 저스틴 경은 발효된 주스를 마셔서 취한 상태라서요."

정말 싫다. 이런 상황이 싫어서 여기 오기 싫었던 건데.

베시는 어떻게 해야 조금이라도 이 상황을 별것 아닌 것처럼 설명할 수 있을지 고심하였다.

"제가 그, 결코 억지로 마시게 시킨 건 아닌데 어쩌다 보니 사고가 좀 있었다고 할까요? 그러니까, 어, 이게 말이죠."

당황한 베시가 어쩔 줄 몰라 하며 말을 잇자, 세라가 그러냐며 고개를 끄덕였다.

"그렇군요. 하긴 도련님은 술이 좀 약하시긴 하니까요. 그럼 베시가 여기까지 도련님을 모시고 와 주신 건가요? 힘들진 않았나요?"

세라는 오히려 걱정스럽게 베시의 몸을 요리조리 살펴보았다.

이제 막 두 번째로 본 자신에게조차 여전히 다정하고 상냥한 사람이었다. 세라의 그런 점이 내심 마음에 든 베시는 빙그레 웃었다.

"아뇨, 별로 그렇진 않아요. 어차피 저스틴 경은 제 발로 걸어왔거든요."

"제 발로?"

베시의 말에 세라가 어리둥절한 얼굴을 하였다.

베시는 자신이 또 실수를 했다는 걸 깨달았다. 또다시 제 이마를 찰싹 내리치고 싶은 충동을 억누르며 베시가 어렵사리 입을 열었다.

"아아, 그게 말이죠. 그러니까……."

"아! 혹시 '마법'인가요!?"

세라 부인이 손뼉을 짝, 치며 눈을 반짝 빛내며 외쳤다. 그녀의 얼굴에는 아이 같은 천진난만한 호기심이 가득하였다.

정작 그 얼굴을 마주한 베시의 얼굴은 딱딱하게 굳어 버리고 말았지만.

"공작 부인?"

대체 당신이 그걸 어떻게 아는 거죠? 베시가 그렇게 묻기 전에 공작 부인이 먼저 입을 열었다.

"도련님에게 들었어요. 베시가 도서관의 새로운 관장이라는 사실 말이에요."

폐관 직전이던 국립도서관의 새로운 관장이 마녀라는 소문은 생각보다 빠르게 퍼지고 있었다.

그러니 저스틴에게 '베시 에일이 도서관의 새 관장이다.'라는 소식을 전해 들은 세라가 '베시 에일은 마녀다.'라는 걸 알게 된 건, 놀랍지 않았다.

정작 놀라운 것은 세라의 반응이었다.

"음, 정말 신기하네요."

세라는 저스틴의 앞에서 손을 휘이, 휘이 흔들어 보았다.

"얘, 메리. 너도 와서 보렴. 도련님이 정말 잠들어 계시는데 이렇게 서 계시는 게 신기하지 않니?"

세라의 말에 하녀가 재빨리 다가와 저스틴을 살펴본 후 고개를 끄덕였다. 그사이, 세라는 정말 신기하다는 얼굴로 베시를 향해 말했다.

"나 마법에 걸린 사람을 보는 건 처음이에요. 아까 도련님은 제 발로 걸어왔다고 하였죠? 그럼 도련님은 베시의 마법에 걸려서 여기까지 스스로 걸어오신 건가요? 근데 지금은 왜 움직이지 않으시는 거죠?"

곧 정신없을 정도로 폭풍 같은 질문 공세가 이어졌다. 베시는 작게 헛기침을 한 뒤, 순순히 대답해 주었다.

"……마법의 내용은 '공작저까지 제 발로 걸어갈 것'이었거든요. 공작저까지 왔으니 더 이상 마법의 효력이 남아 있지 않은 거죠."

그렇게 말한 베시가 세라와 저스틴이 있는 쪽으로 걸어갔다.

제 말대로 이제 마법의 효력이 풀릴 때였다. 그러니 지금쯤이면—

"어머나!"

이제까지 잘 서 있던 저스틴이 휘청거리는 것을 본 세라가 당황하였다.

베시는 얼른 저스틴의 옆으로 달려갔다. 자신보다 덩치가 훨씬 큰 남자를 부축하는 것은 쉽지 않은 일이었기에 베시는 저스틴을 반쯤 끌어안을 수밖에 없었다. 그를 품에 안자 물망초 향이 다시 가까워졌다. 으, 이놈의 망할 물망초. 애꿎은 꽃을 욕하며 베시는 이를 악물었다.

"어머나."

그것을 지켜본 세라가 조금 전과는 명백히 다른 의미가 담긴 감탄사를 내뱉었다. 하지만 저스틴의 무게를 감당하느라 고군분투하는 베시는 그 의미를 깊게 생각해 볼 겨를이 없었다.

"정말 베시와 도련님은 사이가 좋네요. 후후."

아니, 지금 그런 말을 할 때가 아니잖아! 좀 도와 달라고!

"부, 부인. 제가 좀 힘든데, 사람을……."

베시가 애원 섞인 시선을 보내자 세라가 조금 떨어진 곳에 우두커니 서 있던 하녀를 불렀다.

"메리. 가서 알버트에게 상황을 알리렴."

하녀가 쏜살같이 대문 안으로 사라졌다. 자신에게 기댄 저스틴의 무게에 베시는 주저앉아 버릴 것만 같았다.

다시는 이 남자가 술 못 먹게 할 테니까 제발 좀 빨리 누가 도와줘!

베시가 식은땀을 흘리며 어떻게든 저스틴을 지탱하려 노력하고 있는 사이에도 세라는 묘한 눈빛으로 두 사람을 지켜보고 있었다. 그 시선을 눈치챈 베시가 왜 그러냐는 표정을 지어보이자,

세라가 빙긋 웃으며 입을 열었다.

"베시. 혹시 전에도 술에 취한 도련님을 바래다준 사람이 베시인가요?"

세라의 입에서 나온 말에 베시는 미간 사이에 잔뜩 주름을 잡고 생각에 잠겼다.

전에도? 내가 언제—

"아!"

정확히는 자신이 데려다준 건 아니었지만, 이와 비슷한 일이 있었던 적이 있었다. 세라는 역시 그럴 줄 알았다면 싱글벙글 웃었다.

"고마워요, 우리 도련님이 베시 신세를 아주 많이 지네요."

"하, 하하. 아뇨, 뭐."

다른 사람 앞이라면 뻔뻔하게 '네, 그러게 말이에요.'라고 대답할 수 있을 텐데, 이상하게 세라 앞에서는 그렇게 굴 수가 없었다.

그사이, 발걸음 소리 여럿이 대문 안에서 들려왔다.

"마님, 마중이 늦어서 죄송합니다. 아이쿠, 저스틴 님!"

세라에게 깍듯이 인사를 하던 노신사가 베시에게 안긴 저스틴을 보고 놀랐다. 아무래도 그가 이 하이네 가의 집사인 모양이었다.

베시는 그에게 제발 저를 도와달라는 간절한 눈빛을 보냈다. 그 마음의 소리를 알아 듣기라도 한 것인지 집사가 고개를 끄덕였다.

“게일, 빈. 얼른 저스틴 님을 부축하게.”

집사의 지시에 남자 하인들이 얼른 저스틴의 양쪽 어깨를 붙잡아 일으켰다.

그들은 제법 힘 좀 쓰게 생긴 체구였지만, 저스틴 보다는 키가 작았기에 결국 그의 발이 바닥에 질질 쓸리는 불상사가 벌어지고 말았다. 집사는 저스틴 님의 발에 생채기라도 나면 어쩌느냐고 기겁을 하며 하인을 더 호출하였다.

결국 장정 네 명이 저스틴을 소중히 안아 모시고 저택 안으로 들어갔다.

제 할 일이 이제 완전히 끝났다 생각한 베시는 뒤로 한 걸음 물러섰다. 세라가 집사와 대화를 나누고 있는 사이에 소리 없이 자리를 벗어날 작정이었다.

하지만 그녀가 한 걸음을 내딛기도 전에 밝고 경쾌한 세라의 목소리가 베시의 다리를 붙잡았다.

“베시! 들어와서 차라도 한 잔 하고 가요. 지금 집사에게 차 준비를 시켰답니다.”

아차. 역시 진즉 갔어야 했는데.

베시가 곤란하다는 얼굴로 손을 흔들어 보였다.

“아뇨, 그럴 시간이—”

“사양 마세요! 전혀 실례가 아니니까요. 저스틴 도련님을 여기까지 데려다주신 분은 그냥 보낼 수는 없죠. 자자, 어서 오세요.

마침 오늘은 수도에서 제일 맛있기로 유명한 슈크림이 티 푸드로 준비되어 있다네요."

"슈, 크림이요?"

어떻게든 도망치자며 슬금슬금 엉덩이를 뒤로 빼던 베시의 몸이 그대로 굳어 버렸다. 세라는 그런 베시를 향해 활짝 웃었다.

"네, 슈크림이요. 빵 부분은 보슬보슬한데, 그 안에 든 커스터드 크림이 얼마나 기가 막힌지 몰라요. 하루에 50개만 한정판매하는 걸 우리 능력 좋은 집사가 어렵게 사왔답니다."

비밀 이야기를 하듯 세라가 베시의 귀에 소곤거렸다.

어느새 베시의 몸이 하이네 공작저를 향해 돌아서 있었다. 베시는 세라를 한 번, 공작저를 한 번 번갈아보며 입을 열었다.

"그, 그렇게까지 말하신다면— 어쩔 수 없죠. 잠깐 실례 좀 할까요?"

* * *

하얀 레이스 테이블보와 붉은 장미꽃, 그리고 예쁘게 접힌 냅킨이 모양 좋게 장식되어 있는 테이블 위.

은 쟁반 위에는 앙증맞은 모양새를 자랑하는 슈크림이 놓여 있다.

하이네가의 집사, 알버트는 쟁반에 담긴 슈크림을 베시의 접시 위에 올려 주었다.

“고맙습니다.”

베시가 인사를 하자, 나이가 지긋한 집사는 근사한 미소를 지으며 가볍게 고개를 숙였다. 그가 절도 있는 동작으로 찻잔에 홍차를 따라 주자, 세라가 입을 열었다.

“그러고 보니, 베시. 아까는 너무 반가워서 인사를 제대로 하지도 못했네요. 잘 지냈나요?”

“아, 네. 뭐, 저야 딱히 나쁠 것도, 좋을 것도 없이 지냈죠. 공작 부인은 잘 지내셨나요?”

홍차로 입술을 한 모금 축인 베시의 질문에 세라는 우아하게 고개를 끄덕였다.

“그럼요. 저야 잘 지냈답니다. 후후. 도련님에게 베시가 도서관의 관장님이라는 걸 알고 나서부터는 얼마나 베시를 다시 만나고 싶었는지 몰라요. 도서관으로 베시를 만나러 가도 되냐고 물어도 우리 도련님은 절대 안 된다고만 하시고, 심지어 그이도 반대하더라고요.”

정말 속상했다는 것처럼 세라가 예쁘게 손질된 눈썹을 축 늘어트렸다. 수도 최고 미인의 귀여운 투정에 베시는 저도 모르게 피식 웃음이 흘러나오는 것을 느꼈다. 세라는 자신보다 연상임이 분명했지만, 어딘지 모르게 아이 같은 구석이 있는 사람이었다.

“저스틴 군, 이 아니라 저스틴 경과 공작 각하는 모두 공작 부인을 생각하셔서 반대하신 걸 거예요. 도서관이 지금은 부인이 찾아 주실 만한 상황이 아니라서요."

내부 공사를 하기로 한 이후, 여러 업자를 불러 상태를 점검하느라 도서관의 상태가 엉망이었다. 바닥을 아예 통째로 뒤엎어서 발을 디딜 수 없는 곳도 있었다.

그런 곳에 귀한 공작 부인을 모실 수는 없었다.

무엇보다 지금 도서관에는 은빛 매 기사들이 있었다. 그들이 공작 부인에게 어떤 식으로 위협이 될지 알 수 없는 노릇이었다.

베시는 다정한 목소리로 못을 박았다.

"도서관을 재개장하고 나면 한 번 찾아 주세요. 그때는 저도 맛있는 차를 대접할게요. 맛있는 디저트도 준비—하겠지만, 제가 부인에게 대접받은 것보다 맛있는 걸 준비할 수 있을지는 잘 모르겠네요."

그렇게 말한 베시는 어느새 슈크림이 반이나 줄어든 제 접시를 힐끔 내려다보았다.

세라가 말한 대로 정말 기가 막히게 맛있는 슈크림이었다. 한 입 베어 물때마다, 진한 커스터드 크림이 혀끝에 달라붙듯 녹아들었다. 아니, 어떻게 이렇게 입에서 살살 녹지? 베시는 입맛을 쩝쩝 다셨다. 이런 슈크림이라면 두 박스 정도는 혼자 먹어치울 자신이 있었다.

"정말인가요, 베시? 베시의 시간이 괜찮을 때, 절 초대해 주실 건가요?"

"물론이죠. 그러니까 조금 기다려 주세요. 정리가 어느 정도 끝나면 저도 꼭 부인과 도서관에서 티타임을 갖고 싶어요."

베시는 필요하다면 누군가에게 거짓말을 손쉽게 할 수 있었다. 하지만 지금 세라에게 하는 말은 결코 거짓이 아니었다.

그녀는 자신에게 알기 쉬운 호의를 내비치는 이 아름다운 귀부인이 싫지 않았다.

"어머, 물론이에요. 얼마든지 기다릴 수 있어요. 베시에게 초대를 받다니. 너무 기뻐요! 그럼 내가 도서관에 놀러갈 때는 베시를 위해서 맛있는 간식을 준비해 갈게요."

벌써부터 들뜬 그녀는 무엇을 준비해 갈지를 집사와 상의하기 시작하였다. 스스로 말한 것처럼 베시의 초대가 정말 기쁜 것 같은 모습이었다.

집사는 세라의 이런저런 질문에 공손히 대답을 하면서도 어느새 빈 베시의 찻잔에 차를 따라 주고, 접시에 슈크림을 채워 주었다.

아니, 이렇게 고마울 수가. 아무 말을 안 해도 알아서 빈 접시와 찻잔을 채워 주다니.

베시는 눈치 빠른 집사를 향해 고마움이 담긴 시선을 보내고 말았다. 나이 지긋한 노집사는 어린 소녀처럼 눈을 반짝 빛내는 베시를 향해 다정스레 웃어 보였다. 우와. 나 지금 되게 아가씨 같은 대접을 받고 있는 것 같다.

슈크림을 하나 더 입에 문 베시는 문득 이런 집사가 하나 있으면 정말 좋겠다는 생각이 들었다. 그녀가 생각하는 집사라는 존재는 제가 모시는 귀족만큼이나 딱딱하고 재미없는 부류의 사람이었지만— 이 하이네 가의 집사는 조금 마음에 들었다.

'이런 맛있는 한정 슈크림을 척척 구해올 수 있을 정도로 능력이 좋다니.'

사실 그녀는 평소에 귀족을 딱히 부러워해 본 적이 없었다. 하지만 지금처럼 이렇게 원할 때마다 맛있는 간식을 챙겨 주는 사람이 있다는 점은 매우 부러웠다.

아니, 하다못해 간식을 먹고 싶을 때 먹을 수만 있더라도—

응? 베시는 무언가 석연치 않은 것을 깨닫고 고개를 갸웃하였다.

그러고 보니 크리스 그 녀석 나한테 디저트를 먹고 싶을 때마다 언제든 먹게 해 준다고 하지 않았었나?

빅터가 자신에게 보내 왔던 편지의 내용을 떠올리며 베시가 미간을 살짝 찌푸렸다.

자신의 기억이 맞다면 분명 황가의 인장이 찍힌 증서가 지금쯤은 나와야 할 것이다. 당장 내일이라도 어떻게 된 건지 알아봐야겠다고 생각하는 사이, 세라가 손뼉을 짝 치며 즐거운 목소리로 말했다.

"베시의 초대를 받을 때를 대비해서 모자와 드레스를 새로 맞춰야겠어요!"

언제가 될지도 모르는 때를 위해 벌써부터? 아니, 그보다도 도서관에 오는데 무슨 새 옷으로 꽃단장을 하고 온다는 거야?

역시 귀족의 생각이라는 건 잘 알 수가 없다며 베시는 쓴웃음을 지었다.

"아! 아니면 이것도 괜찮겠어요. 베시가 시간만 괜찮다면 함께 쇼핑을 하러 가는 건 어떨까요?"

베시를 대하는 세라의 태도에는 그 어떤 거리감도 없었다. 마치 반가운 친구를 대하는 것 같은 진심 어린 모습에 베시는 묘한 기분을 느꼈다.

"전에 분명 수도에 온 지 얼마 안 되었다고 했었죠? 그럼 내가 잘 아는 부티크에 함께 가요. 거기 디자이너가 무척 솜씨가 좋답니다. 쇼핑을 함께 하고, 맛있는 디저트를 먹으러 가면 기분 전환도 되고 정말 좋을 거예요!"

한동안 세라의 말에 귀를 기울이던 베시는 저도 모르게 물었다.

"……부인은 괜찮으세요?"

베시의 질문에 세라가 의아한 얼굴을 하였다. 자신의 말이 너무 두서가 없다는 것을 깨달은 베시가 말을 이었다.

"기분 나쁘지는 않으세요? '마녀'와 함께 있는 게."

"베시."

안 그런 척 노력했지만, 베시의 입에서 나온 말은 다소 자조적이었다. 그것을 알아차린 세라의 얼굴이 굳어졌다.

"그런 말을 하면 안 돼요. 베시가 그런 식으로 말하면 베시와 함께 있는 게 즐거운 사람들이 얼마나 속상하겠어요. 나도 지금 정말 서운해요."

부드럽게 베시를 타이르는 세라의 말에는 한 치의 거짓도 느껴지지 않았다. 무심코 베시가 부끄러움을 느낄 정도였다.

"나는 베시와 함께 있는 게 정말 즐거워요. 베시만 허락해 준다면 수도에서는 누구보다 가까운 친구가 되고 싶을 정도인 걸요."

세라의 눈이 별처럼 반짝였다.

"그러니 베시가 싫은 게 아니라면 앞으로도 자주 나를 찾아 주세요."

사람에게 적의와 악의를 많이 받아본 만큼 베시는 타인의 호의에도 민감하였다. 그녀는 자신을 향해 이렇게까지 진심 어린 호의를 보여주는 상대가 드물다는 걸 잘 알고 있었다. 베시는 어쩔 줄 몰라 하다가 한참 후에야 고개를 끄덕였다.

"……네, 공작 부인."

베시의 대답을 들은 세라는 안심한 것 같이 웃었다. 그녀는 분위기를 전환하려는 것처럼 밝은 목소리로 이런 제안을 하였다.

"베시. 수도에 다른 친구가 별로 없어서 적적하죠? 초대장을 보낼 테니까 제 티 파티에도 꼭 참석해 주세요. 티 파티에는 젊은 아가씨들이 많으니, 새로운 친구를 사귀면 훨씬 좋을 거예요."

흐, 귀족의 티 파티라니. 대체 무슨 이득이 있다고 그런 자리에 참석을 하지 않으면 안 된단 말인가.

“아, 하하. 그건 뭐, 기회가 되면.”

“맛있는 디저트를 많이 준비할 테니까 꼭 와 주세요. 전에 도련님도 그러시더라고요. 베시랑 전 취향이 참 비슷한 것 같다고요.”

저스틴 하이네, 그 남자는 대체 공작 부인 앞에서 나에 대해 뭐라고 떠들고 다닌 걸까. 베시는 기회가 되면 그러겠노라 대답을 얼버무렸다. 이런 대화가 불편하다 생각한 베시는 얼른 화제를 돌렸다.

“그러고 보니 디저트라는 말씀을 하셔서 생각난 건데 말이죠. 전에 추천해주셨던 가게의 크림브륄레, 정말 맛이 끝내주더라고요.”

“아, 그곳을 다녀왔군요! 거긴 버터를 정말 좋은 걸 쓰는지 맛이 굉장히 고소하면서도 진해서 좋아요.”

자신이 추천한 가게를 다녀왔다는 말에 뺨을 장밋빛으로 물들일 세라가 손뼉을 치며 기뻐하였다.

“그럼 베시, 다음에는 거길 말고—”

세라는 또 다시 새로운 가게를 추천해주기 시작하였다. 처음과는 달리 베시는 별 어색함 없이 세라와 함께 즐겁게 대화를 나누었다. 대화의 주제는 주로 맛있는 디저트에 대한 것이었지만 간혹 생각지도 못한 정보를 세라에게서 얻을 수 있었다.

“흐음, 최근에는 국외에서도 로젠베리잎 차를 구하기가 어렵다고요?”

베시가 눈을 빛내며 던진 질문에 세라는 속상하다는 얼굴로 고개를 끄덕였다.

"네, 그렇답니다. 듣자 하니 로젠베리 자체가 유통이 잘 안 된다는 것 같은데, 그 이유가 뭔지를 모르겠어요."

로젠베리. 그것은 분명 최근 황가에서 대량으로 사들였다는 소문이 도는 약재였다.

열매는 약으로 주로 쓰이지만, 잎사귀는 말려 차로 음용하는 경우가 일반적이었다. 그리고 그 로젠베리의 찻잎은 특정한 병을 앓는 사람에게 매우 효과적이었다.

"잠이 안 올 때 로젠베리의 말린 잎으로 끓인 차를 한 잔 마시는 것만큼 좋은 것도 없는데 말이죠."

아무래도 세라는 가벼운 불면증을 앓고 있는 모양이었다. 베시는 세라의 눈 밑에 화장으로 가려진 피곤의 흔적이 있다는 것을 깨달았다.

불면증, 이라.

베시는 잠시 생각에 잠겼다. 마침 그녀의 친구 중에 세라에게 도움이 될 만한 마녀가 한 명 있었다. 베시는 그녀에게 편지를 보내 불면증에 효과가 있는 약을 보내 달라 해야겠다고 생각하였다.

"로젠베리가 구하기 힘들어져서 그런지, 외국까지 나가서 사재기를 하는 사람도 있나 봐요. 틀림없이 비싸게 되팔기 위해서겠죠."

세라가 한숨을 푹 내쉬자, 베시는 얼른 그녀를 위로하였다.

"걱정 마세요, 부인. 일시적인 현상일 거예요. 인기 있는 약재의 품귀 현상이 드문 일은 아니잖아요. 곧 상등의 로젠베리잎 차를 손에 넣으실 수 있을 거예요."

"그럴까요? 후후, 베시가 그렇게 말해 준다면 정말 그럴 것 같네요."

손님 앞에서 투덜거린 것이 부끄러웠는지, 세라는 얼른 베시의 말에 고개를 끄덕였다.

그 후로 두 사람의 대화는 또다시 디저트에 대한 것으로 이어졌다.

하지만 베시의 머릿속에는 '로젠베리 품귀 현상'에 대한 의문이 인상 깊게 남았다.

*　　*　　*

은 접시 위에 있는 슈크림이 몽땅 두 사람의 입속으로 사라진 후.

이제 가 보겠다며 베시가 자리를 일어섰을 때, 세라는 마차로 집까지 바래다주겠다고 제안하였다. 하지만 그럴 정도의 거리가 아니었기에 베시는 공손히 거절하였다.

세라는 아쉬움이 가득한 얼굴로 손수 그녀를 배웅하러 대문 밖까지 나왔다.

"베시. 내가 도움을 줄 수 있는 일이 있다면 절대 어려워 말고, 말해 주세요. 혹시나 저에게 말하기 어려우면 도련님에게 전해 주셔도 되고요."

으, 어느 쪽이든 난이도가 높은데? 베시가 대답 대신 어색한 웃음만 흘리는 사이, 세라 옆에 있던 집사가 한발 앞으로 나서서 예쁘게 포장된 상자를 내밀었다. 베시가 어리둥절한 얼굴로 그것을 내려다보자 세라가 얼른 설명해 주었다.

"별 건 아니지만, 도련님을 여기까지 데려다주신 것에 대한 작은 보답이랍니다."

"아니, 이런 건 받을 수—"

"아까 우리가 먹었던 슈크림 가게에서 파는 에클레어예요. 무척 맛있답니다."

"……감사히 받겠습니다."

베시의 두 손은 공손하게 상자를 받아 들었다. 그녀는 귀족을 썩 좋아하진 않았지만, 이 집안사람들은 정말 좋아질 것만 같았다.

어쩜 이렇게 사람에 대한 배려심이 넘치는 훌륭한 인품을 가질 수 있담. 저스틴 군이 공작 부인의 반의 반만 닮았어도 좋을 텐데.

"다음에 봐요, 베시. 또 놀러와 주세요. 초대장도 보낼게요!"

친한 친구를 배웅하는 것처럼 세라가 손을 붕붕 흔들었다. 소녀처럼 천진난만한 그 모습에 베시는 쓴웃음을 지으며 마주 손을 흔들어 주었다. 집사와 다른 고용인들도 깊게 고개를 숙여 베시에게 예의를 갖추었다.

아무리 손님이라 하더라도 일개 평민에게는 과분할 정도의 대우였다.

베시는 등을 돌려 제 집 방향으로 걸어 나갔다. 제 등 뒤로 꽂히는 시선이 점차 멀어지는 것이 느껴졌다.

골목길을 하나 돌며 뒤를 힐끔 돌아보니, 세라가 하이네 공작저로 들어가는 모습이 보였다. 공작저에서 선물로 받은 에클레어 상자를 든 채, 베시는 한숨을 내쉬며 줄곧 마음에 걸리던 단어를 중얼거렸다.

"로젠베리."

무언가 이상하다는 생각이 들었다.

에릭은 분명 황궁 시종장이 로젠베리를 대량으로 사들였다고 말했다. 하지만 그건 어디까지나 국내의 약재상에서 대량 구매를 했다는 정보였을 뿐, 외국까지 나가서 사재기를 했다는 정보는 아니었다.

애초에 로젠베리 같은 고급 약재가 품귀 현상이 벌어지는 일은 흔한 것이 아니었다.

누군가가 의도적으로 로젠베리를 독점하려고 하는 게 아니라면.

보조 의사가 실종된 일, 로젠베리의 국내외 품귀 현상, 그리고 도서관에서 찾아낸 4권의 책. 이곳으로 오게 된 자신.

모든 게 연결되어 있다는 생각이 강하게 그녀를 사로잡고 있었다. 그러니 자신의 그 생각이 옳은 것인지 틀린 것인지 판단하려면 정보가 필요하다.

저스틴은 절대로 알려 주지 않겠지. 베시는 아까 전 술집에서 있었던 일을 떠올리며 머리를 긁적였다.

정말 쉽지가 않네, 이것도 저것도 모두 다. 어디 한 방에 정보를 캐낼 수 있는 금맥 없으려나.

그런 생각에 잠겨 있던 베시의 머릿속에 번개처럼 스쳐 지나가는 인물의 얼굴이 있었다. 베시가 씨익 웃었다.

정보라는 이름의 원석을 줄줄이 캐낼 수 있는 근사한 광산이 떠올랐기 때문이었다.

그것도 아주 완벽하게.

* * *

머리가 징― 징― 울려오는 통증에 저스틴은 이마를 손으로 짚었다. 익숙한 감촉이 느껴졌기에, 지금 자신의 몸이 공작저의 제 방 침대 위에 있다는 사실은 알 수 있었다.

하지만 어째서? 그 전에 대체 무슨 일이 있었던 건지가 쉽게 떠오르지 않았다.

그러니까 베시가 부탁한 '심부름'을 한 뒤에, 도서관으로 돌아가다가 우연히 그녀를 만나서―

거기까지 떠올린 저스틴이 눈을 번쩍 떴다. 자신에게 무슨 일이 있었던 건지가 전부 떠올랐다.

벌떡 몸을 일으킨 그는 아직 남아 있는 졸음기를 쫓아내려는 것처럼 고개를 가볍게 흔들었다. 그러자 무언가가 툭, 떨어지는 기척이 느껴졌다.

응? 내려다보니 물망초 몇 송이가 하얀 시트 위에 떨어져 있었다.

물망초? 대체 이게 왜 여기 있지?

기억 속을 아무리 더듬어 보아도 물망초가 제 침대 위에 있을 만한 이유가 없었다. 혼란에 빠진 저스틴이 물망초를 들어 올려 그것을 물끄러미 쳐다보았다.

그사이, 문을 두드리는 소리가 들려왔다. 그 독특한 노크 소리가 집사 알버트의 것이라는 걸 알고 있는 저스틴은 별 망설임 없이 들어오라 답하였다.

"실례하겠습니다, 저스틴 도련님."

저 놈의 도련님 타령. 저스틴은 얼굴을 구겼다.

"알버트. 제발 그만 좀 해요. 내 나이가 몇인데, 아직도 도련님입니까."

저스틴이 늘어놓은 불평에 집사가 빙그레 웃었다. 다른 사람들 앞에서는 저스틴의 체면을 위해 도련님 소리를 하지 않는 집사였지만, 집안에서는 꼭 그를 도련님이라고 불렀다.

"도련님. 전에도 말씀드렸지만, 혼인하여 분가하지 않으시는 한 저에게 도련님은 계속 도련님이십니다."

"……."

즉, 결혼하지 않으면 어림도 없다? 결국 도련님이라는 호칭에서 벗어나는 건 기약 없는 먼 훗날의 일이 된다는 뜻이었다.

저스틴은 한숨을 푹 쉬었다. 노련한 늙은 집사를 이기는 건 쉬운 일이 아니었기에 그는 대신 침대에 있는 물망초를 가리켰다.

"알버트. 내 침대 위에 왜 꽃이 있는 겁니까?"

물컵이 올라간 은 쟁반을 들고 온 집사가 공손히 답하였다.

"그 물망초는 원래부터 저스틴 도련님의 머리에 꽂혀 있었던 것입니다. 아무래도 도련님께서 일어나실 때 떨어진 것 같습니다."

"……내 머리에 꽃이 꽂혀 있었다고?"

그게 대체 무슨 소리란 말인가. 대답을 들었건만 의문이 풀리기는커녕 더욱 깊어지고 말았다.

저스틴이 다시 설명을 요구하는 시선을 보내자, 노집사는 웃으며 조금 더 상세한 답을 내놓았다.

"저스틴 도련님을 여기까지 모시고 온 분께서 도련님의 머리에 꽃을 꽂아 주신 모양이더군요."

아니, 대체 누가 그렇게 겁 없는 짓을 한단 말인가.

"누가 날 데리고 왔습니까?"

"베시 에일님이십니다. 아까 전까지 마님과 티타임을 즐기다가셨습니다."

집사가 물컵을 내밀자 저스틴은 그것을 받아 들어 단숨에 들이켰다. 시원한 물 덕에 혼란스럽던 머릿속이 조금 진정되는 느낌이었다.

그러나 아무리 머릿속이 진정되어도 이 상황이 이해가 가는 것은 아니었다.

"베시가 내 머리에 꽃을 꽂았다고요? 물망초를?"

저스틴은 손에 든 물망초를 다시 한 번 살펴보았다.

일어나면서 무심코 손으로 문질렀는지, 조금 상한 꽃잎이 있었다.

괜히 마음이 안 좋아 그것을 만지작거리고 있자니, 집사의 입에서 전혀 생각지도 못한 말이 이어졌다.

"도련님에게 어울릴 것 같아서 그랬다고 하시더군요."

어울려? 나에게 물망초가? 저스틴의 눈앞에 평소처럼 심술궂은 미소를 지은 베시의 얼굴이 떠올랐다 사라졌다.

장난일 것이다. 두려움을 모르고, 사람 골탕 먹이는 걸 좋아하는 그 여자의 평소 같은 장난.

하지만—

베시가 한 장난이라 생각하니 기분이 썩 나쁘진 않았다.

누군가가 자신을 놀림감으로 삼는 걸, 지극히 싫어하는 그인데도.

저스틴은 지끈거림이 한결 가신 이마를 가볍게 문질렀다. 그녀를 지켜야겠다고 따라나선 것이었는데 되레 그녀에게 도움을 받고 만 자신의 처지가 다소 한심하게 느껴졌다.

'베시는 무사히 돌아갔을까? 설마 그사이 무슨 일이 생기지는 않았겠지? 이럴 줄 알았으면 차라리 술집 밖에서 기다렸다가 그녀를 무사히 집까지 데려다 주는 게 나았을 텐데.'

저스틴은 새삼 자신이 하루 종일 베시를 지킬 수 없다는 걸 깨달았다. 아무리 자신이 신경을 쓴다 하더라도 역시 혼자서는 그녀를 지킬 수 없었다.

아무래도 황태자에게 이번 일을 보고를 해야만 할 것 같았다.

만일 자신이 오늘처럼 잠시 한눈을 팔게 된 사이, 무슨 일이 벌어지기라도 한다면—

손안에 쥔 물망초 꽃잎의 감촉이 묘하게 서늘하게 느껴졌다.

저스틴은 당장 내일 크리스를 찾아가야겠다고 결심하였다.

"마님께서 귀엽다고 하시니, 그 말에 동의하시더군요. 저도 잘 어울린다고 생각합니다."

"……그만 놀려요, 알버트."

눈치가 빠른 집사는 즉시 입을 다물었다. 그가 이만 식사 준비를 하겠다며 나간 후, 방에 혼자 남겨진 저스틴은 물망초를 한참이나 들여다보았다.

가슴이 두근거릴 정도로 새파란 꽃잎을 보고 있자니, 이상하게도 짓궂은 마녀가 보고 싶었다.

특히 물망초 꽃잎처럼 예쁜 그 파란 눈이 무척이나.

* * *

약속 없이는 절대 아무도 들어갈 수 없는 황태자의 집무실 앞.

엄중한 경계를 너무나 손쉽게 뚫고 안으로 쳐들어온 베시의 앞에서 크리스는 쓴웃음을 지을 수밖에 없었다.

"저기, 베시. 오랜만에 날 찾아 준 건 정말 반가운데 말이지."

"반가우면 닥치고 정보를 내놔. 황궁 보조의가 두 명이나 실종된 건 대체 누가 저지른 짓이야? 그리고 황가에서 로젠베리를 대량으로 사들인 이유는 뭔데? 성에서 독극물 암살 시도라도 있었어?"

칼만 안 들었지 이건 순 강도가 따로 없군. 질문 공세를 퍼붓는 베시를 가만히 보던 크리스는 옆에 있는 빅터를 향해 시선을 돌렸다. 빅터의 얼굴은 무서우리만큼 새하얗게 질려 있었다.

"베, 베시—! 대체 너, 어디서 그런 이야기를……."

간신히 정신을 차린 빅터가 제 여동생의 이름을 부르며 오빠로서의 위엄을 보이려고 했지만, 그것을 들어 먹을 베시가 아니었다.

"오빠. 전 지금 중요한 말을 하는 중이니까, 방해하지 마세요."

마치 생선 가게 앞을 어슬렁거리는 길고양이를 쫓아내는 것처럼 베시는 손을 가볍게 흔들었다. 쉿, 쉿. 저리 가! 그 때문에 빅터는 자신이 중요한 일에 눈치 없이 끼어든 불청객이 된 기분이었다.

실상은 약속도 없이 들이닥쳐 다짜고짜 정보를 캐묻는 베시 쪽이 불청객이었지만.

"……뭐, 일단 왔으니까 앉는 건 어때, 베시?"

당황한 빅터와는 달리 크리스는 그나마 여유 있는 얼굴로 베시에게 자리를 권하였다. 베시는 흥, 하고 코웃음을 쳤다.

"오래 앉아 있을 거 아니니까 필요 없어. 당장 정보나 내놔."

"아니, 그러지 말— 음."

베시를 회유하려던 크리스는 하던 말을 멈추고 무언가 생각에 잠겼다.

곧 그의 모양 좋은 입술이 능청스러운 미소를 그렸다.

"좋아, 베시. 네가 듣고 싶어 하는 모든 대답을 줄게. 사랑하는 널 위해서라면 국가 기밀을 한두 가지 밝히는 것이 무엇이 어렵겠어."

"미친놈."

크리스가 가슴에 손을 올리며 달콤하게 속삭인 말에 베시가 기분 나쁘다는 얼굴을 하였다. 옆에 서서 그 모습을 지켜보는 빅터의 얼굴은 가관도 아니었다.

"사랑 어쩌고저쩌고 같은 헛소리는 집어치우고. 네 입으로 말하겠다고 했으니까, 말해 봐. 무슨 일이—"

베시가 다시 한 번 다그치기 전에 크리스가 검지를 곧게 세웠다. 그의 보랏빛 눈동자가 장난스럽게 반짝이고 있었다.

"다만 조건이 있어."

뭔가 좋지 않은 예감이 든다. 베시는 싫어 죽겠다는 얼굴로 고개를 까닥하였다.

'말해 봐. 시답잖은 거면 가만 안 둔다.'라는 협박이 담긴 동작이었다.

"나랑 데이트해 줘."

"미친놈."

벌써 두 번째의 폭언에 빅터가 머리를 움켜쥐었다. 너야말로 미쳤구나, 동생아. 소리가 되지 않는 비명을 집어삼킨 빅터가 베시를 향해 매서운 눈길을 보았다.

그 눈빛을 눈치챈 베시가 억울해 죽겠다는 얼굴로 빅터를 보며 크리스를 향해 손가락질을 하였다.

"오빠도 들으셨잖아요. 지금 얘가 미친 소리했단 말이에요."

넌 더 미친 짓을 하고 있단다, 라고 말해 주는 대신 빅터가 베시의 옆으로 다가갔다. 안 되겠다. 내보내자.

이 사고뭉치를 이대로 뒀다간 무슨 일이 생길지 알 수가 없었다. 빅터가 제 동생을 고양이처럼 번쩍 들어 올려 옆구리에 꼈다.

"오빠!"

베시가 불만이 가득 담긴 목소리로 빅터를 불렀다. 그녀는 팔다리를 붕붕 휘두르면 제 오빠의 횡포에 격렬하게 저항하였다.

“이게 뭐하는 거예요! 내려주세요!”

하지만 아무리 베시가 애를 써도 그녀를 단단히 붙든 빅터의 손아귀에서 벗어날 수는 없었다. 비록 여러모로 베시에게 당하는 게 많아도 빅터 에일은 베이론 제국의 기사였다. 그것도 실력만으로 황태자의 전속 호위기사 자리에 오른 실력자. 그는 아기 고양이를 제압하는 것처럼 가벼운 손놀림으로 베시를 고쳐 안았다.

“일단 나가서 말하자!”

야단을 친다고 들어먹을 동생이 아니었지만, 일단 오늘 일은 혼을 내야만 했다. 아무리 막역한 사이라도 황태자의 집무실에 불쑥 쳐들어와 황실의 기밀정보를 알려 달라 하다니. 베시의 안전을 위해서라도 결코 좋지 못한 행동이었다.

하지만 빅터가 집무실을 빠져나가려던 순간, 그것을 저지한 건 다름 아닌 크리스였다.

“빅터 에일 경.”

조용히 빅터를 부르는 크리스의 목소리에는 평소와는 달리 아무런 웃음기가 없었다. 빅터가 넓은 어깨를 굳히며 크리스를 돌아보았다.

제멋대로인 상사와 동생 덕에 그는 눈치가 매우 빨랐다. 지금은 자신이 끼어들 타이밍이 아니라 판단한 그가 고개를 깊게 숙인 후, 베시를 다시 아래로 내려주었다. 바닥에 내려선 그녀는 입을 삐죽 내밀어 제 오빠를 노려보았다. 이 철부지같으니라고.

빅터는 제 마음을 몰라주는 동생이 야속하여 뺨을 한 번 꼬집어줄까 생각하다가 후환이 두려워 그만두었다. 빅터가 원래 자리로 돌아가서 석상처럼 입을 다물자 크리스가 다시 히죽 웃었다.

"자, 베시. 이제 나랑 같이 데이트 계획을 좀 짜 볼까? 마침 오늘은 내가 업무를 다 봐서 오후에는 시간이 아주 남아돌거든, 하하."

베시는 황태자의 책상 위에 쌓인 서류더미를 힐끔 보았다. 지금 내 눈에 보이는 저건 헛것이란 말인가.

"날도 좋으니 오늘은 카페테라스에서 차를 즐기는 것도 나쁘지 않을 것 같아. 네가 좋아할 만한 디저트 가게가—"

"누가 간대? 왜 혼자 오두방정이야? 그렇게 시간이 남아돌면 너나 혼자 가서 놀렴."

차갑게 말한 베시가 몸을 휙 돌렸다. 역시나 다른 방법을 알아봐야 하나.

사실 처음부터 크리스를 찾아오면 정보 얻기는 편했을 것이다. 다만 귀찮게 그와 실랑이를 벌여야 한다는 생각과 크리스의 얼굴을 마주해야한다는 사실이 싫어 여기까지 오는 걸 미루고 또 미루었다. 그러니 오늘 이곳에 올 때는 어느 정도의 귀찮음은 감수하리라 결심하고 온 것이었다.

하지만 그렇다고 해서 그와 데이트라는 명목으로 쓸데없는 시간을 보내고 싶지는 않았다.

"—베에시, 이게 뭐게?"

베시가 막 한 걸음을 앞으로 내디딘 순간, 부스럭거리는 소리와 함께 크리스가 그녀를 불렀다.

죽일 놈의 호기심 때문에 고개를 뒤로 돌린 베시는 얼굴을 팍 찌푸렸다. 크리스가 무언가를 손에 든 채, 의기양양하게 웃고 있었다.

"그게 뭔데?"

"이 문서를 가진 사람은 원하면 얼마든지 디저트를 실컷 먹을 수 있게 해 주는 증명서."

"아!"

문가로 향해 있던 베시의 몸이 빙글 회전하였다. 그녀는 신이 난 아이처럼 쪼르르 크리스의 책상 앞으로 달려와서 손을 내밀었다. 하지만 베시의 손에 증명서가 닿기 전에 크리스는 얼른 뒤로 몸을 뺐다.

"야!"

"이걸 받고 싶으면 나랑 데이트해 줘, 베시."

"그거 원래부터 나한테 주기로 한 거잖아!"

"어라? 난 그런 말을 한 적이 없는데?"

"무슨 소리야! 오빠가 쓴 편지에 분명—"

'그렇게 써 놓았잖아!'라고 버럭 소리를 지르려던 베시는 멈칫하였다. 생각해 보니 빅터의 편지에는 그 파격적인 조건을 제안한 인물의 이름이 적혀 있지 않았다. 그러니 분명 크리스가 본인

입으로 말한 적은 없었다.

베시에게 디저트를 마음껏 먹게 해 주겠다고.

"……너 치사하게 굴래?"

결국은 어린애 눈속임 같은 말장난이었다. 자신을 수도로 부른 것이 크리스의 뜻임을 아는 베시는 얼굴을 잔뜩 찌푸렸다.

이걸 확 한 대 치고, 빼앗아 갈까. 그녀가 위험한 생각에 빠져 있는 것을 아는지 모르는지 크리스가 싱글거리는 얼굴로 말했다.

"베시. 난 치사한 게 아니라 가여운 거야. 내가 얼마나 너와 데이트가 하고 싶으면 이런 방법까지 쓰겠어? 모처럼 너와 같은 지붕 아래 있는데, 보고 싶을 때 볼 수 없다는 사실에 내가 얼마나 괴로운지……."

마치 연극배우처럼 과장된 동작으로 크리스가 한숨을 쉬며 고개를 저었다. 베시가 차가운 눈으로 그런 크리스를 보았다.

아니, 한 대 치는 거 말고 마법을 쓰는 게 낫겠다. 마법으로 기절시키고, 빼앗아 가자.

그녀의 머릿속에서 위험한 계획이 착착 진행되고 있다는 것을 알 리 없는 크리스가 다시 입을 열었다.

"단순하게 생각해, 베시. 나와 차 한잔만 마셔 주면 넌 이 증서를 받아갈 수 있고, 네가 원하던 정보도 손에 넣을 수 있어. 심지어 덤으로 나와 즐거운 시간을 보낼 수도 있고."

"덤 빼고 다 마음에 드네."

"난 덤이 제일 중요한데."

크리스와 베시 사이에 잠시 침묵이 흘렀다.

그 사이 베시는 머릿속으로 계산기를 두들겨 보았다. 크리스와 같이 외출하는 건 죽어도 싫지만, 아주 잠깐만 참으면 얻을 수 있는 게 많았다.

결국 그녀의 마음이 '받을 거 다 받은 후에 바로 자리를 뜨자' 쪽으로 기울었다.

"……좋아. 그럼 딱 차 한 잔이야."

굳게 닫혀 있던 베시의 입에서 나온 말에 크리스가 눈을 가늘게 접으며 웃었다. 다른 여성들이라면 얼굴을 붉히며 비명을 질렀을 만큼 근사한 미소였다.

"고마워, 베시. 그럼 이제 둘만의 오붓한 시간을 즐기기 위해—"

"전하."

크리스가 웃으며 몸을 일으키는 것과 동시에 이제까지 입을 다물고 있던 빅터가 얼른 그를 불렀다. 크리스가 성가시다는 얼굴로 손을 내저었다.

"호위는 알아서 하게. 단 기척이 신경 쓰이지 않을 거리에서 적당히. 모처럼 베시와의 데이트를 망치는 일이 생기면 각오해야 할 걸세."

"데이트 아니니까 괜찮아요, 오빠. 옆에 있어도 돼요."

"어허, 빅터 경. 만일 경이 눈치 없이 베시와 나의 달콤한 시간을 방해한다면 아주 무서운 일이 벌어질 걸세."

"아니, 달콤한 시간 같은 게 있을 리가 없으니까 마음껏 방해해도 돼요, 오빠. 같이 가요. 크리스가 차 사 줄 거예요."

상사와 동생이 하는 말이 서로 달랐다. 빅터는 어느 장단에 맞추어 움직여야 좋을지 알 수 없었다.

그때, 문밖에서 그를 구원할 목소리가 들려왔다.

"전하. 저스틴 하이네 경이 알현을 청합니다."

"……저스틴 경이?"

문밖에서 시종이 알려 온 소리에 크리스가 의아하다는 얼굴로 고개를 갸웃하였다. 왜 저스틴이 자신을 찾아왔는지 짐작 가는 바가 전혀 없다는 얼굴이었다.

"들라하게."

크리스의 대답이 떨어지자마자 문이 열리고 저스틴이 집무실 안으로 들어섰다.

황태자를 향해 정중하게 예를 취하던 저스틴은 이곳에 있을 수 없는 인물을 발견하고 한쪽 눈썹을 꿈틀거렸다.

"베시?"

"저스틴 경. 용건이 있으면 빨리 해결해 주게. 난 지금부터 베시와 데이트를 나가야 해서 시간이 없으니 말일세."

이미 마음은 성 밖으로 나간 크리스가 저스틴을 재촉하였다. 그러자 크리스의 말을 들은 저스틴이 무어라 형용할 수 없는 얼굴로 베시를 돌아보았다. 저게 진짜냐고 묻는 동시에 그녀를 책망하는 것 같은 그런 눈빛이었다.

그 눈을 마주한 베시는 어째서인지 매우 마음이 불편해지고 말았다. 마치 해서는 안 될 짓을 하다가 들킨 사람처럼.

그 이유가 무엇인지 머리가 생각을 정리하기도 전에 베시의 입이 크리스를 향해 날선 비난을 쏟아 냈다.

"누가 데이트야! 네가 날 협박하니까 어쩔 수 없이 같이 나가서 차 한잔 마셔 준다는 거잖아!"

"협박?"

저스틴의 미간 사이 주름이 더욱 깊어졌다. 그는 매우 파렴치한 자를 보는 눈으로 크리스를 바라보았다.

"전하. 지금 전하께서 가진 권력을 이용하여 연약한 여성을 협박하신 겁니까?"

"아니, 그게 무슨 소리인가, 저스틴 경! 난 결코 그런 적 없네. 그리고 베시가 대체 어딜 봐서 연약한 여성인가."

"물론 그건 저도 압니다. 말의 구색을 맞추기 위해 선택한 단어였습니다."

"둘 다 뭐라는 거야. 나 연약한 여성 맞거든?"

베시가 억울하다는 얼굴로 던진 말에 크리스와 저스틴이 동시에 그녀를 바라보았다. 무언의 눈빛 공격에 진 베시가 뒷짐을 지고 한 걸음 뒤로 물러섰다.

"아니, 그냥 이 분위기에는 이렇게 말하는 게 어울릴 것 같아서 말해 본 거야."

치, 나도 뭐, 내가 연약하다고 생각하진 않는다고. 베시가 입을 삐죽 내밀고 툴툴거린 말에 크리스가 작게 헛기침을 하였다.

"……흠, 어쨌든 이제부터 내가 베시와 데이트를 해야 하니 경의 볼일이 중요한 게 아니라면 다음에 다시 보도록 하지."

"중요한 일입니다."

크리스는 언질도 없이 불쑥 찾아온 저스틴을 성가신 손님 취급 하였지만, 저스틴은 개의치 않았다. 그는 베시를 힐끔 본 뒤, 입을 열었다.

"중요한 일이라 '판단'하였기에 보고를 드리러 온 것입니다."

저스틴이 '판단'이라는 단어를 강조하자 크리스의 눈동자가 예리한 빛을 품었다.

눈치 빠른 황태자는 저스틴이 그랬던 것처럼 베시를 힐끔 보았다.

잠시 후, 그는 아주 좋은 생각을 떠올린 사람처럼 손가락을 튕겼다.

"좋아, 그럼 이렇게 하는 건 어떤가? 경도 함께 나가도록 하지."

"……저도 함께?"

저스틴이 전혀 생각지도 못했다는 얼굴로 반문하자 크리스가 히죽 웃었다. 무슨 생각을 하는지 알 수 없는 얼굴이었다.

"그래. 중요한 일이라니 경을 내쫓을 수는 없지 않은가. 그러니 경이 호위를 겸해서 나와 베시의 데이트를 따라오게. 그게 싫으면 다음에 다시 오게."

"데이트 아니라니까!"

크리스의 말이 끝나기가 무섭게 베시가 꼬투리를 잡았다.

"아니, 그보다 내 의사는? 왜 내 의사는 물어보지도 않고, 네 멋대로 결정을 하는 건데?"

베시가 입을 삐죽거리며 짜증을 내자, 저스틴이 입을 열었다.

"……제가 동행하는 게 무슨 문제라도 있는 겁니까? 아니면 혹시 싫은 겁니까?"

그 목소리가 지나치게 낮고, 무거웠기에 베시는 조금 놀라고 말았다. 잘 보니 자신을 보는 저스틴의 눈빛이 조금 서운한 감정을 품고 있는 것처럼 느껴지기도 하였다. 뭐야. 자길 따돌린다고 생각하는 거야?

"아니, 시, 싫다는 게 아니고요. 그냥, 그 뭐랄까, 어. 갑작스러워서요."

당황한 베시가 고개를 붕붕 젓자, 위로 삐죽 치켜 올라갔던 저스틴의 눈썹이 슬그머니 제자리를 되찾았다. 베시는 왜 저스틴의 기분 폭이 널뛰기를 하는지 도통 그 이유를 알 수 없었다.

그사이, 크리스가 손을 짝 쳤다.

"좋아, 그럼 결정이군. 나가지. 빅터 경. 자네는 내 눈에 띄지 않는 장소에서 알아서 대기하게."

크리스의 지시에 빅터가 대답 대신 깊게 고개를 숙였다.

황태자의 집무실에 모여 있는 이들은 모두 만족스러운 얼굴을 하고 있었다.

단 한 사람, 베시를 제외하고는.

"왜 아무도 내 의사는 확인하지 않는 거야?"

대답은 돌아오지 않았다.

* * *

사람들의 눈을 피해 베시 일행이 도착한 곳은 성에서 조금 떨어진 한 카페의 2층 테라스석이었다.

평소에 자주 찾는 곳이었던 듯, 자리를 찾아 앉는 크리스와 저스틴의 동작이 상당히 익숙해 보였다.

얼핏 보기에는 깊은 이야기를 나누기에는 적합하지 않은 장소 같았다.

베시는 내심 걱정이 되었다. 크리스 저 자식 그냥 차만 마시고 튀는 거 아니야? 그런 걱정을 눈치채기라도 한 것처럼 저스틴이 속삭였다.

"전하께서 밀담을 나누실 때 사용하는 '자리'입니다."

그 말을 듣고, 자세히 보니 발코니 위에는 커다란 유리가 빈틈없이 달려 있었다. 유리창은 제법 두꺼워 보였기에 말소리가 밖으로 새어 나갈 염려가 없어 보였다. 저스틴의 말대로 이곳은 특별한 카페인 모양이었다. 주변을 꼼꼼히 살펴본 베시는 안심하였다.

크리스가 베시에게 의자를 정중히 빼주었지만, 베시는 그 옆에 있던 의자를 빼서 앉았다. 정작 황태자가 빼 준 의자에 천연덕스러운 얼굴로 앉은 것은 저스틴이었다.

"감사합니다. 전하."

졸지에 남자에게 의자를 빼 주는 허무한 행동을 한 크리스는 하고 싶은 말이 참 많다는 얼굴로 입을 열었다.

"난 지금 자네를 에스코트하려고 했던 게 아니라는 거 알고는 있나?"

"압니다. 하지만 베시가 다른 자리에 앉았으니 전하가 무안하시지 않게 제가 배려해 드린 겁니다."

뻔뻔한 저스틴의 대답에 크리스가 허, 코웃음을 쳤다. 그를 꾸짖으려던 크리스는 한숨을 쉬었다. 입 아프게 말해 봐야 뭣하겠는가. 니콜라스 황제조차도 저스틴의 고집에는 고개를 절레절레 저을 정도였다.

저스틴과의 논쟁을 포기한 크리스는 대신 다른 트집을 잡았다.

"……제이. 내가 누누이 말하지 않았나? 밖에 나오면 제발 그놈의 전하 소리 좀 집어치우게. 옛날처럼 형님이라고 부르라니까."

"제이? 형님?"

흥미로운 얼굴로 두 사람의 대화를 가만히 듣던 베시가 의아한 얼굴로 중얼거렸다. 크리스가 싱긋 웃으며 입을 열었다.

"아아. 내가 어릴 때부터 부르던 애칭이야. 제이. 귀엽지 않아?"

어릴 때 부르는 애칭을 아직도 부르다니. 그것도 다 큰 남자끼리?

여간 친한 게 아니라면 어려운 일이었다. 베시는 문득 에릭이 예전에 해 주었던 말을 떠올렸다.

'하이네 공작가와 반 듀벨 황가는 사이가 각별하거든.'

아무래도 에릭의 말대로 하이네가와 황가에는 깊은 연이 있는 모양이었다.

"기왕이면 제이도 어릴 때처럼 나를 크리스 형님이라고 불러 주면 참 좋을 텐데."

귀여운 동생 하나를 잃은 기분이라며 크리스가 한숨을 푹 내쉬었다.

황태자가 그러거나 말거나 저스틴은 메뉴판을 집어 베시에게 건넸다.

"여기 있습니다, 베시."

"아, 고마워요."

저스틴과 베시 모두 크리스의 넋두리에는 관심이 먼지만큼도 없는 모양이었다. 졸지에 두 사람에게 무시당한 크리스는 토라진 얼굴로 조용히 남은 자리에 앉았다. 다른 데서는 받아본 적이 없는 푸대접에 너무 슬프다는 투덜거림을 입에 담으며.

"어디 보자. 음, 커피 메뉴가 많네?"

메뉴판을 펼쳐든 베시는 살짝 얼굴을 찌푸렸다. 평소에는 커피보다 홍차를 더 자주 마시는 터라 음료 이름이 다 생소하였다. 그러자 크리스가 손가락으로 메뉴판의 어느 한 지점을 콕 찍어 주었다.

"개인적으로는 이게 추천이야, 베시."

넛츠 바닐라 카푸치노.

절대 맛없을 수 없는 단어의 조합이었다. 크리스의 미각이 상당히 까다롭다는 걸 알기에 베시는 기꺼이 그의 추천을 받아들이기로 하였다.

"흠, 좋아. 이걸로 할래."

베시의 선택이 끝나자마자 크리스가 테이블 위에 있는 종을 가볍게 흔들었다.

어? 메뉴판 안 봐도 되나? 베시가 저스틴과 크리스를 번갈아 보자 그 시선을 눈치챈 저스틴이 입을 열었다.

"저와 전하는 마시는 게 항상 같습니다."

아, 역시 여기 단골이구나. 베시는 턱을 괸 채, 노년의 남성 종업원이 와서 주문을 받아 적는 모습을 지켜보았다.

주문을 마친 크리스가 베시를 향해 다정한 미소를 지어보였다.

"내가 널 위해 고른 것이니 틀림없이 만족할 수 있을 거야, 베시. 난 언제 어디서든 네가 좋아할만한 것들을 생각하거든. 내 사랑의 깊이가 이렇게 깊지."

한쪽 눈을 찡긋하며 크리스가 던진 말에 베시의 손등에 우수수 소름이 돋았다. 히익— 저게 뭔 미친 소리야. 진심으로 싫어 죽겠다는 얼굴로 크리스를 내려다보던 베시가 무언가를 떠올린 듯, 눈을 반짝 빛냈다. 좋지 않은 신호였다.

"그래? 그럼 만약 내 입에 안 맞으면 남은 건 네가 코로 전부 마시기 어때?"

기왕이면 맛있어도 없다고 거짓말을 해 버리자. 황태자에게 터무니없는 벌칙 게임을 강요한 베시가 씩 웃었다. 그야말로 동화 속에 나오는 못된 마녀 같은 얼굴이었다.

"……베시, 아무리 내가 사랑하는 네 부탁이라도 그건 절대 들어줄 수 없을 것 같은데."

평소 같으면 능청스럽게 굴었을 크리스의 웃음이 다소 딱딱하였다. 베시의 말이 100% 진심이라는 걸 공기로 느끼고 있기 때문이었다.

"왜? 사람에게 무언가를 권할 때는 응당 그에 따르는 책임도 져야지. 그러니까 저거 맛없으면 네가 코로 원샷 해."

"……베시, 앞의 말은 이치에 맞는데, 뒷말이 전혀 이치가 맞지 않는 것 같습니다만."

가만히 베시의 생떼 아닌 생떼를 지켜보고 있던 저스틴이 입을 열었다. 암만 그래도 모국의 황태자가 코로 커피를 원샷 하게 둘 수는 없지 않은가. 그러자 베시가 흥, 코웃음을 쳤다.

"그게 무슨 상관이에요. 그렇게 치면 크리스 저 자식의 입에서 나온 말은 태반이 이치에 맞지 않는 말이라고요."

저스틴은 진지한 얼굴로 고개를 끄덕였다.

"그건 또 맞는 말이군요."

"잠깐, 제이! 거기서는 날 위해 더 싸워 줘야지!"

크리스가 눈을 동그랗게 서운하다는 감정을 드러냈다. 드물게 꾸밈이 없는 표정이었다. 다른 사람들 앞에서는 좀처럼 보기 힘든 그의 모습에 베시는 다소 놀랐다. 기분 탓인지는 몰라도 크리스가 저스틴을 대하는 태도는 허물이 없었다.

"전 이미 전하를 위해 충분히 싸웠습니다."

"크리스 형님!"

"본인 이름 뒤에 형님을 붙여 외치는 취미가 있으신 줄은 몰랐습니다."

"그게 아니라 그 전하 소리를 집어치우고 옛날처럼 크리스 형님이라고 부르라는 말이잖아!"

우와, 사이가 정말 좋구나. 두 사람은 형제 같으면서도 소꿉친구 같기도 한 모습이었다. 베시는 크리스의 투정을 담담하고 불친절하게 받아 주는 저스틴을 바라보았다.

크리스도 그렇지만, 저스틴 역시 평소와는 조금 다르다는 느낌이 들었다. 어디가 다른지는 구체적으로 알 수 없었다. 하지만 묘하게 그가 가깝게, 그리고 익숙하게 느껴졌다.

'응? 익숙하게?'

베시는 저스틴의 옆얼굴을 가만히 보았다. 이제까지 몇 번이나 보았던 남자의 얼굴이니 새삼스러울 것이 없었다.

그런데 차양에 진 그늘이 저스틴의 얼굴에 드리우자 가슴속에서 작은 공기 방울이 터지는 것 같은 감각이 느껴졌다.

마치 언젠가 어디선가 그를 보았던 것 같은 눈의 착각, 그리고 머리의 혼란.

베시는 고개를 가볍게 저었다. 왜 이런 느낌을 받은 거지? 요새 좀 피곤했나?

"베시?"

자신을 부르는 소리에 퍼뜩 정신을 차려 보니, 저스틴과 크리스가 의아한 얼굴로 베시를 보고 있었다.

게다가 어느 틈엔가 테이블 위에는 주문한 음료와 레몬 머핀이 놓여 있었다. 머쓱해진 베시는 헛기침을 작게 하며 음료에 꽂힌 빨대에 입술을 대었다.

"아—"

크리스가 추천해 주었던 음료는 베시의 입에 제법 잘 맞았다.

부드러운 우유 크림과 고소한 땅콩 맛, 그리 달콤한 바닐라 향이 어우러진 커피니 맛이 없을 리가 없었다. 베시는 얼른 한 번 더 음료를 마셨다.

"어때, 베시? 내 말대로 정말 맛있지?"

크리스가 뿌듯한 얼굴을 하고 있는 걸 본 베시는 무심코 정직한 반응을 하고 만 자신이 원망스러웠다.

이제라도 맛없는 척을 할까.

베시가 그렇게 생각하는 찰나, 가만히 그 모습을 지켜보고 있던 저스틴이 입을 열었다.

"저라면 베시에게 사실 넛츠 바닐라 카푸치노보다는 생크림 메이플 라떼를 추천했겠지만, 베시가 입에 맞다니 다행이군요."

얼핏 들으면 평소 같은 무심한 말투였다. 하지만 그게 전부가 아니라는 걸 감지한 크리스가 얼굴을 팍 찌푸렸다.

"잠깐, 제이? 그 말은 뭐지? 혹시 나보다 네가 베시의 취향을 더 잘 알고 있다고 말하고 싶은 거야?"

베시는 피식 웃었다. 무슨 그런 괜한 트집을 다 잡는담. 그냥 저스틴 군 평소 말투가 저런—

"네, 본의 아니게 베시와 티타임을 할 기회가 제법 있었던 지라."

응? 우리가 그렇게 자주 티타임을 가졌던가? 기억이 선뜻 떠오르지 않았기에 베시는 얼굴을 잔뜩 찌푸린 채, 고개를 갸웃하였다.

그러는 사이에도 두 남자 사이에서 미묘한 신경전이 이어지고 있었다.

"호오, 제이? 지금 내 앞에서 베시에 대해 아는 게 많다고 말하려는 건가?"

"그렇게 말씀드린 적은 없습니다. 다만 베시의 입에는 제가 추천하는 음료가 더 맞을 거라 생각했을 뿐입니다.

파지직— 베시는 허공에서 보이지 않는 불꽃이 튀어 오르는 걸 느낄 수 있었다.

아니, 대체 이게 뭐라고 저렇게까지 열을 낸담? 지금 중요한 건 그게 아니잖아? 베시는 조금 어이가 없어지고 말았다.

"저기, 있지. 난 음료는 아무래도 상관없으니까 이제 슬슬 본론으로 들어가고 싶거든?"

애초에 여기에 온 목적이 무엇이더라? 크리스의 입에서 직접 소문의 진상을 듣고, 황가에게 인증 받은 디저트 무료 이용권을 받기 위해서가 아니었나.

"무슨 소리야, 베시! 지금 이게 얼마나 중요한 문제인지 모르겠어? 제이가 감히 나보다 너를 더 잘 안다고 말했다고."

"전하. 아까도 말씀드렸지만, 전 그렇게까지 말한 적이 없습니다. 망상과 확대해석이 그 정도면 병입니다. 슬슬 정기검진 받으실 때 아닙니까?"

아, 과연 저스틴 하이네. 황태자 앞에서 저렇게 무서울 정도로 용감할 수 있다니.

제 경우는 눈곱만큼도 고려하지 않은 채, 베시가 감탄하였다.

"아니! 제이, 날 속일 생각하지 마. 넌 나에게서 베시를 빼앗아 가려고 하고 있어!"

저 미친놈. 저게 진짜 제국민의 지지를 한 몸에 받는 '유능한 황태자 크리스 반 듀벨'이 맞긴 한 건가. 베시는 차가운 눈으로 크리스를 노려보았다.

"내가 언제부터 네 것이었는데?"

"베시가 언제부터 전하 것이었습니까?"

베시와 저스틴의 입에서 동시에 같은 말이 튀어나왔다. 크리스의 얼굴에 더더욱 깊은 불만이 서렸다.

"……제이, 베시. 언제부터 둘이 그렇게 사이가 좋아진 거야?"

"그럴 리가."

"그럴 리가."

이번에도 대답은 두 개였다. 그것도 마치 사전에 짜 맞춘 것처럼 완벽하게 소리가 겹쳤다. 베시와 저스틴이 서로를 보며 불만스러운 얼굴을 하였다.

"저스틴 군, 왜 나 따라 해요?"

"그건 내가 할 말입니다. 베시."

"난 저스틴 군 흉내 낸 적 없어요!"

"저야말로 베시를 따라 한 적 없습니다."

갑자기 따돌림을 당한 크리스는 조금 쓸쓸한 목소리로 입을 열었다.

"저기, 둘 다 상당히 유치한 거 알지?"

"그게 네가 할 말이야!?"

"피차일반입니다, 전하."

이번에도 베시와 저스틴은 손발이 착착 맞았다. 크리스는 더더욱 시무룩해지고 말았다. 베시가 요새 자신에게 너무 차갑다는 둥, 저스틴이 전보다 더 못되게 군다는 둥. 투덜거림이 끝없이 이어졌다.

저 모습을 다른 사람들이 좀 봐야 할 텐데. 베시는 한숨을 쉬며 고개를 저었다.

이런 저차원적인 대화를 나눌 때가 아니라는 걸 다시금 떠올렸기 때문이었다.

"됐다, 됐어. 어쨌든 지금 이런 쓸데없는 말 할 때가 아니니까 빨리 본론 들어가자. 야, 크리스. 그래서 뭐야? 황궁에서 대체 무슨 일이 있었던 건데?"

빨대로 쪼르륵 음료를 빨아 마신 베시가 대답을 재촉하듯 고개를 까닥거렸다. 그러자 크리스가 애틋한 눈빛으로 베시를 바라보았다.

"베시. 나에 대해 그렇게까지 궁금해? 역시 날 향한 네 마음의 깊이가 남다르—"

"쓸데없이 말 돌리지 마. 누가 너에 대해 궁금하대? 반 듀벨 황가에서 무슨 일이 있었던 거냐고 묻잖아. 너 자꾸 이딴 식으로 굴면 나, 전부 불태우는 수가 있다?"

만일 빅터가 들었다면 입에 거품을 물며 기겁했을 불온한 말이었다.

하지만 다행스럽게도 1층에서 대기하고 있는 그의 귀에 베시의 말이 닿을 리는 없었다. 그리고 빅터 대신 이 자리에 있는 저스틴은 참으로 불경스럽게도 흥미진진하다는 표정을 하였다.

물론 그도 알고 있었다.

베시라면 이 카페, 아니 맞은편에 앉아 있는 크리스만을 지정하여 불태우는 것도 어렵지 않을 터였다.

마녀 베시 에일에게는 실제로 그럴 일을 행할 능력이 있으니까.

그것을 잘 아는 저스틴은 방관자의 태도를 취하며 크리스를 힐끔 보았다. 능구렁이 100마리 정도는 속에 키우는 황태자가 과연 어떤 반응이 궁금했다.

아니, 사실 궁금한 건 황태자의 태도가 아니었다.

그는 저스틴이 한두 해 알고 지낸 남자가 아니었다. 크리스가 저스틴을 아는 것처럼, 저스틴 역시 크리스를 알았다.

그라면 틀림없이 능청스럽게 상황을 모면하려고 할 것이다.

"불태우다니, 뭘? 나? 하하. 그런 거라면 침대 위에서라면 언제든 환영이야."

역시나. 크리스는 저스틴의 생각대로 움직였다.

자, 그렇다면 이제 우리 관장님께서 어떤 반응을 보이실까?

조용히 눈을 빛내던 저스틴은 베시가 한쪽 입꼬리를 실룩거리고 있다는 것을 깨달았다.

무언가 결정적인 한 방을 가지고 있는 사람 특유의 미소였다.

"『만일의 세계』, 『왕과 열두 종소리의 탑』, 『용을 찾는 아이들』, 『사랑의 증표』. 도서관에 있던 4권의 책."

베시의 입에서 나온 것은 수수께끼 같은 몇 마디의 문장이었다.

저스틴은 의아한 얼굴을 하였다. 4권의 책? 고작해야 저런 걸로 황태자 전하의 입이 열릴 리가.

그러나 그와 달리 베시는 확신에 찬 얼굴을 하고 있었다. 그녀는 천천히 턱을 괴었다.

자, 어디 한 번 말해 보렴. 크리스 반 듀벨. 네놈이 감추고 있는 진실을.

이유는 없었다. 증거도 없었다.

하지만 베시는 크리스가 그 4권의 책에 대한 이야기가 나오는 순간, 분명 당황할 거라고 확신하였다.

그리고 그녀의 예상은 보기 좋게 맞아떨어졌다.

"—무슨, 말을 하는지 잘 모르겠는데."

"너 여전하구나. 당황하면 왼쪽 입꼬리가 살짝 실룩이는 버릇. 그거 고치는 게 좋을걸? 나 같은 보잘것없는 마녀가 눈치챌 정도면 네 적들은 오죽하겠니?"

베시가 히죽 웃으며 제 입가의 왼쪽을 가리켜 보였다. 이번에는 진심으로 놀란 크리스가 자신의 입을 가리듯 감쌌다. 그의 시선이 옆에 있는 저스틴에게로 향하였다.

눈이 마주친 저스틴은 고개를 작게 저어 보였다. 자신이 유도신문에 당했다는 걸 깨달은 크리스가 슬그머니 손을 내렸다.

애초에 그렇게 호락호락 속여 먹을 수 있는 상대가 아니라는 건, 알고 있었지만 설마 벌써 거기까지 손을 썼을 줄은.

크리스가 한숨을 푹 내쉬었다.

테라스의 공기가 조금 무거워졌다는 것을 깨달은 저스틴이 입을 열었다.

"전하. 필요하시다면 자리를 피해 있겠습니다."

"아니, 그럴 필요 없네. 나는 지금부터 경을 저스틴 하이네의 모양을 한 의자라고 생각할걸세."

무슨 뜻인지 알겠지? 그렇게 묻는 크리스는 어느새 황태자의 얼굴을 하고 있었다.

이 자리에 머물되, 없는 자처럼 굴 것.

의미를 이해한 저스틴은 고개를 숙여 그 명에 따르겠다는 뜻을 내보였다.

그것을 곁눈질로 확인한 크리스는 정말 궁금해 죽겠다는 얼굴로 베시에게 물었다.

"……어떻게 알았어?"

"네가 굳이 나를 이 나라로 불러오면서까지 도서관을 지키려는 이유가 도서관 안에 있는 '무언가' 때문일 거라고 생각했으니까. 반은 때려 맞췄어."

정직하게 실토한 베시는 어깨를 으쓱하였다. 그 대답에 크리스는 눈을 동그랗게 뜨더니 곧 하하 웃음을 터트렸다.

"그래서 그 '무언가'가 네가 방금 말한 책들일 거라고 생각한 이유는?"

크리스의 자수정 같은 눈동자에 상황을 즐기는 것 같은 여유가 돌아왔다. 베시는 그 눈동자를 조용히 노려보며 생각에 잠겼다.

그리고 잠시 후, 생각을 정리한 그녀는 가볍게 고개를 저었다.

"아니. 네가 지키려고 한 '무언가'는 그 책들이 아니겠지. 정확히는 그 책들이 가리키는 '무언가'를 지키려고 하는 거겠지."

"호오. 그렇다면 그 책들은 대체 무얼 가리키는 거지?"

몰라. 이 망할 놈아. 그걸 알면 내가 너한테 물으러 왔겠냐? 베시는 그렇게 대답하고 싶은 걸 꾹 참았다.

여기서 조급하게 구는 티를 내 봐야 좋을 게 하나도 없었다.

교섭의 기본은 여유. 베시는 크리스를 흉내 내는 것처럼 얄미운 미소를 지어 보였다.

"어머나. 그건, 알려 줄 수 없지. 넌 내 질문에 아무 대답도 안 했는데 내가 왜 순순히 대답해 줘? 혹시 유능한 황태자 전하께서 아는 게 없어서 나한테 묻기만 하는 건 아닐 테지?"

베시의 은근한 도발에 크리스의 눈동자가 살짝 흔들렸다. 그것을 알아차린 베시는 속으로 빙고를 외쳤다.

저 망할 놈도 아직 그 4권의 책에 무슨 비밀이 있는 건지는 모르고 있구나!

베시는 이제 슬슬 감이 오기 시작하였다.

크리스가 이 도서관으로 자신을 부른 이유.

첫 번째는 처음 말한 것과 같이 도서관을 지킬 것.

그리고 두 번째. 도서관에 숨겨져 있는 '무언가'를 찾아낼 것.

능구렁이 같은 황태자의 의도를 파악한 베시가 살짝 얼굴을 찌푸렸다.

그래, 이놈은 이런 놈이었지. 모든 행동에는 두 가지 이상의 이유가 있는 아주 약삭빠른 놈.

베시는 크리스의 수작에 휘말리지 않으리라 생각하며 단단히 마음을 먹었다.

"내가 지금까지 조사한 걸 알고 싶다면, 너도 알고 있는 걸 말해. 정보교환의 기본이잖아. 주고, 받고."

"……난 이래서 네가 좋아, 베시. 때때로 널 너무 사랑하는 게 아닐까, 하는 생각마저 든단 말이지."

한동안 무거운 침묵을 지키던 크리스의 입에서 튀어나온 말에 그 옆에 앉아 있던 저스틴의 넓은 어깨가 흠칫, 흔들렸다.

"야, 너 자꾸 지랄할래? 그놈의 사랑 타령 좀 그만해."

이제 정말 지긋지긋하다며 베시가 짜증을 냈다. 그녀는 크리스가 치마 두른 생명체 모두에게 저런 말을 한다는 걸 알고 있었다.

크리스 반 듀벨이란 남자에게 있어서 세상에 있는 모든 여자에게 달디 단 사랑을 속삭이는 건 숨을 쉬는 것과 같은 일이다.

저스틴 역시 베시가 아는 것을 알고 있었다. 그도 지금 크리스가 내뱉은 말이 평소처럼 다른 여성 누구에게나 하는 그런 종류의 것일 거라 생각하였다.

하지만 머리로 아는 것과 가슴이 아는 것은 다른 차원의 문제였다.

순간적으로 그의 청록색 눈동자에는 스스로도 이름 모를 감정이 서렸다. 혹시 정말로 전하가 베시에게 특별한 감정을 품고 있는 거라면……. 제 가정에 저스틴의 눈빛이 어두워졌다. 가슴 속에 예리한 칼날을 수백 개 꽂은 것 같은 불쾌한 기분이었다.

"베시. 어째서 내 진심을 의심하는 거야? 난 정말 너를―"

"그래? 그렇게 내가 좋으면 얼른 불어. 잔말 말고 불어. 알고 있는 건 다 불어."

이게 깡패지, 마녀냐. 그런 말이 절로 나올 정도로 베시의 표정이며 분위기는 험악하였다.

그 덕에 크리스의 터무니없는 말 때문에 테라스에 안에 생겼던 묘한 기류가 순식간에 사라지고 말았다.

저스틴 역시 퍼뜩 정신을 차리고, 속으로 이를 악물었다. 대체 내가 지금 무슨 생각을 했던 거지? 비록 순간이어도 자신이 품었던 것은 옳지 못한 감정이었다. 제 감정을 컨트롤하는 것에 익숙한 그는 얼른 그 어두운 것을 머릿속에서 밀어 버렸다.

지금 그는 저스틴 하이네의 모양을 한 의자였다. 이 자리에서 있었던 일은 그 어느 것 하나 기억에 담아 두면 안 된다.

감정 역시 마찬가지였다.

그사이, 크리스는 쿡쿡 웃으면 입을 열었다.

"일단, 미안. 말해 주고 싶지만, 아직 이렇다 할 조사 결과가 나오질 않았어. 사라진 보조의 시신이나 흔적이 발견된 건 없어.

죽었는지, 살았는지조차 단정할 수 없는 상황이지."

"……그럼 로젠베리는? 왜 그렇게 대량의 로젠베리를 사들인 거였지?"

크리스는 눈가를 가늘게 좁히고 입가에 미소를 머금은 얼굴로 그녀를 보았다. 베시는 직감적으로 알아차렸다. 저건 거짓말을 하기 위한 얼굴이었다.

"그거야 물론 황실에서 로젠베리로 파티를—"

"진짜 죽고 싶지, 크리스 반 듀벨?"

베시의 입에서 튀어나온 음산한 목소리에 테라스의 온도가 1도 정도 내려갔다.

그녀가 진짜 심각하게 열이 받았다는 걸 깨달은 크리스가 하하 웃으며 헛기침을 하였다.

"아니, 베시, 그게 말이지."

"좋아, 너한테 물은 내가 잘못이지. 저스틴 군이 말해 봐요. 대체 무슨 일이 있었던 건지."

"……지금의 전 저스틴 하이네가 아니라 저스틴 하이네의 모양을 한 의자이기에 말할 수 없습니다."

"방금 말했잖아요!"

"……."

"이제 와서 입 다물어도 소용없어요! 빨리 말해요! 안 그러면……."

거기까지 말한 베시가 저스틴과 크리스를 번갈아 보았다.

어느새 제3자가 된 크리스는 흥미진진한 얼굴로 히죽거리고 있는 반면, 얼떨결에 베시에게 걸린 저스틴은 오만상을 찌푸리고 있었다.

그 얼굴을 흘겨보며 베시가 매우 무서운 협박을 내뱉었다.

"저스틴 군도 알몸으로 성 밖에서 춤추게 만들어 버릴 거예요."

"저주는 저 말고 전하에게 걸어주시죠. 대체 왜 절 끌어들이는 겁니까."

저스틴이 끔찍해 죽겠다는 듯 내뱉은 말에 크리스가 충격 받은 얼굴로 외쳤다.

"잠깐, 제이! 어떻게 주군인 나를 팔 수 있어? 내가 알몸으로 춤추게 하는 수치를 당하게 할 셈이야?"

"아직은 제 주군이 아니시지 않습니까."

"지금 내가 고작 황태자라고 무시하는 거야?!"

황태자가 '고작'이라고 불릴 만한 자리던가. 베시는 순간적으로 혼란에 빠지고 말았다.

"걱정 마십시오, 전하. 저는 황제 폐하의 명도 가끔 안 듣지 않습니까."

대체 뭐가 그리 당당한지 저스틴이 어깨를 쭉 펴고 엉뚱한 대답을 하였다. 크리스가 미치겠다는 얼굴로 이마를 감싸 쥐었다.

"제이, 그건 자랑이 아냐."

"자랑은 아닙니다. 사실을 말했을 뿐이죠."

"……저기, 저스틴 군이 사실을 말하건 자랑을 하건 나랑은 아무 상관이 없으니까 말이죠. 일단 내가 물은 말에는 대답을 좀 해 주지 그래요?"

"아까도 말했지만, 베시의 질문에는 대답할 수 없습니다."

"성 밖에서 알몸으로 춤추게 되는 우스꽝스러운 꼴을 당해도?"

"……."

저스틴의 눈이 살기를 품은 짐승의 것처럼 흉흉하게 빛났다. 정말 그런 짓을 하기만 해 봐라. 가만두지 않겠다는 무언의 경고가 담겨있었다.

경고 어린 눈빛을 마주한 베시는 한숨을 쉬었다. 크리스가 안 되면 저스틴의 입이라도 열어 보자고 생각했던 것인데, 자신이 아주 한참 잘못 생각했다는 것을 깨달았다. 이쪽이야말로 난공불락의 요새였다.

한동안 저스틴을 마주 노려보던 베시는 생각을 바꾼 듯, 빙그레 웃었다.

"저기, 저스틴 군."

"싫습니다."

"아직 아무 말도 안 했어요!"

어라? 전에도 한 번 이런 대화를 했던 것 같은데?

베시가 고개를 갸웃거리는 사이, 저스틴이 무심하게 입을 열었다.

"당신이 지금 무슨 말을 할지는 뻔하지 않습니까. 아무리 제가 자기 멋대로 행동하는 불량 기사라고 할지라도 황실의 일급 기밀을 순순히 털어놓을 수는 없습니다."

"제이, 너 자각은 있었구나!"

"저스틴 군, 알고는 있었네요?"

크리스와 베시의 입에서 동시에 터져 나온 말에 저스틴이 한쪽 눈썹을 꿈틀거렸다. 대체 이들은 그간 날 어떻게 봤기에 이런 반응이란 말인가.

저스틴이 불쾌해하는 모습을 보며 크리스가 피식 웃으며 말했다.

"제이가 자신을 냉정하게 돌아보고 있다니 매우 기쁘네. 하지만 사실 이게 그렇게까지 애를 쓰고 감출 필요까지는 없는 일이지."

정말 별거 아니라는 얼굴로 크리스가 어깨를 으쓱거렸다.

아니, 그렇게 애를 쓰고 감출 필요가 없는 일이라면 대체 왜 지금 이렇게까지 시간을 끈 건데?

베시가 그런 생각을 하며 얼굴을 구기자, 그녀의 마음속을 읽기라도 한 것처럼 크리스가 입을 열었다.

"베시의 반응이 재미있으니까."

"……너 진짜, 죽는다?"

"하하하. 네 손에라면 기꺼이—"

크리스가 평소처럼 능글맞게 굴며 입에 박힌 것 같은 달콤한 말을 쏟아 내려고 하였다. 베시는 재빠르게 그 말을 끊어 버렸다.

"저스틴 군. 방금 들었죠? 황태자 전하께서 말해도 된다고 하네요. 알려 줘요."

베시의 초롱초롱한 눈빛을 마주한 저스틴이 깊게 한숨을 쉬었다. 그는 옆에서 "베시, 어째서 언제나 내 사랑 고백을 끝까지 들어 주지 않는 거야?"라고 중얼거리는 황태자를 한 번 보았다. 정말 말해도 되냐고 묻는 것처럼.

저스틴이 자신을 보고 있다는 걸 알아차린 크리스가 고개를 가볍게 끄덕였다. 황태자의 허락이 떨어지자 저스틴은 쓴 약을 입에 문 사람처럼 오만상을 찌푸렸다. 크리스에게 베시가 가까운 '친구'라는 건 알고 있었지만, 이렇게 쉽게 황가의 기밀을 털어놓을 줄은 예상 못한 탓이었다.

크리스는 별것이 아니라는 투로 말했지만, 지금 베시가 궁금해하는 건 어느 것 하나 별것 아닌 게 없었다.

만일 상대가 베시가 아니었다면 크리스는 절대로 순순히 사실을 밝히려고 하지 않았을 터였다.

그 정도로 전하에게 베시가 특별하다는 뜻일까? 간신히 추슬렀던 어두운 감정이 다시 가슴 밑바닥에서 꿈틀거리는 것만 같았다.

"저스틴 군?"

자신을 부르는 소리에 저스틴을 얼른 마음을 가다듬었다. 지금은 이런 불필요한 생각에 빠져 있을 때가 아니었다.

"—암살 시도가 있었습니다. 독극물을 쓴."

저스틴이 한 말에 베시는 역시 그러느냐는 것처럼 고개를 끄덕였다. 이미 그 정도는 짐작했던 탓이었다.

"흐음. 독극물을 사용한 암살이라— 사용된 독은 뭐였나요? 베히모스의 피(Blood of behemoth)? 아니면 구울의 눈물(Tear of ghoul)? 그것도 아니면, 그리고 아무도 없었다(And Then There Were None)?"

베시가 가벼운 태도로 내뱉은 이름은 모두 세상에서 둘째가라면 서러운 무서운 독이었다. 어느 독이건 소량이라도 체내에 침투하면 고통스러운 죽음을 맞이하였다. 특히 '그리고 아무도 없었다'는 단 한 방울이라도 피부에 닿으면 그 자리에서 즉사하는 무서운 맹독으로 유명했다.

"'구울의 눈물'이라 들었습니다."

"잠깐? 진짜 '구울의 눈물'이었다고요?"

저스틴의 입에서 생각지도 못한 대답이 돌아오자 베시는 저도 모르게 굳어 버리고 말았다.

사실 그녀가 줄줄 나열한 이름은 모두 반쯤 농담 삼아 던진 것들이었다. 애초에 모두 구하기도 힘든 독이기도 했고, 어지간히 악한 자가 아니면 사용하기 어려운 독이기도 했으니까.

그런데 '구울의 눈물'이라니— '그리고 아무도 없었다'와는 달리 그 독은 섭취하고 바로 효과가 나타나는 독은 아니었다.

다만 어느 순간, 발작이 일어나는 것처럼 통증이 찾아오는 독이었다. 그리고 그 독은 중독된 이의 숨이 끊어질 때까지, 온몸을 찢어발기는 것 같은 통증이 이어지는 것으로도 유명했다.

구울의 눈물에 당한 자는 모두 자신에게 독을 쓴 자를 저주하고 증오하며 피눈물을 흘리며 죽어갔다. 쓰는 사람 역시 제정신으로 쓸 수 있는 독은 아니었다.

"……그래서 그 독에 누가 당했던 건데요?"

설마, 하는 얼굴로 베시가 크리스의 몸을 위에서부터 아래로 쭉 훑었다.

독에 당했던 애치고는 멀쩡해 보이네? 얘가 당한 게 아닌가? 잠깐, 그럼 설마 황제가 독에 당하기라도 한 건가?

베시는 생각에 잠긴 채, 팔짱을 꼈다.

'최근 황제가 공식 석상에 모습을 드러냈던 적이 있었나? 없―아니, 하지만 원래 황가 사람들은 모습을 잘 드러내지 않는 편이라고 했지.'

근거 없는 억측은 관두자며 베시는 속으로 고개를 저었다.

다시 생각해 보니 황제뿐만이 아니라 황후, 그리고 황자와 황녀 역시 공식적으로 모습을 드러내는 일이 별로 없었다.

이 제국에서 가장 활발한 행보를 보이는 것은 자신의 눈앞에 있는 남자였다.

베시의 시선을 느낀 크리스가 과장된 동작으로 손을 들어보였다.

"뭐야, 베시? 그렇게 내 몸에 관심이 있었어? 원한다면 전부 보여 줄 수도 있는데. 물론 침대 위에서."

"슬프게도 네가 당한 건 아니었었나 보구나."

만약 독에 당했으면 맛이 간 머리가 정상으로 되돌아왔을지도 모르는데, 참 아쉽다.

베시는 불온한 눈으로 크리스를 한 번 노려봐 준 후, 저스틴을 향해 고개를 돌렸다. 그의 입에서 다시 한 번 속 시원한 대답이 나오기를 기대하며.

그러나 조금 전까지는 순순히 입을 열었던 남자가 어찌 된 일인지 입을 꾹 다물고 있었다.

이상하다는 생각에 고개를 갸웃하던 베시의 눈에 테이블 위에 있는 크리스의 손이 들어왔다.

황태자의 하얀 손가락은 무슨 신호를 보내는 것처럼 까닥거리고 있었다. 베시는 저스틴이 입을 다시 꾹 다물어 버린 이유를 알 수 있었다.

여기까지만 말해 주겠다 이거로구나.

베시가 잔뜩 성이 난 얼굴로 크리스를 노려보았다. 크리스는 사랑스러운 고양이를 보듯 베시를 향해 웃어 보였다.

"나의 베시. 여기까지만이야. 이제 충분하지 않아? 이 정도면 난 알려 줄 수 있는 건 다 알려 줬어."

"네가 말한 게 아니라 저스틴 군이 말해 준 거였잖아."

약이 바짝 오른 베시가 트집을 잡았다. 그러자 무슨 소리냐는 얼굴로 크리스가 답했다.

“제이는 내 것이잖아. 내 것이 말한 거니까 내가 말한 것과 같지.”

“소름 끼치는 소리 좀 작작하십시오, 전하.”

저스틴은 이를 아드득 갈았다. 베시조차 가볍게 몸서리를 치는 사이, 하하 웃은 크리스가 입을 열었다.

“뭐, 어쨌든 이제 이쪽의 정보는 충분하지? 그러니까 슬슬 네가 답해 줄 차례인 것 같은데.”

그의 자수정 같은 눈동자에 단호한 빛이 어렸다.

‘베시, 난 더 이상 답해 주지 않을 거야.’

그 뜻을 읽어 낸 베시가 머리를 긁적였다.

이 황태자가 한 번 아니라고 하면 그건 정말 아닌 것이었다. 어떤 의미에서는 황소 심줄보다도 더 질긴 남자이니 더는 입을 여는 게 쉽지 않을 게 분명했다.

어쩔 수 없지. 일단 이 정도 알아 낸 것만 해도 수확이라면 수확이니까. 그렇게 생각한 베시는 고개를 끄덕였다.

“좋아. 이 정도에서 물러서 주지.”

누가 보면 베시가 크리스에게 큰 은혜를 내리는 것으로 착각할 정도로 그녀의 태도는 뻔뻔하였다.

“이해해 줘서 고마워. 그럼 이제 가는 게 있었으니 오는 게 있을 차례지?”

크리스의 길고 하얀 손가락이 베시를 향해 까닥거리는 동작을 취했다. 나른한 눈웃음을 치며 취하는 그 동작에는 관능적인 색이 배어 있었다. 마치 상대를 유혹하려는 것 같은 손놀림이었다.

이번에는 저스틴이 몸서리를 쳤지만, 정작 베시는 무심한 얼굴로 말했다.

"좋아. 음…… '만일의 세계'부터 시작할까? 대륙력 1010년에 출간된 모험 낭만 소설로 저자는 메리 핀. 한쪽 눈의 시력을 잃은 소녀가 납치를 당하여 타국에 팔려가면서 벌어지는 미스터리한 사건에 대한 이야기를 다루고 있지. 전 세계에서 벌어지는 하나의 사건이 소설의 주축이지만, 모험 소설이라 그런지 주인공의 성장에 대한 내용도 꽤 비중이 커."

베시가 4권에 대한 책의 설명을 시작하자 크리스는 흥미롭다는 눈빛으로 감탄사를 내뱉었다.

"헤에, 그게 그런 내용의 책이군."

그녀의 설명이 꽤 상세하였기에 어느새 저스틴 역시 베시가 설명에 귀를 기울이고 있었다.

"'왕과 열두 종소리의 탑'은 기억을 잃은 한 남자가 열두 번의 종소리가 울리는 탑에서 깨어나면서 벌어지는 이야기야. 저자는 제이슨 클락. 대륙력 864년에 발행된 책이고, 지금 초판을 구할 수 없어서 서적 변태 사이에서는 초판이 엄청난 고가야. 그리고 '용을 찾는 아이들'은 용의 가호를 잃은 가문의 아이들이 다시 용의 가호를 되찾으려는 이야기로 저자 미상. 이건 대륙력 1018년에 발행된 동화책인데, 삽화가 상당히 그로테스크한 게 많아서 동화치고는 너무 잔인하다는 평 때문에 몇몇 국가에서는 금서가 되었어."

거기까지 말한 베시가 잠시 말을 멈추었다. '용을 찾는 아이들'에 대해 말하다 보니 떠오르는 기억이 하나 있었다.

'그러고 보니 오빠는 어릴 때마다 그 책의 삽화를 보여 주면 비명을 질러대곤 했지.'

어린 시절 베시는 종종 빅터에게 이걸 좀 읽어 달라고 책을 내밀던 때가 있었다. 빅터는 의젓한 오빠답게 기꺼이 베시의 부탁을 들어주었다.

대부분은 또래 아이들이 좋아할 만한 모험 소설이나 동화였지만, 간혹 터무니없는 책이 섞여있기도 하였다.

그중 하나가 바로 '용을 찾는 아이들'이었다.

처음에는 모험담이 펼쳐지는 동화라고 생각하고 기쁘게 펼쳐 들었던 책 속에서 용이 제 장기를 자랑하는 장기 자랑을 펼치는 걸 보고 빅터가 얼마나 기겁을 했던가.

전혀 아름답지 못한 추억을 미화하여 회상한 베시가 생각하였다.

'재회한 기념으로 용을 찾는 아이들을 구해서 오빠에게 한 권 선물해야겠네.'

그 순간, 1층에서 커피를 홀짝이고 있던 빅터는 이유 모를 오한에 몸을 떨어야만 했다.

"베시?"

신나게 책 내용을 떠들던 베시가 갑자기 입을 꾹 다물자, 크리스가 조심스레 그녀를 불렀다. 저스틴 역시 무슨 일이 있나 하는 얼굴로 베시를 보고 있었다.

베시는 아무것도 아니라며 고개를 저었다. 그리고 남은 책에 대한 설명을 이어갔다.

"'사랑의 증표'는 영원한 사랑을 맹세했던 연인들이 전쟁 때문에 서로를 잃고, 연인을 다시 찾기 위해 헤매는 로맨스 소설이고 대륙력 1109년에 나왔어. 이 소설 속에서 연인은 서로를 위해 시를 써 주는데, 남자 주인공은 그것을 검집에 새겨서 지니고, 여자 주인공은 그것을 거울에 새겨 다녀. 이 소설, 꽤 잘 나갔던 거라 한동안은 실제로 연인들 사이에서 서로를 위해 시를 써서 그걸 사랑의 증표로 갖고 다니는 게 유행했었지. 그 유행이 축제철이 되면 아직도 성행한다나, 뭐라나."

"아아. 그거라면 나도 알아. 실제로 꽤 많은 귀부인에게 시가 적힌 손수건을 받고 있거든."

크리스가 의기양양하게 한 말에 베시는 코웃음을 쳤다. 어련하시려구.

그렇게 빈정거린 그녀는 눈을 잠시 감았다. 무언가 생각을 정리하는 것 같은 얼굴이었다.

크리스는 가만히 깍지를 낀 손을 테이블에 올리고, 다시 베시의 입이 열리는 것을 기다렸다.

"이 책들의 공통점은 일단……."

눈을 감고 있는 베시의 입술이 작게 움직였다. 그녀가 드물게 느릿느릿 말을 하자, 크리스는 서둘러 그녀의 뒷말을 재촉하였다.

"일단?"

"……일단, 책에 나오는 등장인물들은 다 무언가를 잃어버리고 있다는 공통점이 있어."

"호오. 듣고 보니 그렇군."

"……."

"……음. 그래서, 베시 그다음은?"

한동안 베시가 침묵을 지키자 크리스는 다시 한 번 그녀에게 물음을 던졌다.

베시는 감고 있던 눈을 서서히 떴다.

"몰라."

"……뭐?"

"모른다고. 공통점. 내가 찾은 거 이게 하나가 전부야. 발행 연도가 겹치는 것도 아니고, 각 책의 저자가 무슨 관계가 있는 것도 아니고. 그렇다고 뭐, 딱히 출판사가 겹치는 것도 아니고."

베시는 한쪽 뺨을 벅벅 긁으며 짜증스러운 얼굴을 하였다.

숙녀에게는 참으로 어울리지 않는 품위 없는 모습이었고 황태자 앞에서는 절대 취해서는 안 되는 동작이었다. 하지만 지금 이 자리에는 그녀의 무례를 지적할 사람이 아무도 없었다.

게다가 황태자인 크리스는 그저 멍한 얼굴로 베시를 보다가 표정을 딱딱하게 굳힐 뿐이었다.

"베시. 지금 난 장난하는 게……."

"물론 나도 장난하는 게 아니야. 애초에 내가 뭘 알았으면 너에게 왔겠어? 그게 뭔지 몰라도 너한테 안 알려 주고, 나 혼자 재미나 봤을걸?"

팔짱을 낀 채 베시가 한 말에 크리스는 잠시 할 말을 잃고 당황한 얼굴을 하였다. '그것'은 절대 타인의 손에 들어가서는 안되는 물건이었다. 경우에 따라서는 아무리 상대가 베시더라도—머릿속으로 상황을 가늠해보던 크리스가 멈칫하였다.

아직은 상황이 자신에게 유리하다는 걸 깨달은 그의 입가에 미소가 떠올랐다.

베시가 지금 이렇게 말하는 건 크리스가 찾는 것, 그리고 베시가 앞으로 찾아야 할 것이 무엇인지 모르기 때문이었다.

만일 베시가 자신이 찾는 것이 '무엇'인지 안다면, 그녀는 그것을 반드시 자신에게 가져오리라.

크리스는 그렇게 확신할 수 있었기에 다시 여유를 되찾았다.

"후후. 베시. 넌 절대 그러지 않을 거야. 그 책들이 가리키는 '무언가'는 너에게는 아무런 가치도 없는 거니까."

"……그래? 그럼 그 아무 가치 없는 물건을 내가 굳이 찾을 필요는 없겠네."

그렇게 말한 베시는 고개를 가볍게 흔들며 자리에서 일어섰다.

고개를 도도하게 치켜든 그녀에게로 저스틴과 크리스의 시선이 집중되었다. 한쪽 입꼬리를 샐쭉 들어 올린 베시의 눈빛이 서늘하였다.

"난 계약서에 있는 대로 '도서관을 지키는 일'에만 집중하면 그만이야. 네 보물찾기에 굳이 끼어들고 싶지 않거든?"

"베시."

한없이 다정한 목소리로 크리스가 베시를 불렀다. 그림으로 그린 듯한 그의 금빛 눈썹은 살짝 찌푸려져 있었지만, 입가에는 사정하는 미소에 가까운 것이 걸려 있었다.

"도와줘."

그렇게 말하는 크리스의 얼굴은 분명 곤경에 처한 사람의 얼굴이었다.

등을 돌리려던 베시가 발길을 멈출 정도로 간절한 얼굴.

"'그것'이 날 죽일 수도 있고, 살릴 수도 있어."

조금 전까지 시큰둥하던 베시의 얼굴에 동요의 기색이 서렸다.

남들 앞에서 약한 소리 한 번도 한 적 없고, 죽어 가는 얼굴 한 번 안 보이던 황태자 크리스 반 듀벨이 내뱉은 말치곤 지나치게 무거웠다.

베시는 껄끄러운 기분으로 크리스를 향해 다가가서 그를 내려다보았다.

"좋아, 그럼 말해. 그 책들, 대체 무엇을 찾기 위한 단서야?"

"……그건 나도 몰라."

베시는 쯧, 하고 혀를 한 번 찼다.

사람이 좋게 대화를 하려고 하면 꼭 이렇게 군다니까. 크리스의 바로 옆에 서 있던 베시는 이번에야말로 이 자리를 벗어나리라 생각하였다.

하지만 그녀의 생각을 미리 읽은 크리스가 재빠르게 그녀의 손목을 잡았다.

가만히 의자로서의 본분을 지키던 저스틴이 저도 모르게 눈썹을 꿈틀거릴 정도로 강한 힘으로.

"야! 지금, 뭐 하는—"

"하지만 누가 그 책들을 도서관에 기증한 건지 말해 줄 수는 있어."

'그 책들, 기증품이었나?'

베시는 얼굴을 찌푸리며 생각에 잠겼다. 분명 장서 관리 기록부가 있었던 것도 같은데. 크리스는 생각에 잠긴 베시의 손목을 잡아당겼다.

순간적인 반동으로 인해 베시의 몸이 크리스 쪽으로 기울어졌다.

베시는 균형을 잡으려고 하였지만, 그녀의 손목을 잡은 크리스가 그것을 허락지 않았다.

순식간에 베시의 몸이 크리스에게 밀착하였다. 누가 보면 은

밀하게 사랑을 속삭이는 연인 같은 포즈였다.

실상은 혐오스러운 얼굴을 한 베시의 손이 자신의 몸을 잡고 있는 크리스의 어깨를 거칠게 밀어내고 있었지만.

"이—!"

이게 뭐하는 짓이야! 화를 내며 크리스의 얼굴에 주먹이라도 한 방 휘두르려던 베시의 귓가에 노래하는 것 같은 크리스의 목소리가 들려왔다.

"그 4권의 책을 도서관에 기증한 건…… 내 조부야."

지나치게 조용하고, 또 무겁게.

*　*　*

슐레이 반 듀벨.

베이론 제국 사상, 아니 서(西)대륙을 통틀어 가장 위대한 황제로 칭송받던 황제.

수없는 전쟁에서 벌어진 전쟁보다 더 많은 승리를 거머쥐고, 모든 무인의 동경이 되었던 사자왕(獅子王).

하지만 정체 모를 자에 의해 독살로 최후를 맞이했던 비극의 황제.

크리스의 조부는 바로 그 슐레이 반 듀벨이었다.

"……슐레이 반 듀벨이 직접 기증한 책이라고?"

크리스가 던진 말 한마디에 순간적으로 베시의 얼굴이 딱딱하게 굳어졌다.

그녀는 크리스가 지금 또다시 상황 파악도 못 하고 웃기지도 않는 농담을 던진 게 아닐까 의심하는 얼굴로 그를 보았다. 하지만 그의 고아한 보라색 눈동자에서는 평소에 보이던 가벼움이나 장난기는 보이지 않았다.

베시는 크리스가 농담이나 거짓말을 하는 게 아니라는 걸 깨달았다.

쿵, 쿵, 쿵— 베시의 심장이 불안한 감정으로 크게 요동쳤다.

언젠가, 에릭에게 안 좋은 '정보'를 전해 들었던 달이 떴던 그 날 밤처럼.

"그래. 맞아. 조부가 직접 고른 책이었고, 직접 도서관에 전하신 책이었어. 그 4권의 책들은."

크리스의 목소리가 다시 한 번 베시의 귀에 닿았다.

암살당해 죽은 황제가 생전에 도서관에 직접 남긴 책 4권.

어쩌면 그다지 이상한 일은 아닐지 모른다.

하지만 크리스는 그 책을, 아니, 책이 가리키는 '무언가'를 찾고 있었다.

그것은 분명 이상한 일이었다.

"—혹시 황가의 보물이나 그런 게 연관된 건 아니지?"

이게 무슨 소설도 아니고. 베시가 설마 하는 얼굴로 묻자 크리스는 심각한 얼굴로 고개를 끄덕였다.

"응. 물론 아니야. 대신 조부에게 있어서 아주 중요했던 '것'을 찾는 중요한 단서지.”

“…….”

황가의 보물은 아니다. 하지만 당대를 풍미한 황제가 숨겨놓은 중요한 ‘것’. 그것은 어쩌면 황가의 보물만큼이나 가치가 있을지도 모른다.

“그럼 그 중요한 것은 대체 뭔데?”

베시의 질문에 크리스가 멈칫하였다. 드물게도 그의 눈에 애틋한 감정이 서려 있었다. 깊은 회상에 잠긴 것처럼 그가 쉽사리 입을 열지 못하자, 베시가 크리스에게서 시선을 떼어 냈다.

“저스—”

당신은 뭘 좀 아느냐고 물으려던 베시가 잠시 호흡을 잊었다.

드물게도 저스틴의 얼굴에 알기 쉬운 ‘감정’이 서려 있었다.

불쾌함이라는 감정이.

“—언제까지 그러고 있을 겁니까?”

조금 날이 서린 그 목소리에 베시는 화들짝 놀랐다. 이제까지 한 번도 저스틴이 자신에게 들려준 적이 없는 목소리였다.

아니, 목소리만이 아니었다.

베시를 향한 그의 눈빛도 마찬가지였다.

마치 속에 얼음덩이를 품고 있는, 혹은 활활 타오르는 불꽃을 담은 것 같은 눈빛 앞에서 베시는 굳어 버리고 말았다.

괜히 간담이 서늘해진 베시는 그 시선에서 도망치기 위해 고개를 아래로 내리고 깨달았다.

자신이 어느 사이엔가 크리스의 무릎 위에 올라 앉아 있다는 사실을.

히익! 제 모습에 기겁하며 베시는 후다닥 크리스에게 멀어졌다. 아무래도 아까 전 크리스가 자신을 잡아당길 때 엉겁결에 이런 자세를 취하고 만 모양이었다.

내가 더럽혀졌어! 베시는 진지하게 오늘은 집에 가서 5시간 정도는 목욕을 해야겠다고 생각하였다. 아니면 비누가 다 닳아 없어질 때까지 거품으로 몸을 문지르거나.

"하하. 너무하잖아, 제이. 모처럼 베시가 얌전히 내 품에 안겨 있었는데. 사실을 알려 주면 어떡하나."

크리스가 정말 유쾌하다는 목소리로 한 말에 저스틴의 눈썹이 꿈틀거렸다.

'내가 미쳤지, 미쳤어!'를 온몸으로 외치는 베시야 그런 저스틴의 얼굴을 보지 못하였지만, 크리스는 저스틴의 얼굴에 서린 감정의 변화를 두 눈으로 똑똑히 볼 수 있었다.

경계심, 불쾌함, 분노, 그리고 짜증.

비록 순간적이긴 하나, 분명 저스틴의 얼굴에서는 그런 감정이 엿보였다.

크리스는 놀라고 말았다.

그것은 이제까지 그가 단 한 번도 본 적이 없는 '저스틴 하이네'였다.

그는 저런 얼굴을 한 사내를 몇 번 본 적이 있었다.

주로 자신에게 마음에 둔 여성을 빼앗긴 남자들이 짓던 표정이었다.

'제이가 질투에 사로잡힌 남자의 눈빛을 했다고?'

크리스는 도저히 믿을 수 없었다.

그사이 베시는 후다닥 저스틴의 옆자리에 앉았다. 크리스에게서 최대한 멀어지기 위해 저스틴을 방패로 삼으려는 속셈에서였다.

스스로 자신에게 다가온 베시를 힐끔 본 저스틴이 한쪽 눈썹을 꿈틀거렸다.

이 여자는 대체 왜 이렇게 경계심이 없단 말인가.

방금 전, 방심하고 있다가 크리스에게 크게 당한 걸 벌써 잊은 모양이었다.

그는 테이블 가장자리에 놓인 베시의 작은 손을 보았다. 크리스가 그랬던 것처럼 그녀의 손을 끌어당겨서—

거기까지 생각한 저스틴이 멈칫하였다.

자신이 지금 굉장히 터무니없는 생각을 하고 있다는 걸 빠르게 자각한 탓이었다.

'어째서?"

저스틴은 드물게 혼란에 빠지고 말았다. 대체 왜 크리스의 무릎에 걸터앉아 있던 베시를 보고 기분이 나빠진 것인지, 그리고 자신 역시 크리스와 같은 짓을 하고 싶다는 충동을 느낀 것인지 알 수가 없었다.

도저히 영문을 알 수 없는 제 감정에 충격을 받은 저스틴은 깊은 생각에 빠졌다.

베시는 제 옆에 있는 남자가 무슨 생각을 하는지도 모른 채, 작게 헛기침을 하였다.

방금 전 있었던 기분 나쁜 사건을 잊기 위해서라도 지금은 다른 일에 집중해야만 했다.

"흠, 흠. 그럼 즉, 정리하자면 이거야? 네가 결국 날 여기 불러서 도서관 관장을 시킨 건 눈속임이고, 원래는 책에 있는 단서를 이용해서 너희 할아버지가 남긴 뭔가를 좀 찾아 달라?"

베시의 간단명료한 요약에 크리스는 싱긋 웃었다. 그게 바로 대답인 셈이었다. 쯧. 베시는 짜증스럽게 혀를 찼다.

"그럼 처음부터 그렇게 말하면 좋았잖아. 왜 번거롭게 이딴 식으로 일을 꼬아 놓은 거야?"

"일은 꼰 건 아니야, 베시. 처음부터 내 목적은 두 가지였어. 너에게 도서관을 맡기는 것. 그리고 도서관에 있는 단서를 이용해 조부께서 남기신 걸 찾아낼 것."

"그러니까 진즉, 말해 주었으면—"

거기까지 말한 베시는 갑자기 입을 다물었다. 크리스는 아무 말을 하지 않았지만, 베시는 그 이유를 짐작할 수 있었다.

그녀는 한쪽 눈을 가볍게 찡그리며 안경테를 만지작거렸다.

무언가 생각이 깊어질 때 취하는 베시의 버릇이었다.

"이거 아는 사람 얼마나 있어? 네 할아버지가 뭔가를 남겼다는 거."

"축하해, 베시. 네가 네 번째 사람이야. 참고로 첫 번째는 나, 두 번째는 빅터 경, 세 번째는 제이지."

베시는 맙소사, 라고 중얼거리며 이마를 문질렀다.

"완전 일급 기밀이잖아, 그거."

"응. 그래서 처음부터 너에게는 말할 수 없었어. 상황을 봐서 힌트를 줄 예정이었지."

하지만 네 성격이 너무 급해서 도저히 안 되겠네. 크리스가 장난스레 웃으며 덧붙이며 한 말에 베시는 입을 삐죽거렸다.

왜 남 탓이야. 지가 먼저 말해 주었으면 될 것을. 그렇게 생각하며 옆을 힐끔 보던 베시는 저스틴을 보고 고개를 갸웃하였다.

"저스틴 군?"

아까 전부터 정말 의자처럼 조용하다 싶더니 그가 묘한 얼굴을 하고 있었다. 절대 혼자서는 풀 수 없는 숙제를 받은 아이 같은 얼굴이었다.

"……왜 그럽니까, 베시."

베시의 목소리를 들은 저스틴이 별다른 표정 변화나 움직임 없이 입을 열었다. 그 낮은 목소리에 베시는 괜히 머쓱해졌다.

왠지는 모르지만, 그의 기분이 좋지 않아 보였다.

어떤 상대건 간에 이럴 때는 건드리지 않는 게 상책이었다.

아무것도 아니라며 고개를 저은 베시가 다시 크리스를 향해 물었다.

"그래서 대체 너희 할아버지가 뭘 남긴 게 뭐기에 이렇게 비밀스럽게 움직이는 거야? 설마 황제의 인장(印章)은 아니겠지?"

현 황제, 니콜라스 반 듀벨이 황제 자리에 있으니 그것은 아닐 거라고 생각하면서도 베시는 그런 농담을 던졌다.

애초에 황가의 보물이 아니라고 했으니 인장일 가능성은 적었다.

하지만 적어도 그 정도로 중요한, 그리고 가치가 있는 물건이리라.

크리스가 제 입으로 '날 살릴 수도, 죽일 수도 있어.'라고 한 것이니.

베시의 질문을 받은 크리스가 곤란하다는 얼굴로 한숨을 쉬었다.

"사랑하는 베시. 내가 여기서 만약 모른다고 해도, 넌 결코 물러서지 않겠지?"

당연하지. 베시가 고개를 끄덕이자 크리스는 여전히 망설이는 얼굴로 말했다.

"확실하지는 않아."

"상관없어."

"……절대 다른 곳에 이 이야기가 새어 나가서는 안 돼."

"알고 있어."

베시의 대답은 짧았다. 하지만 그 목소리에는 깊이를 알 수 없는 진심이 담겨 있었다. 그녀의 단호한 의지를 확인한 크리스는 깊은 한숨과 함께 진실을 털어놓았다.

“그 4권의 책이 가리키는 것, 그건 아마도…… 내 조부를 암살한 자에 대한 단서일 가능성이 커.”

슐레이 반 듀벨의 암살자? 생각하지도 못한 말에 베시의 미간이 확 찌푸려졌다. 그녀는 제 옆에 있는 저스틴을 힐끔 보았다.

이 기사님도 알고 있었을까? 저스틴의 얼굴에는 동요의 기색이 전혀 느껴지지 않았다. 역시나 알고 있었나 보구나.

아무래도 저스틴은 크리스에게 굉장히 가까운 사람인 모양이었다.

다음부터는 크리스에게 뭘 묻기 전에 저스틴 군부터 회유를 좀 해 봐야겠다. 그럼 이 보기 싫은 얼굴을 마주할 필요가 없을 테니까.

속으로 발칙한 계획을 세우며 베시가 입을 열었다.

“왜 그렇게 생각하는데?”

“그 책은 모두 조부가 암살당하기 전에 도서관에 직접 기증하셨던 책이야.”

“하지만 그것만 봐서는 딱히 그 책들이 무언가 의미가 있다는 생각이 안 드는데? 뭐, 제아무리 사자왕이라도 자기가 재미있게 본 책이라면 그걸 도서관에 기증할 수도 있지.”

베시의 반박에 크리스는 제 품속으로 손을 넣었다. 그의 손에 긴 직사각형 모양의 작은 상자가 들려 있었다. 딱 펜 하나가 들어갈 만한 사이즈의 그것은 주로 중요한 기밀문서나 고액의 수

표를 가지고 이동할 때 사용하는 휴대용 금고였다.

크리스는 그것을 오른쪽으로 두어 번, 왼쪽으로 한 번 돌렸다.

달칵. 휴대용 금고 속에서 크리스는 약간 색이 바랜 편지 봉투를 하나 들어 올렸다.

"조부가 내게 남긴 편지야. 공식적으로 유언장을 남기신 게 없으니, 이게 유언장인 셈이지. 공표할 수는 없지만."

쓸쓸하게 중얼거린 크리스는 편지 봉투 속에서 편지지를 꺼내 들었다. 그리고 그것을 베시에게 보여 주려는 것처럼 내밀었다.

베시가 그것을 집으려고 하자, 크리스는 장난을 치듯 몸을 뒤로 뺐다. 이 자식이, 정말. 베시가 이를 아드득 갈며 크리스를 노려보았다.

그때, 저스틴이 불쑥 크리스의 손에서 편지를 빼앗았다. 마치 한순간이라도 크리스와 베시를 접촉하지 못하게 하려는 것 같은 재빠른 동작이었다.

"제이?"

황당하다는 얼굴로 크리스가 저스틴을 보았지만, 저스틴은 담담히 말했다.

"어차피 베시에게 보여 주실 생각이지 않습니까."

그렇게 말한 저스틴은 빼앗은 편지를 베시에게 주었다.

아니, 갑자기 이 남자가 왜 이래? 베시 역시 그의 저의가 매우 의심스럽다는 얼굴로 저스틴을 보았다.

"웬일이에요?"

"굼뜬 당신이 또 전하 품에 덥석 뛰어들기라도 할까 봐 그런 것이니 신경 쓰지 마십시오."

"내가 뛰어든 거 아니었거든요? 저 인간이 멋대로 날 잡아당긴 거지!"

애써 잊었던 기분 나쁜 사건이 떠오르자 그녀는 얼른 제 어깨를 문질렀다. 크리스가 조금 상처받은 얼굴로 베시를 보았지만, 그녀는 그것을 무시하였다.

"뭐, 어쨌든 고마워요. 저스틴 군."

베시의 솔직한 인사에 딱딱하던 저스틴의 표정이 조금 풀어졌다. 그런 사소한 변화를 전혀 눈치채지 못한 채, 베시는 제 손에 들린 편지를 천천히 읽기 시작하였다.

〈크리스. 어쩌면 이것이 내가 너에게 처음이자 마지막으로 남기는 서신이겠구나. 아니, 이건 서신이라고 부르기에는 적합하지 않을지도 모른다. 내가 너에게 남기는 일방적인 통보니까.

너도 알다시피 내 목숨을 노리는 자들이 많다. 언제나 그랬지만, 요즘은 특히 더 심한 위협을 받고 있다. 인간인 이상 언젠가 끝은 오겠지. 죽음이 그다지 두렵지는 않구나. 다만 내가 두려워하는 것은 다른 것이다.

나는 어쩌면 지킬 수 없을지도 모르겠구나. 정말 지키고 싶은 것을. 평생을 사자왕이라는 거창한 호칭으로 불려 왔던 나도 결국은 어쩔 수 없는 인간에 불과하구나.

도서관을 기억하느냐? 내가 직접 세우라 명했고, 어린 너를 무릎에 앉히고 내가 동화를 읽어 주었던 바로 그곳.

그곳에 이번에 책들을 기증하였다. 그리고 그 책이 지금 내가 어떤 상황에 처했는지를 알려 줄 것이다.

이런 복잡한 방법으로 메시지를 전하는 걸 이해해다오. 이 모든 건 호시탐탐 기회를 엿보는 쥐새끼들을 피하기 위해서니라.

이겨라. 살아남거라. 그리고 황제가 되어라. 그게 내가 너에게 물려줄 수 있는 유일한 유산이구나.〉

용맹한 황제가 손자에게 생전에 남긴 편지는 너무나 감상적이었다. 베시는 잠시 나이를 든 노인이 펜을 꾹꾹 눌러 가며 이 편지를 썼을 장면을 상상해 보았다.

평생을 싸우며 살아왔던 자가 자신의 죽음을 예견하기라도 한 것처럼 쓴 편지.

베시가 그것을 다 읽자, 저스틴이 다시 편지를 받아 들었다. 그리고 그것을 크리스에게 돌려주었다.

크리스는 깨지기 쉬운 유리 세공품을 다루듯 조심스레 편지를 금고에 되돌려 놓았다.

"왜 하필 이제야 찾는 거야? 이 편지, 정말 네 할아버지가 남긴 거라면 적어도 14년 전에 남긴 편지일 거 아니야?"

베시의 당연한 물음에 크리스는 쓴웃음을 지었다.

"응. 하지만 이 편지를 찾은 건, 작년이었어."

14년 전, 슐레이 반 듀벨 황제가 승하(昇遐)한 후.

약 2년간, 베이론 제국 안에서는 소란이 끊이질 않았다.

당시에는 현 황제인 니콜라스 외에도 황위 계승 후보자가 둘이 더 있었기 때문이었다.

소란이 간신히 가라앉고, 니콜라스 황제가 무사히 황위를 손에 넣는 데까지는 다시 2년이 걸렸다.

그리고 그때 갑작스럽게 크리스의 이디아니움 유학이 결정되었다.

"한동안 나라가 안정될 때까지 밖에서 공부하며 식견을 넓히고 오라는 폐하의 명이셨지."

하지만 크리스의 유학 생활은 그리 길지 않았다. 그는 고작 2년도 채우지 못하고 다시 본국으로 돌아와야만 했다.

베이론 제국에 돌아온 후, 크리스는 제1위 황위 계승자로서의 입지를 다져야만 했다. 그래서 다시 5년이라는 시간이 그에게 필요했다.

결국 그가 조부의 죽음에 대한 의문을 갖고, 본격적인 조사를 시작했던 건 바로 재작년부터였다.

"조부가 독살되었을 당시의 자료는 멀쩡하게 남아 있는 게 거의 없었어. 다들 황위 쟁탈에 정신이 없어서 범인을 제대로 밝혀낼 생각조차 하지 못했던 모양이야."

그렇기에 이제야 이 편지를 찾을 수 있었어. 조부께서 믿고 아끼시던 한 기사의 무덤 속에 들어 있더군.

그렇게 말하며 웃는 크리스의 얼굴은 이상하게도 전혀 웃는 얼굴 같지가 않았다.

"……최근에 성에서 독살 미수 사건이 있었다고 했지?"

베시는 발끝으로 바닥을 톡톡 두들기며 중얼거렸다. 그것은 질문이라기보다는 자신의 생각을 정리하기 위한 독백에 가까웠다.

"즉, 이거네. 넌 14년 전 슐레이 반 듀벨을 암살한 자가 아직 살아 있어서 황가를 노리고 있을지도 모른다고 생각하는 거지? 그리고 그 범인에 대한 단서가 내가 발견한 4권의 책에 숨겨져 있을 거라고 생각하는 거고."

마침내, 하나의 결론에 도달한 베시가 던진 말에 크리스는 곤란한 듯, 하지만 기뻐 보이는 얼굴로 고개를 끄덕였다.

"역시 내가 사랑하는 너야. 내 생각을 아주 정확하게 읽어 내줬어."

크리스가 신나라 퍼붓는 칭찬과 달콤한 말을 베시는 아주 싹 무시하였다.

아니, 정확히는 그의 말은 그녀의 안중에도 없었다.

"흠…… 슐레이…… 암살…… 단서…… 독……."

테라스에 있는 남자들은 그녀의 입에서 나오는 말을 단편적인 단어로밖에 인지할 수 없었다.

그 정도로 그녀의 목소리는 작았고, 중얼거림은 속사포 같았다.

한동안 그런 베시의 모습을 지켜보던 크리스는 한쪽 손으로 턱을 괴었다.

"베시."

자신의 이름을 부르는 목소리에 베시의 고개가 반사적으로 크리스가 있는 쪽으로 돌아갔다.

"계약서를 다시 써야 해?"

크리스가 아는 한, 마녀는 계약으로 움직이는 존재였다.

그녀들은 계약을 매우 중요하게 여겼고, 그렇기에 마녀와 한 번 맺은 계약은 절대 깰 수 없었다.

그리고 크리스는 이미 한 번 베시와 계약을 맺은 상태였다.

베이론 제국의 수도에 있는 국립도서관을 지킬 것.

하지만 크리스의 또 다른 꿍꿍이가 들통난 이상, 그녀가 순순히 슐레이가 남긴 '것'을 찾아 주리라는 생각이 들지는 않았다.

어쩌면 한 번 더 계약해야 할지도 모른다.

그렇다면 이번에는 무슨 대가를 지불해야 하는 걸까. 크리스가 그런 생각을 하는 찰나였다.

"아니, 됐어."

베시가 단호하고 분명한 목소리로 말했다.

"나 딱히 널 돕거나 할 생각은 없거든. 애초에 넌 뭘 그렇게 당연하게 내가 널 도와줄 거라고 생각했어?"

"베시?"

크리스가 당황한 것처럼 베시의 이름을 불렀다.

"아니, 베시. 잠깐만? 지금 이 대화의 흐름이라면 당연히 날 도와줘야 하는 거 아니야?"

크리스의 말에 베시는 코웃음을 쳤다.

"대화의 흐름 좋아하시네. 그런 게 무슨 상관이야. 이미 난 대가를 받는 계약을 했고, 이 이상 너랑 계약할 마음은 없어."

그렇게 말한 베시는 양손을 허리에 올린 채, 표정이 굳어진 크리스를 향해 입을 열었다.

"근데 말이지. 재미있을 것 같단 말이야?"

"……어?"

보기 드물게 크리스는 얼빠진 얼굴을 하였다. 베시는 그런 크리스를 보더니 짓궂은 미소를 지었다.

저스틴은 그 얼굴이 눈에 참 익숙하다고 생각하였다. 자신에게 터무니없는 요구를 하거나 랜돌프를 속여 계약서를 썼을 때도 베시는 분명 저런 얼굴을 하고 있었다.

"그러니까 난 그냥 알아볼 거야. 슐레이 반 듀벨이 대체 누구에게 암살당한 건지. 그리고 지금 황가의 인간을 노리는 자가 그 슐레이 반 듀벨을 죽인 자와 정말 동일 인물인지."

호기심 때문이야. 결코 널 돕기 위해서가 아니라고.

베시가 덧붙이듯이 한 말은 어딘지 모르게 변명같이 느껴지기도 하였다.

크리스의 얼굴에서 다시 미소가 떠올랐다.

"베시. 역시 내가 사랑하는 너야."

"아, 좀! 작작 좀 해라!"

베시는 짜증을 내며 발을 쿵쿵 굴렀다.

저 망할 왕자병! 아니, 황태자 놈의 수작 거는 병, 평생 고쳐먹질 못할 거야!

잔뜩 성이 난 베시는 제 앞에 있는 레몬 머핀을 집어 올려 그것을 한입에 털어 넣었다. 딱딱 소리가 나도록 격하게 턱을 움직이며 머핀을 씹어 넘기는 베시의 눈길이 크리스를 향해 있었다. 아무래도 베시는 자신이 지금 격하게 씹는 대상이 머핀이 아니라 크리스라고 생각하기로 한 모양이었다.

그것을 물끄러미 보던 저스틴이 입을 열었다.

"……전하, 그럼 이제 전 의자에서 저스틴 하이네로 돌아와도 되는 겁니까?"

실컷 대화에 참견해 왔으면서 이제까지 정말 얌전히 있었다는 것처럼 저스틴이 물었다. 크리스는 고개를 끄덕였다. 그가 자신에게 긴히 할 말이 있다고 했던 걸 기억하고 있었다.

"그래. 할 말이 있다고 했었나? 말해 보도록, 저스틴 경."

크리스는 머핀에 이어 음료마저 작살내는 베시를 사랑스럽다는 듯 바라보며 손가락을 튕겼다.

"전하."

"응."

"되도록 전하께서만 아셨으면 하는 일입니다."

베시에게 시선을 주고 있던 크리스가 힐끔 저스틴을 보았다. 전에 없이 진지한 저스틴의 얼굴이 황태자의 눈에 들어왔다.

"뭐야? 지금 나 방해된다고 눈치 주는 거예요, 저스틴 군?"

순식간에 테이블을 초토화시킨 베시가 입가를 무명 손수건으로 쓱쓱 문질렀다.

"당신이 눈치가 빨라서 다행이군요, 베시. 네. 방해가 되니 자리를 좀 비켜 주십시오."

"잠깐만요! 난 아까 크리스랑 이야기할 때 저스틴 군보고 비키라는 말 절대 안 했는데, 이러기예요?"

날 따돌리려고 하다니, 어떻게 그럴 수 있어? 난 당신 안 따돌렸단 말이야! 베시가 억울해 죽겠다는 듯 테이블을 손바닥으로 탁탁 내리쳤다. 저스틴은 당신이 무슨 세 살배기 어린애냐고 묻는 대신 친절히 답했다.

"제가 자리를 비웠으면 베시가 전하께 무슨 짓을 저지를지 모르지 않습니까. 전 감시 역으로 자리를 지킨 겁니다."

"……."

슬프게도 베시는 저스틴의 말을 부정할 수 없었다. 실은 아까도 저 겉만 번지르르한 황태자의 목을 졸라 버리고 싶다는 충동을 몇 번이나 느꼈던 참이었으니.

어쩔 수 없지. 이 자리는 정말 자신이 낄 자리가 아니라고 판단한 베시가 자리에서 일어섰다.

듣고 싶던 이야기도 듣고, 얻고 싶은 것도 얻었으며 배도 두둑하게 채웠으니 이 자리에 끝까지 있지 못한다고 해서 딱히 아쉬울 건 없었다.

"알았어요. 그럼 난 갈 테니까 두 신사분들께서는 데이트를 즐기세요."

"잠깐, 베시! 그게 무슨 끔찍한 소리야!?"

"소름 끼치는 말 좀 하지 마십시오."

크리스의 비명에 가까운 외침과 저스틴의 날 서린 반박에 베시는 피식 웃었다.

"왜, 크리스? 너 아까 그랬잖아. 저스틴 군이 네 거라며."

"그거야 내가 황제가 되면 당연히 기사인 제이는 내 것이 되잖아. 뭘 시키든 내 마음대로니까."

"지금도 충분히 절 부려 먹고 있으시면서 무슨 말을 하시는 겁니까?"

크리스가 심각한 얼굴로 늘어놓은 변명에 저스틴이 기가 막힌다는 얼굴을 하였다. 그러자 크리스는 자신이 더 어이가 없다는 표정을 하였다.

"저스틴 경. 자네 언제는 내가 해 달라는 거 다 해 준 적 있나?"

"그건 제가 아니라 빅터 경의 역할이지 않습니까."

"저기요, 저스틴 군. 우리 오빠는 황태자 전속 보모가 아니거든요?"

가만히 두 남자의 말다툼을 듣고 있던 베시가 손을 흔들며 불만을 토해 냈다.

아무리 자신이 길가에 널린 돌멩이 보듯 보는 오빠라고 해도 그래도 빅터 에일은 베시의 오빠였으며 하나밖에 없는 가족이었다.

자신이 괴롭히거나 욕하는 건 상관없어도 남이 빅터를 험담하거나 좋을 대로 이용하는 건 절대 두고 볼 수 없었다.

안 되겠다. 이 기회에 크리스에게 경고를 한 번 해 두어야겠다.

베시가 그런 생각을 하며 손가락을 곧게 세우려던 찰나였다.

"……베시, 혹시 빅터 경과 혈연관계가 있는 겁니까?"

난데없는 저스틴의 질문에 베시와 크리스가 각각 다른 반응을 보였다.

"응? 몰랐어요?"

"어? 그걸 아직 몰랐나, 자네?"

저스틴은 정말 의외라는 얼굴로 고개를 끄덕였다.

"몰랐습니다. 빅터 경과 베시는 별로 닮질 않으셔서."

"음, 그래, 맞아. 빅터 경과 베시가 별로 안 닮긴 했지."

크리스가 고개를 끄덕이며 동조하였다.

"빅터 경은 귀엽고, 베시는 멋지지. 안 그래?"

크리스의 말에 베시는 팔짱을 낀 채, 고개를 끄덕였다.

맞아. 난 멋지고, 우리 오빠는 좀 귀엽긴 하지. 근데 이게 지금 중요한 건 아니구나.

"아, 뭐 어쨌든 그래. 내가 빅터 에일의 동생이거나 말거나 그런 건 아무래도 좋으니까 두 사람은 오붓한 시간―"

베시가 장난스레 던진 말에 저스틴이 매서운 눈빛으로 그녀를 쏘아보았다.

아이쿠, 저러다가 칼 빼 들겠네, 아주.

실실 새어 나오는 웃음을 꾹 참은 채, 베시는 자리에서 일어섰다.

두 남자를 놀릴 만큼 놀려 먹었으니 이제 정말 도서관으로 돌아갈 시간이었다.

"잠깐 기다리십시오, 베시."

"네?"

뭐야, 아까는 방해된다고 빨리 가라고 했으면서 왜 붙잡는 거람?

베시가 저스틴을 향해 의아하다는 표정을 지어 보이자, 저스틴은 작은 소리로 크리스에게 무언가를 속삭였다.

크리스의 얼굴에 순간적으로 평소답지 않은 동요가 어렸다. 하지만 그것은 순간이었다. 크리스는 곧 평소처럼 속내를 읽을 수 없는 얼굴로 말했다.

"베시. 오랜만에 남매끼리 오붓한 시간을 보내는 게 어때?"

이게 무슨 수작이람. 베시는 무언가 석연치 않은 것을 느끼며 입을 열었다.

"……오빠에게 날 바래다주게 할 셈이야? 그럴 필요 없어. 애도 아니고, 혼자 갈 수 있어."

베시가 고개를 저으며 싫다는 뜻을 나타내자, 크리스가 조금 곤란하다는 얼굴을 하였다.

"그러지 말고, 베시. 빅터 경에게—"

"빅터 경과 함께 가는 게 싫으시다면 제가 바래다드리죠, 베시. 전화와 저의 '대화'가 끝날 때까지 아래서 기다리시기 바랍니다."

저스틴이 크리스의 말을 끊으며 손을 들어 보였다. 그의 눈빛이 조금 심술 맞은 기색을 띠고 있었다.

"그 편이 더 좋다면 말입니다."

아니, 지금 둘 중 하나를 꼭 택해야 하는 건가. 베시는 생각에 잠겼다.

빅터 에일이냐, 저스틴 하이네냐.

답은 간단했다.

"……오빠랑 갈게요."

베시의 대답에 저스틴은 안심한 것 같은, 동시에 어딘지 모르게 서운한 것 같은 얼굴을 하였다.

크리스는 테이블 위에 있던 종을 울려 종업원을 불렀다. 그에게 1층에서 대기하고 있는 빅터를 올려 보내 달라고 부탁하자, 몇 초도 지나지 않아 빅터가 나타났다.

"부르셨습니까, 전하."

"응, 빅터 경. 베시를 도서관까지 바래다주게."

크리스의 명령에 빅터가 잠시 멈칫하였다. 하지만 그는 곧 고개를 숙였다.

평소 같으면 아무리 황태자의 명이어도 망설이거나 불복했겠지만, 지금은 크리스의 옆에 저스틴 하이네가 있다는 점이 그를 다소 안심시켰다.

그 모습을 뚱한 얼굴로 지켜보고 있던 베시가 말했다.

"크리스. 한 가지 말해 두겠어."

거만하게 고개를 치켜든 베시의 폼이 심상치 않았다.

대체 무슨 말을 하려고. 빅터는 혹시나 제 동생이 또 무슨 끔찍한 소리를 하는 게 아닐까 걱정하며 주먹을 불끈 쥐었다.

베시는 제 오빠가 불안에 떨거나 말거나 말을 이었다.

"난 이제부터 4권의 책에 대해 조사를 할 거야. 아까도 말했다시피 이건 내 개인적인 호기심에 의한 행동이지. 그러니까 너랑 상관없이 난 내가 하고 싶은 대로 할 거란 말이지. 알아들었어, 황태자 전하?"

"물론이야, 관장님. 모든 것은 그대의 뜻대로."

크리스가 웃는 얼굴로 대답했다. 베시는 그 번지르르한 낯짝이 참으로 보기 싫다는 듯 혀를 크게 찼다. 저 녀석이 또. 이제는 베시를 나무랄 기운도 없는 빅터가 벌써부터 지친 기색이 역력한 얼굴로 베시의 팔을 잡았다.

"베시, 그럼 가자."

"앗, 그렇게 잡으면 마치 오빠가 저 연행하는 것 같잖아요! 저

혼자 걸을 수 있어요."

차라리 연행해가는 게 마음이 편할 것 같다는 말은 차마 할 수 없었다. 그가 툴툴거리는 베시를 어르며 카페테라스를 벗어나려고 하던 때였다.

"빅터 경."

갑자기 자신을 부르는 저스틴의 목소리에 놀란 빅터가 몸을 뒤로 돌렸다. 저스틴이 빅터를 향해 수신호를 보냈다. 베이론 제국의 기사들만이 알아볼 수 있는 암호를 본 빅터의 얼굴이 굳어졌다.

먼저 앞장서서 걸어 나가려던 베시는 빅터가 자리에 선 채, 움직이질 않자 고개를 쭉 뺐다.

"오빠, 무슨 일이에요?"

"……아무것도 아니야, 베시. 가자."

그렇게 말한 빅터가 베시의 옆에 섰다. 무언가 이상하다는 생각에 베시가 고개를 갸웃하였다. 둘이 지금 뭔가 말없이 대화를 나눈 분위기였는데? 저스틴을 보려던 그녀는 무심코 크리스와 눈이 마주쳤다. 앗, 눈 버렸다. 빙긋 웃은 크리스가 나긋한 목소리로 입을 열었다.

"사랑하는 베시. 가기 전에 작별 키스는 안 해 줄 거야? 부끄러우면 내가 먼저 해줘도 괜찮은데."

"한 번만 더 지랄하면 진짜 다시는 가볍게 입을 못 놀리게 해 주는 수가 있다?"

저거 진짜 언제 한 번 잘 때 침대에 불이라도 내줘야지 안되겠어. 베시가 무시무시한 계획을 세우며 크리스를 노려보자 그가 쿡쿡 웃었다.

"그럼 키스 대신 다른 방식으로 인사를 좀 할까?"

다른 인사? 베시가 고개를 옆으로 기울이자 어느새 진지한 얼굴을 한 크리스가 묘한 말을 남겼다.

"조심해. 네 까마귀의 날갯짓은 아주 교묘하지만, 이곳에는 까마귀 냄새를 기가 막히게 잘 맡는 자들이 많거든."

"……충고 고마워. 너도 조심해, 황태자 전하. 내가 진실을 알아내기 전에 적들에게 살해당하는 일이 없었으면 좋겠네."

"베시!"

농담이라도 던져서는 안 될 말에 빅터가 목에 핏대를 세웠다. 대체 어떻게 그런 끔찍한 말을. 빅터의 잔소리가 이어지자 베시는 양귀를 손으로 틀어막았다.

아무것도 들리지 않는다며 베시가 도망쳐 버리자 빅터가 서둘러 그 뒤를 쫓았다.

"기다려, 베시! 그렇게 뛰면 넘어져!"

아무래도 빅터는 제 동생을 스무 살이 넘은 성인이 아니라 세 살배기 어린아이정도로 생각하는 게 분명했다. 저스틴은 어째서인지 빅터의 기분이 이해가 갔다.

"……자, 그럼 저스틴 경. 어디 한 번 자네가 나에게 긴히 하고 싶다고 했던 말이 무엇인지 들어 볼까?"

베시와 빅터의 발걸음 소리가 쿵쾅거리며 차츰 멀어졌다. 그들의 소리가 더 이상 들리지 않게 되자 저스틴은 크리스를 향해 고개를 돌렸다.

자신의 앞에서 무표정한 얼굴로 앉아 있는 저스틴을 보며 크리스가 흥미로운 얼굴을 하였다. 남들이 보기에는 평소의 저스틴 하이네 그 자체였지만, 오랫동안 그를 봐 왔던 크리스는 눈치챘다.

그 가면 같은 무표정한 얼굴 뒤에는 지금 놀라울 정도로 차가운 분노가 갇혀 있다는 것을.

베시 앞에서 이 분노를 억누르느라 얼마나 애를 썼을까. 크리스는 입가에 나른한 미소를 머금은 채, 입을 열었다.

"자네가 이제부터 말하려는 내용은 아마도 자네의 임시 상사와 관련이 있겠지? 붉은 머리의 마녀 말일세."

크리스가 도발하는 것처럼 질문을 먼저 던졌다. 저스틴은 눈을 감고 한숨을 크게 한 번 내쉬었다.

이 제국의 황태자는 무서울 정도로 눈치가 빠른 남자였다.

"베시에게 조금 더 엄중한 경호를 붙이셔야 할 것 같습니다."

"그 이유는?"

"은빛 매 기사들이 그녀를 안 좋게 생각하고 있습니다."

"그건 이미 알고 있던 사실 아닌가?"

크리스는 대체 왜 새삼스러울 것도 없는 이야기를 하는지 모르겠다는 얼굴을 하였다.

저스틴은 자신의 설명이 부족했다는 것을 깨닫고, 덧붙였다.

"랜돌프 경이 무언가를 꾸미고 있을 가능성이 있습니다."

"확실한 건가?"

크리스는 얼굴을 찌푸렸다. 애초에 베시를 이 수도로 불러올 때, 그녀가 위험해질 거라는 건 알고 있었다. 그래서 저스틴을 도서관으로 보낸 것이었다.

저스틴 하이네는 누구보다 실력이 뛰어난 동시에 자신이 잘 아는 기사 중 하나였으니까.

"호위를 붙이는 것 자체는 어렵지 않으나, 섣불리 움직였다간 오히려 그들을 더 자극하는 결과가 될 수 있네. 확실한 증거가 없다면—"

신중하게 크리스가 말을 이어 나가는 사이, 저스틴은 묘하게 가슴 한 구석이 뻐근한 것을 느꼈다.

전쟁터에서 몇 번 겪어 본 적이 있는 현상이었다.

그것도 주로 적의 갑작스러운 습격 전에 느꼈던 느낌.

무언가 좋지 않은 예감이 들었다.

불안함에 한쪽 입술을 꾹 깨물며 저스틴은 창밖을 내다보았다.

시력이 좋은 그는 어렵지 않게 베시와 빅터를 발견할 수 있었다.

그들은 성으로 향하는 길을 따라 걷고 있었다.

곧 그들이 있는 방향으로 어떤 아이가 달려오는 모습이 보였다. 아이는 빅터에게 곧바로 부딪혀 요란하게 넘어졌다. 당황한 듯, 빅터가 허둥지둥 아이를 향해 다가갔다.

그사이, 베시는 혼자 남겨졌다.

잠깐. 저래서는 안 되는데.

귓가에서 위잉, 위잉 요란한 소리가 들려왔다. 제 심장이 보내는 본능적인 경고였다.

저스틴이 자리에서 벌떡 일어섰다. 크리스의 시선이 자연스레 저스틴을 따라 움직였다.

"제이?"

저스틴은 크리스의 부름에 답하지 않았다. 아니, 답을 할 여유가 없었다.

너른 들판의 형세를 살피는 매처럼 저스틴이 분주히 고개를 움직였다. 그의 눈이 길게 뻗은 길가를 구석구석 살폈다.

이윽고, 그의 눈에 저 멀리서 달려오는 마차 한 대가 들어왔다.

저거다. 저스틴은 직감적으로 느꼈다.

저 마차가 지금 자신을 이토록 불안하게 만드는 요인이라고.

달려오는 마차의 속도는 예사로운 것이 아니었다. 아무리 인적이 드문 길가라고 해도 마차가 저 정도로 속도를 내는 일은 없었다.

저런 마차에 치이기라도 한다면—

앞뒤 생각할 겨를이 없이 저스틴이 유리창 앞으로 다가갔다.

마차의 속도가 눈으로 보는 것보다도 빨랐다.

계단을 통해 아래로 내려갈 여유조차 없었다.

창문의 잠금장치를 해제한 저스틴이 창틀에 올라섰다. 휙— 망설임 없이 아래로 뛰어내린 그는 안정적인 자세로 착지하였다. 아무런 장비 없이 건물 2층에서 뛰어내린 사람이라고는 생각할 수 없을 정도였다.

바닥으로 내려선 그는 정신없이 달리기 시작하였다. 뒤에서 크리스가 자신을 부르는 소리가 들렸지만, 저스틴은 멈추지 않았다.

마치 앞만 보고 돌진하는 짐승처럼.

자신이 어디로 향해야 하는지 알고 있는 그는 곧바로 제 목표물을 발견하였다.

"베시!"

주변이 쩌렁쩌렁하게 울리도록 저스틴이 그녀를 불렀다. 그 소리에 답하듯 고개를 든 베시가 자신을 향해 달려오는 저스틴을 보고 어리둥절한 얼굴을 하였다.

"저스틴 군?"

안 어울리는 안경테 너머로 겨울 하늘을 가득 담은 눈이 동그랗게 변하는 것과 잘 물든 장미꽃 같은 조그만 입술이 열렸다 닫히는 것이 보였다.

그 모든 게 저스틴의 눈에는 느리게 보였다.

단 하나, 베시의 뒤에서 달려오는 마차를 제외하고는.

"왼쪽으로 피해!"

급한 나머지 존댓말을 사용하는 것조차 잊은 저스틴의 외침에 베시가 엉겁결에 발을 움직였다.

하지만 그녀는 고작해야 옆으로 두어 걸음을 옮겼을 뿐이었다.

망할! 속으로 욕지거리를 중얼거리며 저스틴이 왼손을 뻗었다.

그녀가 점점 가까워지고 있었다.

동시에 마차도 가까워지고 있었다.

제발, 제발, 제발 닿아라!

아마도 1초도 채 되지 않았을 순간— 살아생전 가장 간절하게 저스틴이 무언가를 바라본 순간이었다.

"베시!"

저스틴이 다시 한 번 베시의 이름을 불렀다. 자신의 손끝에 부드러운 것이 닿자 그는 앞뒤 생각 없이 그것을 끌어당겨 왼쪽으로 몸을 날렸다.

쿵— 묵직한 통증이 느껴지는 것과 동시에 간담이 서늘해지는 소리가 귀를 스쳤다.

히잉— 탁, 탁— 탕—!

말이 거칠게 콧김을 내뱉는 소리, 채찍이 허공을 가르는 소리, 바퀴가 지진을 일으키듯 바닥을 박차고 달려 나가는 소리.

저스틴은 저도 모르게 제 팔에 힘을 꾹 주었다. 저런 속도로 달려오는 마차에 부딪혔다면— 아니, 깔렸다면.

저스틴은 빠른 속도로 시야에서 벗어나는 마차를 노려보았다.

아무 문양도 특징도 없는 짐마차였다.

현장에서 체포하지 못한다면 절대 저 마차를 모는 이를, 그리고 이런 일을 사주한 이를 잡지 못하리라.

서둘러 몸을 일으키려던 저스틴은 문득 제 팔의 위화감을 눈치챘다. 베시를 안고 있는 왼쪽 팔이 지나치게 서늘했다.

혹시 그녀가 부상이라도 입은 건가 싶어 서둘러 그녀의 몸을 살피려던 저스틴은 베시의 얼굴을 보고 그대로 굳어버렸다.

"베시?"

그의 눈앞에 있는 여자는 이제까지 한 번도 본 적이 없는 얼굴을 하고 있었다. 평소에도 눈처럼 하얗던 베시의 얼굴이 지금은 도저히 산 사람으로는 보이지 않는 빛이었다.

덜덜 떠는 손가락 끝으로 그녀는 저스틴의 팔을 긁어내리고 있었다. 패닉 상태에 빠진 사람 특유의 행동이었다.

평소의 베시와는 너무나도 다른 모습에 저스틴은 아연해지고 말았다. 아무리 봐도 그녀의 상태가 이상하였다.

"베시! 저스틴 경!"

빅터가 자신을 부르는 소리에 저스틴이 퍼뜩 정신을 차렸다.

그 뒤로 크리스가 다른 기사의 호위를 받으며 이쪽으로 급하게 오는 모습도 보였다.

"빅터 경. 베시가—"

저스틴이 빅터를 향해 베시의 상태에 대해 설명하려고 하자, 그는 말 안 해도 안다는 것처럼 고개를 끄덕였다.

"베시. 베시, 정신 차려! 나야, 알아보겠어?"

빅터가 베시의 어깨를 단단히 붙잡자, 베시가 숨을 헐떡였다. 그녀가 과호흡증이 올까 걱정된 저스틴이 베시를 진정시키기 위해 그녀의 손을 잡아 주었다.

힘주어 작은 손을 꼭 잡아 주자 베시의 떨림이 조금 멎어 들었다. 저스틴은 그 사실에 안도하였다.

"오, 오빠."

베시의 입에서 고르지 못한 호흡과 함께 엉킨 소리가 흘러나왔다.

"엄, 마가…… 다리가, 바퀴에…… 아빠 목이—"

"아니야, 베시. 괜찮아. 그건 전부 옛날 일이야."

마치 아이를 어르는 것처럼 빅터가 베시의 뺨이며 머리를 강하게 문질러 주었다.

베시, 그건 현실이 아니야. 지금 이게 현실이야. 빅터가 몇 번이나 같은 말을 반복하자 베시의 호흡이 서서히 원래대로 돌아왔다.

"옛날, 옛날 일."

"그래. 사고는 전부 아주 먼 옛날에 있었던 일이야. 그렇지? 괜찮아, 베시."

빅터가 베시를 와락 끌어안았다. 베시는 말없이 숨을 들이마시고 내뱉었다. 그녀의 눈가가 조금 젖어있었다.

저스틴은 남매의 모습을 지켜보면서 이를 꽉 깨물었다.

언젠가 다른 사람들이 빅터에 대해 수군거리던 것이 어렴풋이 떠올랐다.

'빅터 경은 부모님을 마차 사고로 잃었다면서? 굉장히 어린 나이에 부모를 잃고 친척 집을 떠돌면서도 기사가 되다니 참 대단하긴 해.'

빅터가 마차 사고로 부모를 잃었다면, 당연히 베시 역시 같은 이유로 부모를 잃었을 것이다.

'엄, 마가…… 다리가, 바퀴에…… 아빠 목이—'

저스틴은 그제야 베시의 반응을 이해할 수 있었다. 자신을 향해 달려오는 마차를 보고 베시는 어린 시절의 트라우마를 떠올렸던 것이다.

주먹을 꾹 쥔 저스틴은 마차가 사라진 방향으로 걷잡을 수 없는 분노가 담긴 시선을 보냈다.

"제이, 어떻게 된 일— 베시?"

숨을 헐떡이며 달려온 크리스는 베시를 보고 놀란 얼굴을 하였다.

그 역시 이런 베시의 모습은 처음 보았으니까.

"빅터 경, 무슨 일인가? 베시가 대체 왜 이러지?"

빅터는 제 주군의 질문에 쉬이 대답을 하지 못했다. 그가 난처한 기색이 가득한 얼굴로 눈만 데굴데굴 굴리자 저스틴이 대신 입을 열었다.

"방금 전 이 길을 지나던 짐 마차가 베시를 칠 뻔하였습니다."

"마차라고?"

크리스의 눈에 동요 어린 기색이 얽혔다. 그 역시 빅터의 가정사를, 즉 베시의 가정사를 알고 있었다. 크리스는 얼른 무릎을 숙여 베시의 상태를 살피려고 하였다.

"베시, 괜찮—"

"저리 가."

크리스의 걱정 어린 목소리 위로 팽팽하게 당겨진 줄 같은 목소리가 올라섰다.

그것이 베시의 목소리라는 걸 알아차린 이들은 모두 놀란 얼굴을 하였다.

빅터의 품에 안겨 있던 베시가 어느새 고개를 들고 있었다.

조금 전과 달리 그녀의 눈은 평소의 빛을 되찾은 상태였다.

"난 괜찮으니까 신경 쓸 거 없어."

그렇게 말한 베시가 제 오빠의 품에서 벗어나려는 것처럼 양팔로 그를 밀어냈다. 빅터는 안타까운 얼굴을 하면서도 순순히 제 동생을 품에서 놓아주었다.

"하지만, 베시."

정작 안절부절못하며 베시를 붙잡으려고 한 것은 크리스였다.

그러나 베시는 크리스의 손이 자신에게 닿기 전에 매섭게 그 손을 쳐 내 버렸다.

짝—

황태자에게 무례하게 구는 베시의 모습에 다른 기사들이 일제히 굳어 버렸다. 허나 상황이 상황인 만큼 불경죄를 묻기도 뭣했기에 기사들은 모두 어쩔 줄 몰라 하는 눈빛만 교환할 뿐이었다.

"잠깐 놀랐을 뿐이야. 이 정도로 요란 떨 거 없어."

그렇게 말한 베시가 천천히 몸을 일으켰다. 그 몸짓이 불안하였다. 누가 보더라도 무리를 하고 있는 게 분명한 모습이었다. 베시 역시 스스로 그것을 느끼고 있었다.

괜찮아. 괜찮아. 괜찮아. 마치 주문을 외우는 것처럼 같은 한 마디를 몇 번이고, 반복하였다. 남을 속이기 위해서는 우선 자신부터 속여야만 했다. 그녀는 입꼬리에 힘을 주었다. 평소처럼 얄미운 마녀의 표정을 짓기 위해서였다.

"전 이만 집에 가 볼게요, 오빠. 좀 놀라긴 해서 쉬어야 할 것 같으니까."

"바래다주마, 베시. 지금 내가—"

"따라오지 마세요!"

조금 전보다 더욱 날선 목소리로 베시가 외쳤다. 그 비명 같은 외침에 놀란 빅터가 그대로 굳어 버리자, 베시는 그대로 뒤로 물러섰다.

"혼자 가고 싶어요."

그러니까 절대 따라오지 마세요. 그렇게 당부한 베시가 천천히 몸을 돌렸다. 그녀의 등이 모든 걸 거부하고 있었다.

베시, 어째서? 빅터가 안타까움에 입술을 꾹 깨물었다.

그녀가 힘겹게 한 발짝, 한 발짝 앞으로 내딛고 있는 모습을 보며 그 누구도 움직이지 못하던 때.

저스틴이 바지에 묻은 흙먼지를 툭툭 털며 일어섰다.

빅터의 눈이 저절로 베시에게서 저스틴에게로 옮겨왔다. 저스틴은 빅터에게 가볍게 고개를 숙였다. 그것이 자신에게 맡겨 달라는 뜻임을 깨달은 빅터는 고개를 끄덕였다.

아까 전, 카페에서도 베시에게 위험이 있을 수 있다는 암호를 전했던 남자였다. 지금은 방심하여 하마터면 하나밖에 없는 동생마저 사고로 잃을 뻔한 자신보다는 저스틴이 더 믿음직스러웠다.

서너 걸음 떨어진 곳에서 저스틴이 베시를 따라가는 걸 보며 빅터가 무거운 숨을 내쉬었다. 제 동생은 아닌 척 해도 내심 상처가 많은 아이였다. 이번 일이 혹시라도 베시에게 안 좋은 영향을 준다면— 아주 약간 수도로 그녀를 불러온 것에 대한 후회가 들었다. 이제 와서는 별 수 없는 일이었지만.

저스틴이 그랬던 것처럼 흙먼지를 털어 내며 자리에서 일어서려던 빅터는 문득 주변이 너무 조용하다는 것을 깨달았다. 의아한 마음에 크리스가 있는 쪽으로 고개를 돌렸던 빅터는 생각지도 못한 모습을 발견하고 놀랐다.

크리스가 지독하게 상처를 받은 얼굴로 제 손을 가만히 내려다보고 있었다. 방금 전 베시가 쳐 낸 바로 그 손이었다.

"전하?"

빅터가 그를 부르자 크리스가 부스스 고개를 들었다.

황태자는 평소처럼 가면 같이 미소를 짓고 있었지만, 평소와 달리 그 웃음에 깃든 것은 괴로움이었다.

"어렵군."

무엇이 어렵다는 것일까. 빅터는 가라앉은 눈을 한 주군이 내뱉은 말뜻을 알 수 없었다. 그가 머뭇거리는 사이, 다른 붉은 늑대 기사가 조심스럽게 크리스에게 다가갔다.

"전하, 손을―"

"아니, 그럴 필요 없네."

차갑게 대답한 크리스가 베시에게 거부당한 손을 꾹 쥐었다.

그가 고개를 들었다. 베시와 저스틴이 사라진 방향을 한참 바라보던 그가 이윽고 입을 열었다.

"성으로 돌아가지. 알아봐야 할 게 생겼으니."

*　*　*

저스틴에게 있어서 누군가의 뒤를 쫓는 것은 그렇게 드문 일이 아니었다.

그는 기사였다.

때로는 악독한 범죄자를 쫓아 수도를 누빌 때가 있었고, 때로는 적국의 사령관을 찾아 전장을 누빌 때도 있었다.

그는 언제나 사냥하는 자였고, 그에게 쫓기는 대상은 사냥당하는 자였다.

저스틴 하이네는 그런 방식의 쫓고 쫓김에 익숙하였다.

하지만 지금 그의 앞에 있는 것은 사냥감이 아니었다.

가녀린 어깨를 늘어트린 베시 에일.

무서운 것 하나 없어 보이던 마녀의 뒷모습은 아니었다.

그것을 가만히 지켜보고 있는 저스틴의 마음속에 무어라 표현할 수 없는 감정이 묽은 물감처럼 번졌다.

그는 그것이 사람들에게 어떻게 불리는 감정인지를 몰랐다.

이제까지 그 누구에게 단 한 번도 느껴 본 적 없는 것이기 때문이었다.

"……언제까지 따라올 생각이에요?"

터덜터덜 앞서 걸으며 베시가 물었다.

"당신이 집까지 무사히 들어가는 걸 볼 때까지 따라갈 생각입니다."

"오지 말라고 했잖아요."

"그건 빅터 경과 전하에게 했던 말이잖습니까."

베시가 그 자리에 우뚝 멈추어 섰다.

"……그럼 지금 당신에게도 말할게요. 따라오지 말아요."

"싫습니다. 내가 왜 당신의 명령에 따라야 합니까."

어느새 저스틴이 베시의 바로 뒤에 서 있었다. 그는 고개를 숙인 베시가 어떤 얼굴을 하고 있을지 생각해 보았다.

혹시 당신은 조금 전처럼 마음이 갈기갈기 찢겨 나간 것 같은 얼굴을 하고 있는 게 아닐까.

생각만 해도 입안이 바짝 마르는 기분이었다.

이유는 모르지만, 절대 그녀가 그런 얼굴을 하게 두고 싶지 않았다.

"……이건 명령이 아니잖아요. 부탁이에요."

베시가 고집을 피우는 것처럼 저스틴도 제 뜻을 꺾지 않았다.

"그 어느 쪽이건 상관없습니다. 당신 말에 따르지 않겠습니다."

"혼자 있고 싶어요."

"혼자라고 생각하십시오. 전 아무 말도 하지 않을 테고, 원한다면 기척도 지워 드리겠습니다."

아까 보시지 않았습니까. 전 의자 흉내도 제법 잘 냈습니다.

농담인지 진담인지 저스틴이 진지하게 말했다. 한동안 말을 고르던 베시는 협박을 던져 보았다.

"……당신이 내 스토커라고 소문 낼 거예요."

"아무도 믿어 주지 않을 겁니다."

저스틴은 결코 양보하지 않았다. 베시는 도저히 그의 고집을 꺾을 수 없다는 걸 알았기에 한숨을 작게 쉬었다.

포기한 그녀가 다시 걸음을 옮기기 시작하자 저스틴이 다시 뒤를 따랐다.

한동안 두 사람은 말없이 걷기만 했다. 가끔 마차가 옆을 지나쳐 갈 때마다 베시의 어깨가 흠칫흠칫 떨렸다.

그때마다 저스틴은 당장 달려가서 그녀의 어깨를 끌어안고 싶은 충동을 억눌러야만 했다.

베시의 걸음 속도가 천천히 느려졌다. 저스틴의 눈에도 친숙한 파란 지붕이 보였다.

어느새 베시의 집 앞이었다.

"저스틴 군."

여전히 뒤를 돌아보지 않은 채, 베시가 저스틴을 불렀다.

"……고마워요."

작은 목소리였다. 너무 작아서 저스틴처럼 청각이 예민한 사람이 아니었다면 미처 듣지도 못했을 만큼.

무엇에 대한 감사일까. 목숨을 구해 준 것에 대한? 아니면 여기까지 그녀를 혼자 두지 않은 것에 대한?

"이제 가 봐요."

그렇게 말한 베시가 주머니를 뒤져 열쇠를 꺼내 들었다.

그녀가 그것을 열쇠 구멍에 꽂기 전, 저스틴이 성큼성큼 다가와 문에 손을 짚었다.

"잠시 제가 먼저 확인해 봐도 되겠습니까?"

"……누가 날 노리고 있는 거죠?"

베시가 고개를 천천히 들어 올렸다. 그녀의 얼굴은 저스틴의 예상과 달리 두려움이나 불안함에 물든 것이 아니었다.

비록 얼굴빛이 여전히 창백하긴 하나, 평소와 같은 베시 에일이 그곳에 있었다.

저스틴은 잠시 머뭇거렸다. 그 모습을 본 베시는 다시 한 번 재촉하였다.

"알잖아요, 당신은. 누구인지."

"확실치는 않습니다. 어디까지나 예상입니다."

"하지만 확신에 가까운 예상이겠죠. 말해 줘요."

"……랜돌프 노튼 경이 전에 은빛 매 기사들에게 그런 이야기를 한 적 있습니다. 당신이 사고라도 한 번 당하면 얌전해지지 않겠냐고."

"하—"

베시가 짧게 웃음을 터트렸다.

방금 전 사고에 당했다면 얌전해지는 게 아니라 아예 영영 깨어나지 못할 뻔했는데 말이지. 하지만 랜돌프 노튼이 그런 걸 고려했을 리가 없다.

그에게 있어 황태자의 친분을 믿고 설치는 평민은 버러지만도 못한 존재일 테니. 어느새 충격보다 분노가 더 커진 베시가 아드득 이를 갈았다.

그사이, 저스틴은 자신이 말한 대로 한 발 먼저 집 안으로 들어가 둘러보았다. 집 안이 안전하다는 걸 확인한 그가 베시를 안으로 들어오게 하였다.

"문단속을 철저히 하십시오. 아마 곧 전하께서 사람을 보내 주변에 대기시킬 겁니다. 만일 그렇지 않더라도 내가—"

거기까지 말한 저스틴이 멈칫하였다. 대신 자신이 이곳에 머물겠다는 말이 지나친 참견이 아닐까 하는 걱정이 그에게 뒷말을 삼키도록 만들었다.

"아니요, 그럴 필요 없어요. 이 안에서라면 여러 사태에 충분히 대비할 수 있어요."

베시는 주머니에서 수첩과 펜을 꺼내 보였다.

특정 상황과 타이밍에 맞추어 발동시킬 수 있는 그녀의 마법은 함정을 만드는 데는 아주 제격이었다.

"……알겠습니다."

전혀 납득하지 못한 얼굴로 저스틴이 고개를 끄덕였다.

베시는 어쩌면 고집 센 이 남자가 아무도 몰래 자신의 집 주변을 지키는 게 아닐까 생각하였다.

저스틴이 근래 지겹도록 자신을 따라붙었던 이유를, 그녀도 이제 알고 있었으니까.

"오늘은 유독 친절하네요, 저스틴 군."

"난 언제나 친절한 사람입니다."

베시가 장난스럽게 한 말에 저스틴이 사뭇 진지한 얼굴로 대답하였다. 말도 안돼. 그녀가 풉, 웃음을 터트리자, 저스틴이 한쪽 눈썹을 까닥거렸다.

"뭡니까."

"아니, 저스틴 군 나한테는 전혀 친절하지 않잖아요."

"아니요, 당신한테도 난 늘 친절합니다. 당신이 그걸 모를 뿐이지."

그게 무슨 소리냐고 반문하려던 베시가 멈칫하였다.

생각해 보면 분명 저스틴의 친절 아닌 친절을 받은 적이 여러 번 있었다.

처음 만났을 때는 베시가 귀족들과의 시비에 휘말리지 않도록 해 주었고, 줄리아의 애플파이에서 재회했을 때는 그녀가 잊고 간 손수건을 가져다주기 위해 일부러 따라왔다. 그리고 그 이후에도 그는 줄곧 오늘처럼 베시를 도와주었다.

'정말이네.'

베시는 저스틴의 말이 맞다고 인정하였다. 전혀 다정하지 않은 주제에 이 남자는 알게 모르게 친절했다. 그는 결코 베시를 혼자 내버려두질 않았다. 그녀가 위험에 처하도록 두질 않았다.

어쩐지 눈 안쪽이 화끈거렸다. 괜한 걸 알아 버리고 말았다. 그 때문에 감상적인 기분이 들었다.

"—그건, 크리스가 시켜서 그런 거잖아요. 날 경호하라고."

그래서 그녀는 일부러 얄미운 소리를 내뱉었다. 당신의 친절에는 분명한 이유가 있지 않느냐고.

베시의 말에 저스틴이 아무 대답이 없었다. 그의 청록색 눈동자가 비 내린 숲처럼 짙게 가라앉아 있었다.

"내 친절에 이유를 붙이고 싶은 겁니까."

그는 베시가 왜 그런 말을 하는지 분명히 이해하고 있었다.

그것이 싫어 베시는 한 걸음 뒤로 물러섰다. 이 남자 앞에서면 자신의 페이스가 너무나 쉽게 깨져 버렸다. 이런 적은 단 한 번도 없었다.

베시는 언제나 베시였다. 누구보다 자기 멋대로이고, 기분파이며 좋고 싫은 게 언제나 분명했다.

그런 그녀에게 저스틴 하이네는 너무 어려운 상대였다. 이 남자가 좋은 것인지 싫은 것인지 알 수 없었다. 좋을대로 이 남자를 이용하거나 자기 멋대로 행동할 수도 없었다. 이런 사람은 처음이었다.

밀어내고 싶은데, 그마저도 쉽지 않은 상대. 그는 그녀에게 한 번도 느낀 적이 없는 혼란을 주었다.

"……친절에는 이유가 있는 편이 더 안심이 되니까요."

"유감스럽게도 전하의 명령에는 당신에게 친절하게 대하라는 내용이 없었습니다."

저스틴이 한 걸음 앞으로 다가갔다. 기껏 베시가 벌려 놓았던 거리가 가까워졌다.

서로의 숨결이 미세하게 느껴질 만큼 거리에서 저스틴이 고개를 숙였다.

“내가 당신에게 친절한 건— 당신이 약하기 때문입니다.”

나직한 그의 목소리가 그물처럼 베시의 몸을 옭아매었다. 턱 끝이 긴장으로 뻣뻣해지는 것을 느끼며 베시가 고개를 들었다.

약하다고, 내가? 생각지도 못한 말을 들은 그녀의 눈빛이 사나웠다. 하지만 저스틴은 개의치 않았다. 오히려 그는 더 들으라는 듯 말을 이었다.

“난 처음도, 지금도 변하지 않았습니다. 만일 당신이 지금 나를 유독 친절하다고 느낀다면 그건 당신이 약해져 있다는 뜻입니다.”

그의 커다란 손이 베시의 턱 끝을 잡아당겼다. 베시의 새파란 눈동자에 이름을 알 수 없는 감정이 서려 있었다. 저스틴은 그녀의 아름다운 눈을 가리는 촌스러운 안경을 벗겨 냈다.

마녀이기 때문일까? 그녀의 눈은 가끔 사람을 홀리게 만들었다.

“그러니까 아까처럼 괜한 고집을 내세울 필요는 없습니다. 다른 사람의 걱정을 있는 그대로 받아들이십시오.”

저스틴의 손이 베시의 눈가를 쓱 문질렀다. 그제야 베시는 자신의 속눈썹이 평소보다 조금 촉촉하다는 것을 깨달았다.

어느 틈에 젖었던 걸까. 아까 전 패닉 상태에 빠졌을 때? 아니면 지금 눈에 힘을 지나치게 주었기 때문에?

여린 꽃잎을 어루만지듯 저스틴이 베시의 속눈썹을 부드럽게 쓸어내렸다. 온몸에 소름이 우수수 돋는 느낌에 베시가 저도 모르게 눈을 감았다. 정말 자신이 약한 사람이 된 기분이었다.

기분이 묘했다. 자신을 깨지기 쉬운 것처럼 다루는 이 남자의 손길이 기분 나쁜 것 같으면서도 좋았다. 스스로도 알 수 없는 모순된 감정이었다.

"……내일 아침에는 내가 데리러 오겠습니다."

그렇게 말한 저스틴이 천천히 손을 내렸다. 베시가 눈을 떴을 때는 그가 이미 뒤로 한 걸음 물러서 있었다.

"아까도 말했지만 문단속을 꼭 신경 쓰십시오."

그가 문밖으로 나서는 모습을, 베시는 작별 인사조차 없이 지켜보았다.

이윽고 그가 사라지고 문이 쾅— 닫혔을 때.

베시는 깊게 가슴 밑바닥에 고인 숨을 내쉬었다.

저스틴이 마지막까지 당부한 대로 그녀는 문을 꼭꼭 걸어 잠갔다.

창문으로 쏟아져 들어오는 햇빛이 오렌지색으로 변해 있었다. 어느새 해가 지고 있었다. 오늘은 할 일이 아주 많았는데.

석양이 지는 모습을 물끄러미 보며 베시가 생각하였다. 기분 탓인지 아니면 긴장이 풀린 탓인지 온몸이 쿡쿡 쑤셔 오기 시작하였다.

그녀는 근처에 있는 의자에 털썩 주저앉았다. 입에서 저절로 앓는 소리가 흘러나왔다. 딱딱한 나무 테이블 위에 엎드린 채, 잠시 생각에 잠겼다.

'내가 당신에게 친절한 건— 당신이 약하기 때문입니다.'

'난 처음도 지금도 변하지 않았습니다. 만일 당신이 지금 나를 유독 친절하다고 느낀다면 그건 당신이 약해져 있다는 뜻입니다.'

저스틴이 아까 전 자신에게 속삭였던 말이 메아리처럼 머릿속에서 되풀이되었다. 약하다고? 내가?

"하—"

베시가 저를 향해 비웃음을 짧게 흘렸다. 인정하기 싫지만 정말 자신이 약해져 있기는 한 모양이었다.

고작 이런 일로 이렇게까지 동요하고, 자신을 잃다니.

그동안 내가 좀 너무 편하게 살긴 했네. 어릴 때부터 숱한 죽을 고비를 넘겼던 자신이었다.

그러니 목숨을 위협받는 일이야 아무것도 아니었다.

문제는 하필 그 수단이 '마차'였기 때문이었다.

'랜돌프는 자신의 가족사에 대해 알고 이 일을 계획한 걸까?'

역시 내가 너무 안일했던 게 맞다며 베시는 머리를 긁적였다.

어느 정도의 위험과 사고는 예측하고 있었다. 하지만 현재 단계에서 그녀가 예상한 위험은 이것보다 조금 가벼운 것이었다.

마차 사고 사주라니.

마냥 멍청하게만 보았던 랜돌프 노튼이 그녀의 안에서 조금 다른 인물이 되었다.

베시는 손가락으로 테이블을 톡톡 두들겼다. 그녀의 손끝에 수첩이 닿았다. 베시가 언제나 애용하는 수첩이었다. 그것을 내려다보며 생각에 잠겨 있던 베시가 눈을 번뜩 빛냈다.

마침 머릿속을 스치는 그럴싸한 계획이 하나 있었다.

"나한테 싸움을 걸었다 이거지?"

아무래도 성에서 알몸으로 춤을 추는 모욕만으로는 부족했던 모양이었다며 베시가 히죽 웃었다.

원래부터 당하고는 도저히 못 사는 성격이었다. 심지어 다른 사람들 앞에서 이런 식으로 흐트러지는 모습을 보이게 만들다니 도저히 그냥 넘어갈 수가 없었다.

머릿속으로 계획을 정리한 그녀가 차갑게 중얼거렸다.

"그럼 이제 이자까지 아주 톡톡하게 갚아 드려야겠네."

*　*　*

며칠 후, 하이네 공작저에 편지가 한 통 도착하였다.

수신인은 세라 하이네 공작 부인. 그리고 발신인은 베시 에일이었다.

세라는 베시가 자신에게 편지를 보냈다는 사실에 기뻐하다가 편지를 읽어 보고 더더욱 기뻐하였다.

바로 이튿날, 베시 앞으로 세라가 보낸 답장이 돌아왔다.

주말에 열리는 티 파티 초대장이 동봉되어 있는.

7.

티 파티에는 마녀가 필요하다

랜돌프 노튼은 기분이 무척 좋았다.

겁을 좀 주기 위해 손을 쓴 보람이 있는 것인지 요즘 그 건방진 평민 계집이 무척 얌전하였다. 도서관 근처에서도 모습을 보이는 둥 마는 둥 이었으니까.

베시를 대신하여 이네딧 부인이 이런저런 잔소리를 퍼부어 댔지만, 은빛 매 기사들은 모두 그녀를 무시하였다.

고고한 은빛 매 기사는 마녀라면 몰라도 아무 힘도 없는 늙은 여자를 경계할 정도로 겁쟁이가 아니었다.

눈엣가시인 베시 에일의 일이 해결되자 다른 좋은 일도 생겼다.

하이네 공작 부인이 자신에게 티 파티 초대장을 보낸 것이다.

원래 높은 신분의 귀부인은 주에 한 번씩 자신이 소유한 살롱에서 티 파티를 여는 풍습이 있었다.

하이네 공작 부인의 티 파티에는 언제나 수준 높은 귀족 영애들이 참석하는 걸로 유명했다.

이제까지 은빛 매 기사 중에 하이네 공작 부인의 티 파티에 초대를 받은 자는 아무도 없었다.

최초로 하이네 공작 부인의 살롱을 찾는 은빛 매 기사가 된 랜돌프의 가슴이 터질 듯 두근거렸다.

미리 입수한 정보에 의하면 오늘 초대받은 기사는 오로지 랜돌프 노튼 하나뿐이라고 들었다. 또한 수도에서 제일가는 미인으로 소문난 영애들이 모두 참석한다고 하였다.

틀림없이 요새 그가 가장 관심을 갖고 있는 스펜서가의 세레니티 영애도 오리라.

달리는 마차 안에서 그는 자신의 복장과 용모에 아무 문제가 없는지를 매우 꼼꼼하게 점검하였다.

이윽고 마차가 세라 공작 부인의 살롱 앞에 도착했을 때, 그는 고용인의 안내를 받아 위풍당당하게 안으로 들어섰다. 고용인은 그에게 공작 부인이 잠시 자리를 비웠으니 먼저 들어가서 편히 티 파티를 즐기시라는 말을 건넸다.

랜돌프는 고개를 끄덕였다. 공작 부인이 있거나 없거나 그에게는 그 사실이 그렇게 중요하지 않았다.

중요한 건 어디까지나 다른 귀족 영애들과의 즐거운 담소였다.

그는 머릿속으로는 자신의 가치를 한껏 높여 줄 그럴싸한 무용담 두어 가지를 준비하였다. 자신의 남자다움을 알게 된 여성들이 얼굴을 붉히며 황홀한 표정을 짓는 걸 상상하니 온몸이 짜릿하였다.

하지만 그가 살롱에 도착하자마자 제일 먼저 발견한 것은 도저히 믿을 수 없는 모습이었다.

"—어머나, 그게 정말인가요, 베시 양?"

"믿을 수가 없어요, 그런 일이 다 있다니!"

랜돌프의 예상대로 살롱에는 분명 수도 최고의 미인들이 모두 모여 있었다.

단지 예상과 달랐던 것은 그녀들 가운데에 떡하니 앉아 조잘거리고 있는 인물이 베시 에일이라는 점뿐이었다.

"그렇다니까요. 사실 전 거기 몰려온 분들이 고명한 은빛 매 기사 분들일 거라고는 생각도 못 했거든요. 아니, 그도 그럴 것이 고귀한 분들께서 도서관에 몰려와서 행패도 그런 행패를 부리실 리가 없잖아요."

손가락을 우아하게 움직이며 베시는 말을 이어갔다.

"그래서 제가 상대가 '그' 랜돌프 노튼 경인 것도 모르고, 마법을 걸어 버렸지 뭐예요. 홀딱 벗고, 알몸으로 성 밖에서 춤을 추게 하는 마법 말이에요."

베시의 말이 끝나자마자 귀족 영애들 입에서 작은 비명 소리

혹은 웃음소리가 터져 나왔다.

그녀들 모두 랜돌프 노튼에게 일어났던 비극적인 사건을 알고 있었다. 백주 대낮에 알몸으로 춤을 추는 은빛 매 기사단 부단장에 대한 소문이 수도에서 퍼지지 않을 리가 없었다. 그리고 바로 지금 이 순간, 살롱에 모여 있던 사람들은 그 사건의 진상도 알게 되었다.

"그때 일을 생각하면 저도 정말 랜돌프 경에게 면목이— 어머나! 저기 랜돌프 경이 오셨네요."

한참 떠들던 베시가 그제야 랜돌프를 발견했다는 것처럼 손가락을 까닥거렸다.

그러자 살롱에 있던 사람들이 일제히 문가에 서 있는 랜돌프에게로 옮겨갔다. 랜돌프는 딱딱하게 굳은 얼굴 근육을 움직이려고 무던히 노력해야만 했다.

"어서 오세요, 랜돌프 경."

제일 먼저 랜돌프에게 인사를 건넨 것은 살롱에 모여 있는 이 중 가장 신분이 높은 세레니티 영애였다.

그것을 시작으로 사람들은 하나 둘 랜돌프에게 인사를 건네었다.

그들의 입가에 묘한 미소가 걸려 있다는 것을 랜돌프가 눈치챌 때쯤, 베시가 마지막으로 입을 열었다.

"안녕하세요, 랜돌프 경. 마침 잘 오셨네요. 안 그래도 경에 대한 이야기를 하고 있던 참이거든요."

"……대체 왜 여기에 네년이—"

눈을 부라리며 베시에게 험한 말을 늘어놓으려던 랜돌프는 움찔하였다. 이곳에는 보는 눈이 너무 많다는 것을 깨달은 탓이었다. 가만 보니 세레니티 영애가 눈을 동그랗게 뜬 채 자신을 보고 있었다. 랜돌프는 헛기침을 하며 말을 조금 순화하였다.

"흠, 관장이 왜 여기 있는 건가? 여기는 하이네 공작 부인의 초대장이 있는 사람만 올 수 있는 살롱인데."

최대한 부드럽게 말했지만 결국 말의 요지는 이것이었다.

이곳은 너같이 어디서 굴러먹다 온지도 모르겠는 말 뼈다귀가 올 자리가 아니다. 그러니 썩 꺼져라.

눈치 빠른 베시가 랜돌프의 말뜻을 못 알아들을 리 없었다. 하지만 베시는 아무것도 모른다는 천진난만한 얼굴이었다.

"그거야 당연히 초대장을 받아서 온 거죠. 하이네 공작 부인께서 앞으로 도서관 관장직을 수행하기 위해서는 이런 사교적인 파티에 참여해 보는 것이 좋은 경험이 될 거라고 친히 불러 주셨지 뭐예요."

호호호, 베시가 입을 가리고 웃었다.

"덕분에 이렇게 아름답고 똑똑하신 여러 영애 분들과 대화를 나눌 수 있는 기회를 얻게 되어 너무 영광이에요."

"어머, 에일 양. 저희야말로 참 즐거운 시간을 보내고 있는 걸요. 베시 양이 들려주는 이야기는 다 어쩜 그렇게 재미있는지 모르겠어요."

"맞아요, 이디아니움 아카데미가 그런 곳인지는 미처 몰랐어요."

"에일 경의 어린 시절 이야기도 참 재미있었어요. 다음에는 에일 경과도 함께 꼭 와 주세요."

베시를 에워싼 영애들은 모두 그녀에게 호의적인 시선을 보내고 있었다. 특히 그중에서도 빅터에게 평소의 호감을 갖고 있던 젊은 아가씨들의 눈빛은 남달랐다.

도서관에 새로운 관장이 마녀라는 건 그들 모두 알고 있었다. 그렇기에 처음에는 약간의 불안함과 두려움을 느끼기도 하였다.

하지만 막상 만나 보니 베시가 들려주는 이야기는 모두 재미있고 신기하였다. 그렇게 그녀의 신기한 이야기에 귀를 기울이다가 베시가 '그' 빅터 에일 경의 친동생이라는 걸 알았을 때, 살롱에 모인 모든 여성들은 경계심을 사르르 풀어 버렸다.

실력 좋고, 얼굴도 준수한 빅터는 이 수도에서 가장 인기가 많은 기사 중 하나였다. 그도 그럴 것이 비록 신분은 평민이어도 빅터 에일은 빠른 속도로 출세 가도를 달리고 있는 남자였다.

현재 황태자의 가장 가까운 측근이기도 하니, 크리스가 황제로 즉위하면 틀림없이 귀족 작위를 받을 것이다. 적어도 남작 이상의 작위를 받지 않을까.

그런 계산속이 있기에 자작이나 남작 가의 영애들은 빅터 에일에게 은근히 눈도장을 찍고 있었다.

하지만 빅터가 크리스의 경호며 기사 일로 워낙 바빠 영애들이 그를 만날 수 있는 기회는 거의 없었다.

그런데 지금 그 기사의 동생이 떡하니 살롱에 나타났으니 영애들의 기대가 남다를 수밖에 없었다.

"어머, 기회가 되면 그러면 좋겠네요. 하지만 사실 전 오빠랑 같이 다니는 걸 별로 좋아하지 않아서요."

그런 속사정을 잘 아는 베시가 쓴웃음을 지으며 한 말에 모두들 어리둥절한 얼굴을 하였다.

어느 귀족 영애가 "혹시 무슨 사정이라도……."라며 조심스럽게 입을 열자 베시가 웃으며 고개를 저었다.

"오빠가 잔소리가 워낙 심해서요. 늘 절 보자마자 잔소리를 하거든요. 이건 하지 마라, 저건 하지 마라, 아주 귀에 딱지가 앉을 정도라니까요."

"어머나, 그런 거였군요. 난 또 뭐라고."

조심스레 물었던 귀족 영애가 안심한 듯 웃자 다른 영애도 입을 열었다.

"두 분이서 사이가 정말 좋으신가 봐요. 그렇게 대화를 나누는 것 자체가 우애가 깊다는 뜻이 아닐까요?"

빅터가 이 자리에 있다면 거품을 물며 부정했겠지만, 유감스럽게도 이 자리에는 얌전한 척 내숭을 떠는 베시밖에 없었다.

"사실 제가 오빠와는 달리 부족한 점이 많아서 적이 참 많답니다. 그래서 오빠가 저를 볼 때마다 걱정하는 것도 이해는 가요."

거기까지 말한 베시는 의미심장한 얼굴로 랜돌프 쪽으로 고개를 돌렸다.

그녀의 동작이 너무나 작위적이었기에 다른 사람들의 시선도 덩달아 랜돌프 쪽으로 향하였다. 베시를 이곳에서 마주한 게 충격인지, 아니면 무언가 불길한 것을 감지하기라도 한 것인지 랜돌프는 딱딱하게 굳어있었다. 얼굴 근육이 경련하듯 파르르 떨리는 랜돌프를 보며 베시가 한쪽 입꼬리를 히죽 들어 올렸다. 어디 한 번 시작해볼까.

"얼마 전에는 말이죠. 하마터면 제가 마차에 치여 큰일이 날 뻔했거든요."

그녀가 아무렇지 않게 꺼낸 말에 살롱 안이 순식간에 소란스러워졌다.

"어머, 세상에! 끔찍해라!"

"많이 다치시지는 않은 건가요?"

"대체 어쩌다가 그런 일이—"

귀한 아가씨들이 모인 자리라 놀라움이나 걱정을 표하는 감탄사도 얌전하였다. 만일 마녀 친구들과 모인 자리에서 이 이야기를 꺼냈다면 다들 난리가 났으리라. 게다가 누군가가 사주하여 벌어진 사고라는 걸 알면— 틀림없이 상대 목숨을 아직 붙여두었냐는 말이 곳곳에서 날아올 게 분명하였다.

나 정도면 참으로 온건한 성품의 소유자가 아니냐는 뻔뻔한 생각을 하며 베시가 고개를 끄덕였다.

"네, 다행히도 큰 부상은 없었어요."

왼손을 가슴에 올린 베시가 아직도 그 때 생각을 하면 잠이 안 온다는 너스레를 떨며 한숨을 내쉬었다.

"좋지 않은 이야기를 이런 좋은 자리에서 하기는 싫지만, 정말 큰일이 날 뻔했답니다. 그나마 그 자리에 계신 분의 도움을 받아 제가 이렇게 무사할 수 있었죠."

살롱에 있는 영애들 모두 덩달아 심각한 얼굴로 그녀를 위로해주었다.

"별일이 없으셔서 정말 다행이네요, 에일 양."

"그러게 말이에요. 마차 사고라니, 수도는 길이 잘 정비된 편이라 들었는데도 그런 일이 있나보군요."

"정말 끔찍하네요."

아가씨들이 연민 어린 시선으로 베시를 바라보았다. 베시는 비극의 여주인공 같은 표정으로 말을 이어갔다.

"네, 정말 끔찍하죠. 하지만 더 끔찍한 건 그 사고가 도저히 단순한 '사고'는 아닌 것 같더라고요."

그 순간, 베시의 눈빛이 달라졌다. 그녀는 더는 비극의 여주인공 같은 눈을 하고 있지 않았다. 랜돌프를 향하는 시선이 마치 예리한 칼날처럼 서늘하였다.

"저는 경황이 없어 몰랐지만, 목격자들의 증언에 의하면 마차가 저를 '향해' 돌진을 해 왔다고 하더라고요."

"어머나! 어떻게 그런 일이!"

"대체 왜 그런 일이 벌어진 거죠?"

살롱 안이 다시 소란스러워졌다. 눈을 커다랗게 뜬 채, 입을 가린 아가씨들이 탄식을 흘렸다.

베시는 이곳에 있는 아가씨들이 점점 더 마음에 들기 시작했다. 이렇게까지 반응을 잘해 주니 말할 맛이 절로 났다. 연극배우처럼 커다란 동작으로 베시가 손을 쫙 펼쳐 보였다.

"그런 일이 벌어진 이유— 그 이유는 하나뿐이죠."

잠시 말을 끊은 베시는 랜돌프를 향해 곧은 시선을 보냈다. 그리고 새파랗게 질린 그를 향해 싱긋 웃어보였다.

"누가 제 목숨을 노리고 마차 사고를 사주한 게 틀림없어요."

* * *

휙—! 휙!

하이네 공작저의 연무장 안.

묵직한 소리가 공기를 위에서 아래로 갈랐다. 저스틴은 한 치의 어긋남도 없이 규칙적인 박자에 맞추어 묵직한 쇠몽둥이를 움직이고 있었다.

보통 사람이라면 들어 올리는 것조차 쉽지 않을 쇠 덩어리를 자유자재로 다루는 그의 손놀림이 가벼웠다. 어릴 때부터 줄곧 해 왔던 수련이었기에 그 모든 움직임이 손에 익숙했다.

거의 습관처럼 손과 발을 움직이면서도 저스틴은 도저히 제 움직임에 집중할 수 없었다. 무쇠로 만든 몽둥이로 허공을 몇 번 더 가르던 저스틴이 결국 한숨과 함께 손을 내렸다. 땀 한 방울 흘리지 않은 이마 사이를 분지르며 저스틴이 생각에 잠겼다.

'……베시는 무슨 생각을 하고 있는 거지?'

그녀가 마차에 치일 뻔한 이후로 며칠이 지났다.

그사이 베시는 평소보다 조용하고 얌전하였다. 바깥으로 나돌아 다니는 일이 별로 없었으며 도서관과 집만을 오갔다. 심지어 자신의 마중과 배웅을 거부하지도 않았다.

베시가 얌전히 자신의 보호를 받는 건 다행이었지만, 한편으로는 마음이 복잡하기도 하였다. 지금의 베시는 그녀의 원래 모습이 아니라는 걸 알고 있으니까. 그녀를 보호하려는 입장에서는 그게 고맙긴 하지만, 한편으로는 불안하기도 하였다. 왜 베시가 갑자기 태도를 달리하는가에 대한 의문이 마음속에서 가시지 않았다.

"……설마 떠날 생각인가."

이런저런 생각 끝에 나온 결론에 저스틴의 얼굴이 어두워졌다. 아무리 생각해보아도 베시가 평소와 다르게 행동할 이유는 그것밖에 없었다. 위험하고 불편한 이 수도를 떠나 그녀가 원래 있던 곳으로 돌아가는 것. 그것은 분명 베시를 위해서는 나쁘지 않은 선택이었다. 그리고 어차피 떠날 곳이니 싫은 것도 아주 잠깐은 참을 수 있으리라.

하지만 저스틴은 도저히 그게 좋은 일이라고 생각할 수 없었다. 베시가 수도를 떠난다고? 그녀를 다시 볼 수 없다 생각하는 것만으로도 마음속이 무거웠다. 제 손에 들린 몽둥이보다 더 무거운 것이 가슴 속에 들어앉은 기분이었다.

"하아—"

자신이 또 베시에 대한 생각을 하고 있다는 걸 깨달은 저스틴이 고개를 저었다.

아까 전까지도 제 방에서 계속 그녀에 대해 생각하는 것이 싫어 연무장으로 도망쳐 온 그였다. 그런데 검을 휘두르면서도 그는 숨쉬는 것만큼이나 자연스럽게 베시에 대해 생각하고 있었다. 베시가 평소와 다르게 구는 것만큼이나 자신의 모습이 낯설었다. 그는 그 이유를 구태여 생각하고 싶지 않았다.

베시 에일이 자신의 앞에서 약한 모습을 보였기 때문에, 그렇기에 그녀가 이토록 신경 쓰이는 것이라고 그는 중얼거렸다. 그렇지 않다면 그녀에 대해 이 지독한 걱정을, 그리고 계속 그녀의 곁에 있고 싶다는 제 마음을 도저히 논리적으로 설명할 수 없었다.

더는 훈련에 집중할 수 없다 판단한 저스틴은 들고 있던 쇠몽둥이를 바닥에 대충 내려놓았다. 무언가 머리를 비울 수 있는 다른 일을 찾아야 할 것 같았다.

쿵— 바닥이 가볍게 울리는 묵직한 소리가 들리자마자 바로 잔소리가 날아들었다.

"도련님! 또 바닥이 패이면 어쩌려고 그렇게 던져 놓으세요?"

"……형수님."

저스틴은 문가에 서 있는 세라를 보고 놀란 얼굴을 하였다. 그의 기억이 맞다면 오늘은 세라의 살롱에서 티 파티가 있는 날이었다.

"여긴 어쩐 일이십니까? 오늘은 형수님이 주최하는 티 파티가 있는 날이 아닙니까?"

"맞아요, 이것저것 준비하느라 조금 출발이 늦어져서요. 이제 나가려고요."

세라 부인은 연한 분홍빛의 드레스 자락을 살짝 손에 쥐었다. 언제 봐도 감탄이 나올 만큼 아름다운 형수의 모습에도 저스틴은 무심한 얼굴로 말했다.

"그러십니까. 근데 여기는 왜 오신 겁니까? 티 파티를 가시기 전에 들를만한 장소는 아니잖습니까."

"아, 그게 말이죠. 도련님."

"혹시라도 티 파티에 저를 데리고 가시려는 거면 포기하시는 게 좋을 것 같습니다. 거길 갈 바에는 차라리 도서관에 가서—"

"아뇨, 도련님. 그게 아니라 실은 오늘 티 파티에 베시가 오거든요."

집사가 미리 가져다 둔 수건으로 땀도 흐르지 않는 이마를 닦던 저스틴이 멈칫하였다. 그는 자신의 청각에 이상이 생긴 건 아닐지 매우 의심스러워하는 얼굴로 세라를 보았다.

"누가 온다고요?"

“아이참, 도련님도. 못 들은 척하시기는. 베시 말이에요. 도서관 관장인 베시 에일 양.”

내가 잘못 들은 건 아니었군. 저스틴이 성큼성큼 세라가 있는 쪽으로 걸어 나갔다.

“베시가 대체 왜 형수님의 티 파티에 오는 겁니까?”

무언가 안 좋은 예감이 들었다. 베시가 마차에 치일 뻔한 날만큼은 아니지만, 적어도 그것에 준하는 좋지 않은 느낌이었다.

“전에 내가 베시에게 한 번 티 파티에 놀러 오라는 말을 했었는데, 베시가 이번에 초대를 해 달라고 먼저 편지를 보냈었거든요.”

수상하다. 엄청나게 수상하다.

저스틴은 얼굴을 팍 찌푸렸다. 베시가 먼저 나서서 파티에 초대해 달라고 편지를 보내? 그것도 귀족 영애들이나 젊은 기사가 모이는 티 파티에 오고 싶어서?

그 여자라면 그런 곳에 갈 바에는 차라리 몬스터가 넘쳐흐르는 외딴 숲 속에 기뻐하며 들어갈 것이다. 말도 안 되는 소리였다.

“베시가 그런 부탁을 한 게 기뻐서 초대장을 보내 두었는데. 생각해 보니까 이번 티 파티에는 노튼 가의 랜돌프 경도 초대를 했었거든요.”

“……랜돌프 노튼이 오는 자리라고요?”

수건을 쥔 저스틴의 손에 힘이 꾹 들어갔다. 그의 눈빛이 예사

롭지 않게 변한 걸 전혀 모른 채, 세라가 고개를 끄덕였다.

"네. 그동안은 전혀 은빛 매 기사단 분을 모신 적이 없으니 이번에는 은빛 매 기사단에서도 기사 한 분을 초대해야겠다 싶어서요. 단장인 빌헬름 경은 부재중이니, 부단장인 랜돌프 경에게 초대장을 보냈었답니다."

세라가 입가에 길고 우아한 손가락을 댄 채, 걱정스레 얼굴을 찌푸렸다.

"근데 나중에 알고 보니 베시가 은빛 매 기사 분들과 사이가 안 좋다는 소문이 있더라고요. 장소가 장소인 만큼 별일이야 없겠지 싶지만, 그래도 걱정이 좀 되어서…… 어머, 도련님!?"

세라가 말을 미처 다 끝내기 전에 저스틴이 수건을 확 내던진 채, 연무실 밖으로 뛰쳐나갔다. 순식간에 그가 사라진 방향을 향해 멍하니 서 있던 세라는 곧 정신을 차리고 고개를 저으며 중얼거렸다.

"도련님도 참. 베시 양이 관련된 일이면 꼭 저렇게 난리가 난다니까. 마치 사랑에 빠진 사람처럼."

* * *

베시의 폭탄선언 이후 살롱의 분위기는 무거워져 있었다.

아무도 선뜻 입을 열지 못하던 가운데, 누군가 다른 이들의 눈치를 보며 조심스레 입을 열었다.

"그럼 누가 베시 양의 목숨을 노리고 일부러 그런 짓을 저질렀단 말인가요?"

"네, 일단 저는 그렇게 생각하고 있어요. 조사를 나온 경비대에서도 그렇게 판단하고 있는 것 같더라고요. 아까도 말씀드린 것처럼 제가 워낙 '적'이 많아서요."

노골적으로 베시의 눈이 랜돌프를 가리키고 있었다. 살롱에 있는 사람들은 이제 누구나 베시와 랜돌프 사이에서 흐르는 공기가 험악하다는 걸 알아차렸다.

동시에 랜돌프가 베시에게 소름 끼칠 정도로 악의 어린 시선을 보내고 있다는 것도.

"……관장. 그건 그냥 자네 생각이 아닌가? 마차가 꼭 자네를 향해 달려왔다는 보장이 어디 있나. 목격자들 눈에만 그렇게 보였을 수도 있지. 수도 내에서 마차 사고가 벌어지는 일이 흔한 건 아니지만, 아주 없는 일도 아니네. 그러니 그건 그냥 자네의 억측일 수도 있지."

랜돌프가 부들부들 떨리는 얼굴 근육을 진정시키려고 노력하며 입을 열었다. 베시는 그럴 리는 없다며 히죽 웃었다.

"경. 그 마차는 분명 저를 향해 달려오고 있었어요. 제가 이렇게 확신할 수 있는 이유가 있답니다."

"그래? 그렇게 자신하는 그 이유가 대체 뭔가?"

어디 한번 말해 보라는 것처럼 랜돌프가 고갯짓을 하였다. 그는 자신이 있었다. 절대 그 어떤 증거도 남았을 리가 없다.

심지어 베시는 죽거나 다치지도 않았다. 그러니 경비대에서도 그렇게 열과 성을 다해 조사하지는 않을 것이다.

고작해야 평민 계집이 마차에 치일 뻔한 일이 아니던가.

랜돌프가 비열한 미소를 짓자, 베시는 그보다 더 악랄하게 웃었다.

지금 그녀는 명예를 죽기보다 소중히 여긴다는 랜돌프에게 죽는 게 차라리 나을 정도의 수치심을 안겨줄 생각에 즐거워 미칠 것만 같았다.

"간단해요. 바닥을 보면 알 수 있거든요."

랜돌프는 어이가 없다는 얼굴을 하였다.

"바닥?"

"네, 바닥에 난 바퀴 자국 말이에요."

베시의 부연 설명에 랜돌프는 그제야 알겠다는 얼굴로 허, 웃었다.

"관장. 설마 자네 고작 그걸 가지고 증거라고 하는 건가? 마차의 진행 방향이 자네를 향하는 것에 대해 말하는 거면 딱히 자네를 노린 게 아니더라도 마부가 방향을 잘못 잡아서 그렇게 된 거일 수도—"

"아니요. 제가 말하려는 건 그런 게 아니에요."

단호하게 랜돌프의 말을 끊은 베시가 테이블 위에 무명 수건을 잘 개여 올렸다.

사람들이 모두 의아한 얼굴로 지켜보는 가운데, 베시는 그 위에 검지와 중지를 올렸다. 그리고 두 손가락을 움직여 뛰는 흉내를 내었다.

"사람이건 동물이건 달리면 속력이 붙죠. 특히나 말은 사람보다 빠른 속도로 움직이기 때문에 그만큼 움직임이 클 수밖에 없습니다. 그러니 최고 속도로 달리던 말이 멈추게 될 경우에는—"

두 손가락을 분주히 움직이던 베시가 수건 위로 제 손가락을 찍어 내렸다. 탁! 두툼하게 접혀 있던 수건 위에 선명한 손끝 자국이 남았다.

"달리던 힘보다 더 큰 힘으로 멈추려고 하기 때문에 필연적으로 바닥에 자국이 남을 수밖에 없어요. 말발굽이 평소보다 깊게 파인 흔적이나 바퀴가 충격에 의해 흔들린 자국 같은 게 말이죠."

베시는 보란 듯 가리켰다. 강한 충격에 의해 제 손 끝 자국이 선명하게 남은 무명 손수건을.

"하지만 말이죠. 그날 제가 사고를 당했던 현장 바닥에는 전혀 그런 흔적이 없었답니다. 남아 있는 것이라고 오로지 아주 길고 곧게 난 바퀴 자국과 일정한 간격과 깊이로 남은 말발굽 자국뿐이었죠."

랜돌프의 눈동자가 크게 흔들리고 있었다. 베시의 입가에 걸린 미소가 더욱 진해졌다.

"보통 실수로 누군가를 칠 것 같으면 마부들은 마차를 세우려고 하잖아요. 하지만 저를 칠 뻔한 그 마차는 결코 멈추려고 한 적이 없단 말이죠. 이게 무엇을 의미하는지 아시겠나요, 랜돌프 경?"

이래도 내가 무슨 말을 하는지 모른다면 너는 정말 구제할 길이 없는 멍청이란다.

베시가 속으로 그렇게 비웃어 주는 사이, 옆에 있던 귀족 영애 중 한 명이 조용히 입을 열었다.

"……그럼, 베시 양. 혹시 상대가— 짐작 가는 사람이라도 있으신 건가요?"

베시의 기억이 맞는다면 세레니티라는 이름의 그 영애는 요새 랜돌프의 노골적인 구애로 힘들어 하고 있다 하였다. 세레니티가 불안하게 랜돌프를 힐끔거리는 걸 보며 베시는 웃었다.

"글쎄요. 제가 워낙 적이 많아서. 다만…… 최근 들은 이야기에 의하면 제가 사고를 당하길 바라는 분이 계시다고 하더라고요."

깍지 낀 양손으로 베시가 턱을 괴었다.

"안 그런가요, 랜돌프 경?"

살롱 안의 공기가 순식간에 차갑게 얼어붙었다.

모두들 놀라 어쩔 줄 몰라 하는 얼굴로 입을 가렸다. 다들 속으로 예상만 하고 있었던 것을 직접적으로 말하는 베시의 당돌함에 놀란 것인지, 아니면 전혀 예측 못 한 이 상황에 흥미로워하는 것인지 알 수 없는 얼굴이었다.

"그, 그게 무슨—"

랜돌프가 시뻘겋게 달아오른 얼굴로 입을 열었다 닫기를 반복하였다.

"기, 기사된 자가 어찌 감히 그를 비열한 짓을 하, 하겠나!"

그거보다 더 비열한 짓을 잘도 저지르고 다닌 주제에 무슨 소리람. 코웃음을 치며 베시는 자리에서 몸을 일으켰다. 그녀는 공황 상태에 빠진 랜돌프를 향해 천천히 걸어갔다.

"왜 그렇게 당황하세요, 경? 제가 언제 이번 사고의 배후가 랜돌프 경이라고 했던가요?"

베시는 정말 영문을 모르겠다는 얼굴로 고개를 갸웃하였다. 얄미울 정도로 완벽한 표정 관리였다.

"바, 방금 그러지 않았나!"

"아니요. 저는 경이 마차 사고를 사주하여 절 죽이려고 했다고 말한 적은 없죠. 다만 경께서 제가 사고를 당하길 바랐다고 들었던 걸 말했을 뿐이죠. 이건 사실이잖아요?"

"그런, 그, 그런 적은 있지만, 아니, 없네! 난 결코 그런 식으로 말한 적이 없어!"

랜돌프는 완벽히 혼란에 빠져 있었다. 그는 지금 자신이 무슨 말을 하고 있는 것인지도 모르는 게 분명하였다.

양쪽 입꼬리를 샐쭉 끌어 올린 채, 베시가 눈을 빛냈다. 그녀는 혼란에 빠진 상대를 자극하면 원하는 정보와 대답을 얻는 게 손쉽다는 걸 알고 있었다.

"걱정 마세요. 경. 듣자 하니 경비대에서 그 마차를 찾아냈다는 것 같아요. 마차를 몰던 마부도 머지않아 찾아내면 범인이 밝혀지겠죠."

베시가 사근거리며 한 말에 랜돌프가 고함을 내질렀다.

"그, 그럴 리가! 이미 수도 밖으로 나간 걸 확인했는데!"

랜돌프의 외침을 들은 베시가 허, 웃었다.

멍청하다, 멍청하다, 생각은 했지만 이렇게 멍청할 줄이야.

베시의 비웃음을 본 랜돌프는 화들짝 놀랐다. 그는 자신이 지금 무슨 말을 내뱉은 것인지 깨닫고 서둘러 살롱 안을 둘러보았다. 자신을 향한 사람들의 시선에 노골적인 경멸과 혐오가 서려 있었다. 그와 눈이 마주친 세레니티는 상종 못 할 사람을 마주한 것처럼 고개를 휙 돌려버리기까지 하였다.

어째서 내가 이런 일을 당하지 않으면 안 된단 말인가.

랜돌프가 분노로 덜덜 떨리는 턱에 힘을 주고 베시를 노려보았다. 그를 곤경에 빠트린 마녀는 즐거워 죽겠다는 얼굴로 웃고 있었다.

역시 저 마녀는 세상에서 사라져야 옳다. 걷잡을 수 없는 충동에 사로잡힌 랜돌프는 우악스럽게 베시의 멱살을 잡았다. 당장에라도 주먹을 휘두를 것 같은 기세였다.

"꺅!"

겁먹은 영애들의 비명 소리가 살롱 안을 채웠다.

"겨, 경비를 불러야 하지 않을까요?"

"하필 공작 부인도 없으신데—"

그녀들이 어찌할 줄 몰라 하는 가운데, 정작 당사자인 베시는 덤덤한 얼굴이었다. 그녀는 자신의 살갗으로 후두둑 쏟아지는 살기가 전혀 두렵지 않았다.

지금 이 순간, 그녀의 귀에 들리는 건 분노 어린 랜돌프의 숨소리가 아니었다. 그렇다고 해서 뒤로 물러서며 상황을 방관하는 아가씨들의 소란 소리도 아니었다.

'내가 당신에게 친절한 건— 당신이 약하기 때문입니다.'

저스틴의 그 말이, 그 순간의 목소리가 아직도 그녀의 안에 앙금처럼 남아 있었다.

하지만 그 말을 부정할 생각은 없었다.

'당신 말이 맞아, 저스틴 하이네.'

베시는 인정하였다. 그녀는 타고난 강자가 아니었다. 숱하게 죽음을 마주한 제 어린 시절이 그것을 증명했다.

아무리 이디아니움에서 인정받은 학자라고 하더라도 베시의 계급은 평민이었다. 마법을 쓸 수 있는 존재라 하더라도 그녀의 마법에는 틈이 있었다.

그녀는 완벽할 수 없었다. 하지만 그렇기에 그녀는 노력해왔다. 자신의 나약함을, 세상의 부당함을 이겨낼 수 있도록.

어릴 때의 베시 에일이라면 몰라도 적어도 지금의 베시 에일은 이런 일시적인 폭력과 순간의 두려움에 굴해 무너질 정도로 약하지는 않았다.

"……이게 무슨 짓이신가요, 랜돌프 노튼 경."

"네년이, 감히 너 따위가! 어디서 입을 함부로!"

"입을 함부로 놀린 건 당신이지. 살의는 쉽게 입에 담는 게 아니야. 날 죽이고 싶은 그 마음이 진심이라면 더 신중해야지."

베시가 차갑게 웃었다. 자신의 말이 랜돌프의 분노를 더욱 부추길 것이라는 건 알고 있었다.

만일 저스틴이 이 자리에 있었다면 틀림없이 베시를 어리석다고 말할 것이다.

자신의 혹은 다른 사람의 보호를 얌전히 받지 않는, 스스로 어려움 속으로 뛰어 들어가는 그녀를.

그러나 그렇게 말할 그는 이 자리에 없었다.

그러니 베시도 거리낄 게 없었다.

"당신의 그 알량한 자존심에 상처를 낸 내가 죽일 듯이 미웠겠지. 그래도 선은 넘지 말았어야지."

제법 숨이 찰 텐데도 베시는 태연하게 웃었다. 소리를 한껏 낮춘 그녀가 속삭였다.

"마녀를 적으로 돌리는 게 어떤 건지 정말 몰라서 그랬어? 내가 이제부터 살아서 다시는 맛볼 수 없는 고통과 괴로움 속으로 당신을 밀어 처넣어 줄 수도 있다는 거 잊었어?"

그녀의 속삭임에 랜돌프의 얼굴색이 하얗게 질렸다. 그의 머릿속에 마녀의 저주를 받아 고통스럽게 생을 마감한 자들의 이야기가 떠올랐다 사라졌다.

“먹어도, 먹어도 해소할 수 없는 굶주림에 지쳐 제 살을 파먹다 죽게 해 줄까? 마셔도, 마셔도 끝나지 않는 갈증 때문에 당신의 목을 스스로 자르게 해 줄까? 그것도 아니면 다시는 태양 아래 설 수도 없으며 사람들 눈앞에 나설 수도 없는 흉측한 괴물로 만들어 줄까?”

베시의 조그만 입술이 열렸다 닫힐 때마다 그녀의 입에서 오금이 저릴 만큼 무서운 저주가 쏟아져 나왔다.

그녀의 멱살을 쥔 랜돌프의 숨이 가빠 왔다. 자세로 보았을 때는 베시가 겁을 먹어야 마땅한 상황이었지만, 실제로는 정반대였다.

베시는 다른 사람이 전혀 듣지 못할 소리로 랜돌프에게 마지막 한마디를 속삭였다.

그 말에 랜돌프는 폭발하였다.

“이 더러운 마녀가!”

랜돌프가 주먹 쥔 손을 힘껏 휘두르려고 하였다. 베시는 주머니 속에 넣은 손에 힘을 주었다.

손안에는 메모지 한 장이 쥐어져 있었다.

적혀 있는 내용은 ‘베시 에일을 해하려고 하는 자의 양쪽 손가락 살점이 갈가리 찢겨나간다.’

“작성—”

끝, 이라는 마지막 말을 내뱉기 전, 그리고 랜돌프의 주먹이 베시에게 닿기 전.

"악!"

요란한 비명 소리를 내지르며 랜돌프가 바닥을 나뒹굴었다.

동시에 비틀거리던 베시를 누군가가 단단히 잡아 주는 것이 느껴졌다. 자신의 등 뒤를 감싼 손은 분명 익숙한 것이었다. 고개를 들어 올린 베시의 머리 위로 낯익은 얼굴이 보였다.

베시를 향해 깊은 분노를 담고 있는 저스틴의 모습이.

"저스틴, 군?"

"……뭘 하고 있는 겁니까."

그렇게 묻는 저스틴의 목소리가 지나치게 낮았다. 마치 짐승이 그르렁거리는 것 같은 그 음성에 소름이 돋았다. 당신 화났구나. 랜돌프의 분노와 살기 정도는 아무렇지도 않았던 그녀였건만, 이상하게도 저스틴의 분노를 마주하는 건 힘이 들었다. 그에게 잡힌 제 어깨가 흠칫 떨리는 것이 느껴졌다.

자신을 감싸 안은 남자의 손길이 지나치게 무자비하였다. 마치 맹수에게 붙잡힌 나약한 사냥감이 된 기분이었다. 당신은 또 나에게 이런 기분을 맛보게 하네. 베시는 이를 악물었다. 이번에야말로 혼자서도 괜찮다는 걸 스스로에게 증명하려 했었는데.

"대체 뭘 했기에 저자가 당신에게—"

짧게 말을 끊은 저스틴이 눈빛으로 베시를 책망하였다. 그 눈을 마주하자 어째서인지 울컥하였다.

"그러는 저스틴 군이야말로 왜 여기 있는 거죠? 원래 이런 곳에는 안 온다면서요."

"나는—"

당신이 걱정되어서 참을 수 없었다는 말을 하려던 저스틴이 멈칫하였다. 눈앞에 있는 그녀가 무언가 다르다는 생각이 들었다. 지금의 그녀는 마치 사고가 있기 전의 베시 에일로 돌아간 것만 같은 눈을 하고 있었다. 아— 저스틴은 뭔지 모를 패배감에 입술을 질끈 깨물었다. 베시의 눈이 저를 거부하는 것처럼 보이는 건 결코 기분 탓이 아니리라.

"베시, 나는—"

저스틴이 무심결에 무언가를 말하려던 그 때, 바닥에 쓰러져 있던 랜돌프가 버럭 소리를 질렀다.

"저스틴 하이네 경! 이게 대체 뭐하는 짓인가!"

아. 그제야 제가 처리하지 않은 문제가 남아있다는 걸 깨달은 저스틴이 얼굴을 굳혔다. 그는 천천히 랜돌프를 향해 고개를 돌렸다. 그가 감정 없는 얼굴로 얼마나 천천히 움직이는지 그 모습이 오싹하게 보일 지경이었다.

"그건 제가 하고 싶은 말이군요. 랜돌프 노튼 경. 지금 뭘 하시는 겁니까?"

"뭘, 하느냐니! 나는 그 건방진 계집을 혼쭐내 주려고—"

"경거망동한 언행은 삼가시죠, 랜돌프 노튼 경. 베시 에일 양은 하이네 공작 부인이 초대하신 티 파티의 손님입니다."

랜돌프가 허를 찔린 얼굴로 입을 다물었다.

계급이 어떻든 간에 공작 부인의 초대를 받아 온 이상 베시 역시 하이네가의 손님이었다. 저스틴의 말대로 자신이 함부로 대할 수가 없었다.

그제야 비로소 정신을 차린 랜돌프는 주변을 둘러보았다. 티 파티에 참석했던 영애들이 새하얗게 질린 얼굴로 자신을 보고 있었다. 자신이 무슨 짓을 했는지 깨달은 그의 얼굴이 파리해졌다.

순간적인 감정의 동요를 억누르지 못해 벌어진 참사의 대가는 너무나 컸다.

"나, 나는……."

랜돌프가 마른침을 삼켰다.

공작 부인의 티 파티에서 초대받은 다른 손님의 멱살을 잡고, 주먹을 휘두르려고 하였다. 심지어 베시를 죽이려고 사주했던 사실을 제 입으로 털어놓기까지 했다. 추태도 이런 추태가 없었다.

이 일이 만일 노튼 백작의 귀에 들어가기라도 한다면— 아니, '그분'에게 알려진다면.

랜돌프는 새파랗게 질린 얼굴로 자리에서 일어섰다. 그는 베시를 향해 한 걸음을 내디뎠다. 그것을 본 저스틴이 눈썹을 꿈틀거리며 얼른 베시를 안은 팔에 힘을 주어 그녀를 감쌌다.

"과, 관장. 내가 실례를 했군. 어, 어제 저녁 늦게까지 술을 마셨더니 아직도 술기운이 남아 있었던 것 같소."

술기운에 한 일이라면 무슨 일이든 다 용서가 된단 말인가. 상식적으로 도저히 말도 안 되는 변명이었다. 하지만 베시는 관대하게 랜돌프의 사과를 받아 주었다.

"충분히 그럴 수 있죠. 이해합니다, 노튼 경. 저도 너무 경솔한 말을 해서 경의 기분을 불쾌하게 하였으니까요. 제가 괜히 죄송스럽네요."

"아, 아니. 관장은 딱히—"

랜돌프가 더듬거리며 고개를 젓자 베시가 얼른 다시 입을 열었다.

"노튼 경께서 마차 사고를 사주하셨을 리가 없는데, 상황을 설명하다보니 마치 노튼 경이 연루된 것처럼 말이 이어졌네요. 여기 계신 분들께도 괜한 오해가 있을까 걱정이네요."

베시는 답답할 정도로 자신을 끌어안은 저스틴의 팔을 탁탁 쳐서 그의 품을 빠져나왔다. 그리고 급변하는 상황에 넋을 놓고만 귀족 영애들을 향해 고개를 숙였다.

"오늘은 제 쓸데없는 이야기 때문에 모이신 고귀한 숙녀 분들께 심려와 폐를 끼쳐드렸네요. 진심으로 사과드립니다."

예를 취하는 베시의 동작은 어느 귀부인에 뒤지지 않을 정도로 단정했다.

"그리고 혹시라도 제가 당할 뻔한 사고에 랜돌프 경이 연루되어 있을 거라는 그런 오해는 하지 않으셨으면 해요. 어디까지나 가정을 하다 보니 나온 실언이니까요."

베시의 그 말이 진심이 아니라는 건, 그 자리에 모인 모든 이들이 알고 있었다. 하지만 귀족인 그녀들은 이 순간, 어떻게 대답해야 하는지 알고 있었다.

"……물론이에요, 베시 양. 그럴 일은 절대 없을 거랍니다."

"그럼요. 오늘 있었던 일은 소소한 해프닝인 걸요."

"소문이 퍼지거나 할 일은 결코 없겠죠."

그렇게 말하는 귀족 영애들의 입가에는 우아하지만 방심할 수 없는 미소가 걸려 있었다. 매우 의미심장한 미소에 베시도 마주 웃어 주었다.

그녀들의 저 말은 즉, 이 일은 소문으로 퍼질 것이며 오늘 일은 절대 사소한 일이 아니고, 모두가 랜돌프의 추태에 대해 알게 될 것이라는 뜻이었다.

우연인지 아니면 필연인지 하필 이 자리에 모인 영애들은 모두 평소에도 랜돌프를 딱히 좋아하지 않던 아가씨들뿐이었다.

"제가 분위기를 다 망쳐 놓았으니 이만 가 보는 것이 좋을 것 같네요. 이런 좋은 자리에서 여러분처럼 아름답고 귀한 분들과 대화를 나눌 수 있어서 영광이었습니다."

드레스를 입고 있지 않은 베시는 대신 코트 자락을 살짝 쥐어 작별 인사를 하였다.

"저도 즐거웠어요, 베시. 다음에는 도서관이 개장할 때, 베시를 보러 한 번 갈게요."

"저도요. 괜찮으면 다음에도 또 대화를 나눌 수 있으면 좋겠네요.”

진심인지 아니면 형식적으로 하는 말인지 알 수 없었지만, 모여 있던 사람들이 아쉬운 목소리를 내었다. 가벼운 미소로 화답하며 베시가 몸을 돌렸다. 그녀의 시선 끝에 무표정하게 팔짱을 낀 저스틴의 모습이 보였다.

베시는 일부러 고개를 돌려 그를 외면한 채, 살롱을 빠져나갔다. 그녀가 인적 없는 복도를 따라 현관으로 향하자 뒤에서 자신을 부르는 소리가 들려왔다.

“베시.”

쫓아오는 이가 누구인지 알고 있는데도 베시는 멈추지 않았다. 멈추고 싶지 않았고, 뒤를 돌아보고 싶지도 않았다. 지금은 저스틴과 얼굴을 마주하고 싶지 않았다. 그가 제발 자신을 혼자 내버려두었으면 하는 마음뿐이었다. 하지만 저스틴 하이네는 베시 만큼이나 고집이 강했다.

저벅, 저벅 걸어오는 발걸음 소리가 순식간에 가까워지더니 곧 저스틴이 그녀의 어깨를 붙잡았다.

“베시!”

그제야 걸음을 멈춘 베시가 고개만 돌려 저스틴을 보았다.

“……잔소리라면 안 들을게요.”

그녀의 얼굴을 마주한 저스틴이 무어라 할 수 없는 얼굴을 하고 있었다. 화가 난 것 같은, 동시에 안심한 것 같기도 한 그런 얼굴이었다.

"당신이란 여자는 정말—"

베시의 무심한 얼굴을 마주한 저스틴이 입술을 꾹 다물었다.

대체 이 여자는 왜 이렇게까지 홀로 모든 걸 해결하려고 한단 말인가? 아무리 그녀가 독립적인 성격이라 하더라도 이건 정도가 심했다. 그녀는 스스로 혼자가 되기를 원하는 것처럼 굴고 있었다.

지금 이 순간조차도.

"……무모하다는 자각은 있는 겁니까."

망설임 끝에 내뱉은 말은 야단도 책망도 아닌 것이었다. 제발 이런 짓을 하지 말아달라는 부탁. 그녀가 이렇게 스스로 위험을 자초할 때마다 그의 심장이 남아나질 않을 것 같았다. 저스틴은 미간 사이를 손끝으로 문질렀다. 베시가 얽히면 모든 게 엉망진창이 되어버리고 말았다. 생각도, 그리고 감정도.

그 모습을 고요한 눈빛으로 보던 베시가 먼저 입을 열었다.

"저스틴 군. 난 말이죠. 운동 신경이 영 꽝이에요."

난데없는 베시의 말에 저스틴이 조금 당황스러운 얼굴을 하였다. 그러나 베시는 저스틴이 당황하거나 말거나 개의치 않고 제 말을 계속 이어나갔다.

"당연히 검도 잡을 줄 모르고, 무술도 할 줄 몰라요. 아카데미에 있을 시절에 호신술을 배워 두긴 했는데, 당시 호신술을 가르치던 교수님은 저에게 '그냥 여차하면 넌 무조건 비명이나 지르고 도망가라. 아니면 마법을 쓰든가'라고 하셨죠."

당시의 기억을 떠올리며 베시가 아련한 얼굴을 하였다.

하늘은 두 가지 재능을 주지 않는다는 말은 정말 옳은 말이었다.

자신에게 그럭저럭 쓸 만한 머리를 주신 대신, 고쳐 쓰기도 어려운 저질스러운 운동 신경을 준 걸 보니.

"당신의 눈에 나는 나약한 존재로 보이겠죠. 여차한 순간, 자신의 몸을 지킬 수도 없는 그런 여자. 하지만 말이죠. 나에게도 싸울 수 있는 수단 정도는 있어요."

주머니 속에 손을 집어넣은 베시는 한 장의 쪽지를 꺼내 들었다.

랜돌프에게 쓰려고 했던 마법 내용이 적혀 있는 바로 그 쪽지였다.

베시는 그것을 저스틴의 눈앞에 내밀었다.

"내 싸움의 방식이 당신의 눈에는 허무맹랑한 것으로 보일 거라는 거, 알아요. 당신처럼 검 한 자루, 자신의 몸뚱이 하나로 숱한 전투를 경험한 사람이니 더욱 그렇겠죠. 하지만 이거 하나만 기억해 둬요."

나에게도 싸우는 방법이 있어요.

베시가 마지막으로 내뱉은 말이 공기를 조용히 뒤흔들었다.

저스틴의 얼굴은 얼핏 봐서는 무슨 생각을 하는지 알 수 없었다. 그가 화를 내는 건지 아니면 기가 막혀하는 건지 조금 궁금해졌다. 이럴 때는 이상할 정도로 표정을 읽기 어려운 남자였다.

"당신의 도움이 필요 없다거나 나 혼자 잘났다는 말은 하진 않을 거예요. 그건 그냥 오만함이죠. 난 필요하면 당신의 도움을 받을 수 있고, 때로는 실수도 할 거예요."

베시는 홀로 오롯하게 잘났다고 가슴을 펴고 말할 수 없었다.

아무리 강하고, 영리하더라도 사람은 결코 혼자 살아갈 수 없다.

아마도 이 세상을 처음 창조했던 창조주의 뜻이 그러했으리라.

하지만 딱 거기까지 만이었다.

베시는 창조주의 뜻을 거스르지 않는 선에서만 세상을 살아갈 작정이었다.

그녀에게 무조건적으로 믿을 수 있는, 기댈 수 있는 대상은 없었다.

부모님이 돌아가셨던 그 날부터, 베시는 그렇게 결심하였다. 설령 그게 누구더라도 마음을 주지 않겠다고. 한 번 가슴 속에 자리를 내주면 빈자리가 생겼을 때, 아무리 애를 써도 그 곳을 메울 수 없다는 걸 이미 오래 전에 깨달았으니까.

"내가 약하다는 당신 말은 반을 옳고, 반은 틀려요. 그러니 당신이 이제까지 보았던 다른 여자들을 대하듯 날 대할 생각을 하지 말아요."

베시는 쥐고 있던 쪽지를 던져 놓듯 저스틴의 가슴팍에 밀어 붙였다.

저스틴의 가슴이 위아래로 크게 움직였다. 베시가 던지듯 건넸던 쪽지가 바닥에 떨어졌다. 그는 아래로 시선을 주지 않았다.

그의 눈길은 오로지 베시를 향해 있었다.

"……다칠 게 분명한 일에 굳이 목을 들이밀 필요는 없습니다. 그것이야말로 오만함입니다."

"그렇게 치면 애초에 여길 오지 말아야 했겠죠."

베시는 웃으며 뒤로 한 걸음 물러섰다. 콧등으로 흘러내린 안경을 위로 치켜 올리는 그녀의 동작이 저스틴의 눈에 인상 깊게 비쳤다.

그다지 특별할 것 없는 모습인데도, 묘하게.

"저스틴 군. 나는 이제까지 계속 스스로 선택해 왔어요. 어쩔 수 없이 한 선택은 없어요. 앞으로도 그렇겠죠. 여기 온 것도 내 선택, 이 일에 끼어든 것도 내 선택, 적을 만드는 것도 내 선택. 나는 내 선택에 따른 책임을 질 준비가 언제나 되어 있어요."

한 걸음 더 베시가 뒤로 물러섰다. 저스틴은 자리에 가만히 서서 그녀를 바라보고 있을 뿐이었다. 그가 어쩐지 불안해 보이는 얼굴을 하고 있는 것만 같아 베시는 웃었다. 그녀답지 않게 조금 다정한 미소였다.

"그러니까 날 동정할 필요 없어요. 당신은 크리스에게 명령받은 만큼의, 딱 그만큼의 의무를 지키기만 하면 돼요. 그 이상의 친절은 필요 없어요. 만일 나에게 그 이상의 친절을 베풀고 싶다면—"

도서관을 떠나주세요.

저스틴은 가슴속에서 쿵, 무언가가 내려앉는 기분이 들었다. 그녀가 지금 짓고 있는 다정한 미소에는 도저히 어울리지 않는 단호한 거부였다.

"공작 부인에게는 미안하다고 전해 주세요. 내가 모처럼의 티 파티를 망쳤네요."

양쪽 눈썹 끝을 축 늘어트린 채, 베시가 조금 면목이 없다는 얼굴을 하였다.

이번에도 그가 처음 보는 얼굴이었다.

베시는 자신의 코트 속에 다시 한 번 손을 넣더니 이번에는 제 주먹만 한 크기의 작은 주머니를 꺼냈다.

"사죄의 의미로는 약소하지만, 이걸 전해 주세요. 불면증에 좋은 약차예요. 실력 좋기로 유명한 내 친구가 만든 거라 효과는 확실하죠. 다만 마녀가 만든 거니까 그걸 먼저 전해 주세요. 꺼림칙하다면 버려도 괜찮아요."

"……난 배달부가 아닙니다. 당신이 직접 전해 주면 되지 않습니까."

저스틴의 말에 베시는 웃었다.

"이 난리를 친 내가 직접요? 암만 그래도 그 정도로 염치없지는 않아요."

베시가 저스틴을 향해 주머니를 휙 던졌다. 저스틴은 어렵지 않게 그것을 한 손으로 받아 냈다. 역시 수도 제일의 기사님답게 대단하네. 베시는 한 걸음 더 물러섰다.

이제 서서히 서로의 표정이 잘 보이지 않는 거리였다.

"미안하다고도 꼭 전해 줘요. 나, 실은 당신 형수님이 꽤 좋거든요. 당신네 집사도."

이제 다시 만날 일은 없겠지만. 그렇게 덧붙이는 베시의 얼굴이 씁쓸하였다.

공작 부인의 티 파티에서 깽판 아닌 깽판을 쳤으니 자신은 주최자의 체면을 구긴 무뢰한이었다. 베시는 귀족은 아니었지만, 그런 무뢰한이 어떤 식의 대접을 받게 되는 줄 알고 있었다.

오늘 일은 그걸 알면서도 벌인 일이었다.

자신이 나쁘지 않다고 변명할 마음은 없었다. 이 방법이 가장 효과적일 거라는 걸 알기에 다른 사람의 미움과 원망을 받을 걸 각오하고도 선택했다.

베시의 선택은 언제나 그런 식이었다.

"이제까지 수고 많았어요, 저스틴 군. 당신은— 내 생각보다 훨씬 더 잘해주었어요. 고마워요."

베시는 평소와 다르게 솔직한 감정을 입에 담고 있었다. 하지만 저스틴은 그녀가 저를 밀어내고 있다는 걸 깨달았다. 이대로 그녀는 저스틴을 보지 않으려는 작정이었다. 일순이라도 그녀를 붙잡았다고 생각한 저스틴에게는 그것이 적잖이 충격이었다. 베시는 지독하게 고집이 센, 얄미운 마녀였다.

"안녕, 저스틴 군."

도서관에서 그러는 것처럼 평소 같은 인사를 한 베시가 등을 돌렸다. 저스틴은 멀어져가는 그 뒷모습을 하염없이 바라보았다. 혹시 모를 일을 위하여 따라가야 한다고 생각하면서도 이번에는 멀어져가는 그녀를 붙잡을 수가 없었다. 지금 그녀를 붙잡는다고 해서 무엇이 달라지지? 아무런 확신이 없었다.

문득 바닥으로 시선을 돌리니 베시가 아까 전 자신의 가슴팍에 찔러놓았던 종이쪽지가 보였다.

그것을 주워들어 읽어보니 터무니없는 내용이 적혀 있었다. 아마도 지금 그녀는 이런 종류의 마법이 적힌 쪽지를 몇 장이나 몸에 지니고 있으리라.

베시가 자신에게 이것을 건넨 건, 자신이 혼자서도 괜찮다는 걸 알리기 위해서였다. 그러니까 이제 나를 혼자 내버려두라는 뜻이 분명했다.

결국 당신에게 난 아무 것도 아니란 말이군. 씁쓸한 기분에 저스틴은 주먹을 쥐었다. 부스럭거리는 소리와 함께 손안에서 구겨지는 종이 쪼가리의 감각이 서늘하였다.

반대쪽 손에는 베시가 주고 간 주머니가 들려있었다. 세라에게 사과와 함께 전해 달라고 하던 물건이었다. 그것을 오래도록 바라보고 있던 저스틴이 그것을 제 코트 주머니 안에 집어넣었다. 베시가 작별인사처럼 저에게 남긴 부탁을 들어주어야만 했으니까.

그때, 뒤쪽에서 소란스러운 소리가 들려왔다. 익숙한 기척과 요란한 발걸음 소리.

랜돌프의 것이다.

저스틴은 곧바로 몸을 돌렸다. 어디를 보는지 알 수 없는 눈으로 씩씩거리는 랜돌프의 모습이 보였다.

"그 미친 계집……! 이번에야말로 단단히 혼쭐을—"

"누가 미친 계집이라는 겁니까."

저스틴의 조용한 목소리에 랜돌프가 허공으로 10cm 정도 날아올랐다.

"저, 저스틴 경!"

아무도 없다고 생각해서 요란한 혼잣말을 해 댄 모양이었다.

평정심을 잃었다고 해서 이 꼴이라니. 인간으로서도 기사로서도 한심하고 모자란 남자였다.

저스틴은 천천히 그를 향해 다가갔다. 랜돌프가 재미있을 정도로 움찔거리며 뒷걸음질을 쳤다.

"랜돌프 노튼 경. 이만 귀가하려던 거 아닙니까. 그쪽은 출구가 아니라 살롱으로 되돌아가는 길입니다만."

"아, 나, 나, 나는."

랜돌프가 속력을 내서 뒷걸음질을 칠수록 저스틴은 앞으로 성큼성큼 걸어 나갔다.

두 남자 사이의 거리가 점차 가까워지자 랜돌프의 이마에 땀이 송골송골 맺혔다. 그는 지금 저스틴 하이네를 두려워하고 있었다.

"저스틴— 크헉!"

저스틴은 난폭한 손놀림으로 랜돌프의 목을 낚아채서 그를 벽으로 몰아붙였다. 마치 개구리가 눌린 것 같은 기괴한 소리가 랜돌프의 입에서 흘러나왔다.

"한 순간의 감정을 자제하지 못하여 돌이킬 수 없는 짓을 저지르는 건 당신의 자유입니다. 자신의 어리석음에 대한 대가는 스스로 치러야 할 테니까."

랜돌프의 목을 쥔 오른손에 저스틴이 힘을 주었다. 컥컥, 거리는 고통스러운 신음 소리가 들려왔다.

그러나 저스틴은 손의 힘을 풀지 않았다. 랜돌프가 아무리 몸부림을 쳐도 그는 눈 하나 깜빡하지 않았다.

"하지만 말이지. 당신이 저지르는 짓 때문에 어째서 내가 이렇게 기분이 더러워져야 하는 거지?"

그것은 제 구역을 침범당한 짐승이 분노하듯, 낮게 그르렁거리는 음성이었다.

베시로 인해 생겨나는 이유를 알 수 없는 감정에 대한 분노와 혼란은 어느새 온전히 랜돌프 노튼이라는 남자에게로 향하고 있었다.

"저어, 스—"

숨을 쉴 수 없다는 듯, 랜돌프가 필사적으로 저스틴의 손을 내리쳤다. 제법 거센 저항이었지만 저스틴의 단단한 팔뚝에는 생채기 하나 남질 않았다. 저스틴은 그 모습을 시큰둥한 눈빛으로 지켜보았다.

이윽고, 랜돌프의 얼굴색이 파랗게 물들 때쯤.

저스틴은 천천히 손을 떼어 냈다. 갑작스럽게 호흡의 자유를 되찾은 랜돌프는 기침을 하며 거칠게 숨을 내쉬었다. 저스틴은 그런 랜돌프의 머리를 우악스럽게 붙잡아 그의 눈앞에 한 장의 종이를 내밀었다.

베시가 저스틴에게 주고 간 쪽지.

그녀를 해하려고 하는 자의 손가락 살점이 갈가리 찢겨나간다는 내용이 적힌 쪽지를 본 랜돌프의 얼굴이 이번에는 하얗게 질렸다.

비록 머리가 썩 좋지 않아도 그는 이 필체의 주인이 누구인지 알 수 있었다.

"이건……."

"방금 전 내가 난입하지 않았다면, 당신은 베시의 마법에 의해 적어도 한달은 검은커녕 포크도 제손으로 쥐지 못하는 신세였을 겁니다. 아니, 그 이상일 수도 있었겠지. 이래도 다시 그녀를 노리겠다는 어리석은 생각을 품을 겁니까?"

쪽지를 보며 입을 다물지 못하던 랜돌프의 귓가에 문득 아까 전 베시가 했던 말이 떠올랐다.

'먹어도, 먹어도 해소할 수 없는 굶주림에 지쳐 제 살을 파먹다 죽게 해 줄까? 마셔도, 마셔도 끝나지 않는 갈증 때문에

당신의 목을 스스로 자르게 해 줄까? 그것도 아니면 다시는 태양 아래 설 수도 없으며 사람들 눈앞에 나설 수도 없는 흉측한 괴물로 만들어 줄까?'

그 말이 결코 거짓이 아닌 진심이었음을 깨달은 랜돌프가 부들부들 떨었다. 저스틴은 랜돌프를 겁에 질리게 한 쪽지를 곱게 접어 제 주머니로 집어넣었다.

"랜돌프 노튼 경."

저스틴은 벽에 기댄 채, 스르르 바닥으로 주저앉아 버린 랜돌프를 내려다보았다.

랜돌프는 고개를 들어 올리지도 못했기에 저스틴은 몸을 숙여 강제로 그의 눈을 마주하였다.

"앞으로는 당신이 절대 어리석은 짓을 저지르지 않기 바랍니다. 이 경고에도 불구하고 만일 당신이 베시 에일에게 그 어떤 위해를 가하려고 하는 때가 있다면, 그때는—"

지나치게 어두워서 무엇이 숨겨져 있는지 알 수 없는 숲 속 같은 눈이 위험하게 번득였다.

"내가 바로 당신의 적입니다."

저스틴이 천천히 몸을 일으켰다. 그는 랜돌프를 향해 마지막으로 한 번 더 비수를 꽂았다.

"난 소문을 즐기지는 않습니다만, 오늘 일이 어떤 식으로 사람들 입에 오르내릴지는 기대되는군요. 성문 앞에서 알몸으로 추태를 보인 것도 모자라, 티 파티에 온 여성에게 무례를 범하려고 랜돌프 노튼의 이야기 말입니다."

그렇게 말한 저스틴이 가볍게 바닥을 발로 탁 내리쳤다. 별것도 아닌 그 동작에 놀란 랜돌프는 숨 쉬는 것을 잊은 사람처럼 헉헉거렸다.

그것을 비웃으며 저스틴이 몸을 휙 돌렸다. 절도 있는 동작으로 걸어 나가는 그의 뒷모습은 마치 사냥에 성공한 맹수처럼 당당하였다.

그가 입은 흰 코트 자락을 눈으로 좇으며 랜돌프는 그제야 깊게 호흡을 하였다.

저스틴 하이네가 눈앞에서 완전히 사라졌지만, 그는 쉽게 몸을 일으키거나 움직일 생각을 하지 못하였다.

마녀의 저주, 저스틴 하이네의 협박.

그 모든 것이 그를 두렵게 만들었지만, 지금 이 순간 떠오른 것은 다른 종류의 두려움이었다.

방금 전 저스틴이 했던 말 때문이었다.

'오늘 일이 어떤 식으로 사람들 입에 오르내릴지는 기대되는군요.'

정말 소문이 퍼져서 만일 그분이 이 일을 아시게 된다면—

오한에 시달리는 환자처럼 벌벌 떨며 랜돌프가 몸을 일으켰다. 그는 몸을 움츠리며 벽을 짚었다.

빨리 집으로 돌아가서 어떻게 하면 오늘 있었던 일을 수습할 수 있을지 생각해야만 했다.

그렇게 생각하며 앞으로 발을 내딛던 랜돌프가 우뚝 그 자리에 멈추어 섰다. 그의 얼굴 위로 긴 검은 그림자가 졌다. 그 검은 그림자를 따라 시선을 들어 올린 랜돌프의 얼굴이 딱딱하게 굳어졌다.

본디 이 자리에 있을 리 없는 인물, '그분'이 서 있었다.

"……!"

랜돌프의 입에서 소리 없는 탄식이 흘러나왔다. 그는 허둥지둥 자신의 앞에 선 자를 향해 깊게 고개를 숙였다.

거만하게 그것을 내려다보기만 하던 자가 랜돌프에게 따라오라 하는 것처럼 팔을 뻗었다.

그가 등을 돌리며 인적이 드문 길로 걸어 나가자 검은 망토 자락이 펄럭거렸다.

마치 불길한 일을 예고하는 까마귀의 날갯짓처럼 거칠게.

* * *

"도련님. 언제까지 그러고 계실 작정이십니까."

흙투성이가 된 몸으로 침대에 누워 눈을 감고 있던 저스틴은 익숙한 목소리에 스르르 눈을 떴다. 하이네 가의 집사 알버트가 엄한 얼굴을 한 채, 옆에 서있었다.

"저녁이라면 먹지 않을 생각이니 내버려—"

"도련님께서 저녁을 드시지 않으면 보리스 님께서 홀로 저녁을 드셔야 합니다. 오늘은 공작 각하와 공작 부인께서 함께 외출을 하셨습니다."

"……."

어릴 때부터 저스틴을 돌봐온 사람답게 알버트는 저스틴이 무엇에 약한지를 잘 알고 있었다. 제가 없으면 다섯 살짜리 조카가 혼자 식사를 해야 한다는 말에 저스틴이 한숨과 함께 몸을 일으켰다.

"알았어요, 가죠."

"좋습니다. 그럼 준비가 되면 다시 모시러 오겠습니다."

알버트가 방을 빠져나가자 저스틴은 헝클어진 머리를 쓸어 넘기며 몸을 일으켰다. 어느새 창밖이 어두웠다. 오전에 말을 타고 평원을 달리고 온 뒤, 잠시 쉰다는 게 깜빡 잠이 들었던 모양이었다.

오늘도 또 이렇게 하루를 쓸모없이 보냈군. 혀를 찬 그는 흙투성이가 된 옷을 벗어던진 후, 새 옷을 꺼내 입었다.

살롱에서 작은 소동이 있던 날로부터 벌써 며칠이 지나있었다. 그동안 저스틴은 거의 연무장에 틀어박혀 시간을 보냈다. 아니면 오늘처럼 말을 타고 제법 먼 곳까지 달려보기도 하였다. 그가 얼마나 거칠게 속력을 냈는지 집에 돌아올 때쯤이면 말이 거친 숨을 흘리며 거품을 물어댔다.

하지만 그가 그 어떤 짓을 하더라도 베시가 남긴 말이 도저히 머릿속을 떠나질 않았다.

'안녕, 저스틴 군.'

작별을 고하던 베시의 얼굴을 대체 어떻게 잊을 수 있을까.

그녀가 저에게 보였던 표정은 한 두 마디로 설명할 수 있는 그런 것이 아니었다. 무언가를 두려워하는 사람 같기도 하고, 슬퍼하는 사람 같기도 하였다. 그리고 동시에 기대하는 사람처럼 보이기도 하였다.

어두워진 방에서 불을 켤 생각도 하지 않은 채, 저스틴이 또다시 생각에 잠겼다.

'그러니까 날 동정할 필요 없어요.'

그녀가 했던 말 한 마디, 한 마디가 아플 정도로 가슴에 깊숙이 박혀있었다. 동정. 동정이라고? 꾹 다문 잇 사이로 나지막한 중얼거림이 흘러나왔다.

"……동정 같은 게 아니야."

베시 에일은 가여운 여자가 아니었다. 그녀가 가여울 게 무엇이 있단 말인가.

인정받은 학자의 명예를 가지고 있었으며, 도서관의 관장이라는 고위 공무직을 수행 중이니 그에 준하는 보수를 받고 있을 터였다.

그는 그녀를 동정하지 않았다.

그렇다면 왜? 왜 그 여자의 일에 이렇게까지 마음이 움직인단 말인가.

복잡한 기분이었다. 스스로 느끼는 복잡한 감정에 대한 대답을 알고 싶기도 했고, 동시에 알고 싶지 않기도 했다.

베시의 옆에 있는 건 너무 어려운 일이었다. 한 번도 생각해 보지 않았던 것을 생각해야 하고, 한 번도 마음 쓰지 않았던 일을 마음 써야만 했다. 평소의 그라면 진즉 포기했을 일이었다.

'도서관을 떠나주세요.'

그녀는 분명 말했다. 이유 없는 친절로 저를 괴롭힐 바에는 이제 더는 옆에 있지 말아달라고.

도저히 모른 척 할 수 없는 부탁이었다. 이제 그는 전처럼 '명령'이라는 이유만으로 도서관에 갈 수는 없었다. 베시는 저스틴이 다시 도서관으로 오는 걸 원치 않았고, 저스틴에게는 명분이 부족했다. 그녀에게 황태자 전하의 명령 때문이라는 말은 더는 통하지 않을 핑계였다.

이제 저스틴 스스로 그 답을 찾아야만 했다.

'나는 왜 당신 곁에 있고 싶은 거지?'

답이 나오질 않았다. 그저 막연히 그녀를 지키고 싶다고, 그리고 함께 있고 싶다는 감정이 저를 사로잡을 뿐이었다. 알 수 없는 감정을 이해하려는 시도는 그의 머릿속을 엉망으로 만들었다.

'안녕, 저스틴 군.'

또 다시 마지막으로 인사를 건네던 그녀의 얼굴이 눈앞에 떠올랐다 사라졌다. 저스틴은 주먹을 꾹 쥐었다. 베시가 원하는 것이 정말 혼자가 되는 것이라면— 그녀가 원하는 대로 해주어야만 하는 걸까?

그녀의 혈육인 빅터조차 혼자가 되려는 베시의 의지를 꺾지 못했다. 그런데 타인인, 피 한 방울 안 섞인 자신이 과연 베시에게 무엇을 해줄 수 있을까?

베시는 동정을 원치 않는다고 했다. 그런 마음으로 제 곁에 있지 말라는 거절은 불쾌하다기보다는 안타까웠다.

나는 그저 당신이 더는 혼자 무언가를 견디지 않으면 좋겠다고 생각할 뿐인데.

아직도 마차에 치일 뻔 했던 날을 떠올리며 등골이 오싹하였다. 한 번도 본 적 없는 얼굴로 두려움에 떨던 베시의 모습이 잊히질 않았다. 이게 정말 동정인가? 연민일 뿐인가? 꼬리에 꼬리를 문 것처럼 스스로를 향한 물음이 이어졌다.

하지만 아무리 애를 써도 당장 대답이 나올 문제는 아니었다. 조금, 아주 조금은 시간이 필요했다. 스스로 자신의 마음이 어떤 것인지 정의할 수 있는 시간이.

똑똑— 상념에 잠겨있던 저스틴이 고개를 들어올렸다. 벌써 식사 준비가 끝난 것인가 생각하며 그는 입을 열었다.

"알았어요, 알버트."

하지만 문밖에서 들린 목소리는 예상 밖의 것이었다.

"저스틴 삼촌!"

아직 발음이 불명확한 어린 아이의 소리. 이 저택에서 저를 삼촌이라 부를 인물은 딱 하나 뿐이었다. 저스틴은 얼른 문을 열어주었다. 밖에 서있던 어린 조카가 저스틴을 보고 베시시 웃었다.

"삼촌."

"……보리스."

저스틴은 통통하게 볼이 오른 아이의 머리를 쓰다듬어주었다. 정수리에서 아이 특유의 뜨끈뜨끈한 체온이 느껴졌다.

"알버트가 그랬는데요. 오늘은 어머니랑 아버지가 나가셔서요, 삼촌이랑 나랑 둘이 저녁을 먹어야 한댔어요."

자신도 이미 알버트에게 들은 내용이었지만, 저스틴은 그러냐며 고개를 끄덕였다. 어린 조카는 무뚝뚝한 삼촌이 뭐가 그리 좋은지 그의 다리에 대롱대롱 매달렸다.

"삼촌, 오늘은요! 산에서 붉은 늑대를 해치운 이야기 해주세요!"

"그건 전에도 이미 이야기해준 것이지 않습니까."

"그래도 또 듣고 싶어요!"

아버지인 알렉스 하이네가 검술에는 영 젬병이라 그런 것인지 보리스가 저스틴에게 갖는 동경은 남다른 것이었다. 아이는 어디서든 제 막내삼촌이 세계 최고의 기사라는 자랑을 서슴지 않았다.

"알겠습니다, 보리스. 그럼 이따가 식사할 때 이야기를 들려주도록 하죠. 지금은 우선 보리스의 방에 가서 얌전히 식사 준비가 끝나는 걸 기다립시다."

"네! 근데요, 삼촌. 왜 불을 안 켜고 있어요? 방이 깜깜해요."

보리스의 작은 몸을 안아 올리려던 저스틴이 멈칫하였다. 표정을 감추려는 것처럼 그는 제 방으로 힐끔 시선을 던졌다.

"……생각할 게 좀 있어서."

"생각이요? 무슨 생각?"

아이답게 보리스는 질문에 거침이 없었다. 저를 올려다보는 눈동자가 천진난만하게 빛나고 있었다. 보리스는 세라를 닮아 파란 눈을 가지고 있었다. 베시의 것보다는 조금 진한 파란색. 그것을 물끄러미 바라보며 저스틴이 입을 열었다.

"내가 하고 싶은 것과 상대가 원하는 것이 다를 때의 괴리에 대해서 생각했습니다."

"괴리?"

무심코 흘린 말이 보리스에게는 너무 어려운 내용이었다. 자신이 어린 조카를 상대로 실없는 말을 했다는 걸 깨달은 저스틴이 픽 웃었다. 그것을 저에 대한 웃음이라 오해한 것인지 보리스가 시무룩해졌다.

"삼촌 말이 어려워요."

"미안합니다, 보리스. 그러니까, 음— 쉽게 말하자면……"

어떻게 하면 아이에게 이 상황을 이해시킬 수 있을지 고민하며 저스틴이 말을 골랐다.

"내가 도와주고 싶다고 생각하는 사람이 있습니다. 하지만 내가 그 사람을 도와주고 싶다 생각하는 이유를 도저히 모르겠습니다."

나름대로 쉽게 풀어 설명한다고 한 말이지만, 오히려 더 수수께끼 같은 말이 되어버리고 만 느낌이었다. 하지만 이해력이 남다르게 영특한 어린 조카는 저스틴의 말을 알아들은 모양이었다.

"왜 도와주고 싶어하는 마음에 이유가 필요한 거예요?"

"……."

보리스가 한 말에 저스틴은 허를 찔린 기분이었다. 그렇군. 도와두고 싶다는 감정에 이유가 왜 필요하지? 보리스는 고개를 갸웃거리며 말을 이었다.

"그냥 도와주고 싶으니까 도와주는 거면 안돼요?"

"……아니요, 안되지 않습니다."

아직 제 허리에도 안 닿는 작은 아이의 말에 맥이 탈 풀리는 기분이었다. 보리스의 말대로였다. 제 감정에 붙여야 할 이유가 뭐 그리 거창할 필요가 있던가.

당신이 다치는 게 싫으니까, 그리고 슬퍼하는 게 싫으니까.

지금은 그걸로 충분했다. 처음부터 복잡하게 생각할 필요는 없는 문제였다. 자신의 감정은 복잡하지만, 대답은 단순했다.

어느새 앓던 이가 빠진 것처럼 마음이 가벼워졌다.

"보리스의 말이 맞습니다. 내가 그녀를 돕고 싶다면, 이유는 그걸로 충분한 것 같군요."

"헤헤."

제가 좋아하는 삼촌이 저를 칭찬해준다는 기쁨에 아이가 함지박한 웃음을 걸었다. 저스틴은 보리스를 번쩍 안아 올렸다. 아이가 까르르 웃음을 터트렸다.

"삼촌이 안아주면 높아져서 좋아요! 아버지가 안아주는 것 보다요!"

하이네 공작이 들었다면 눈물을 흘리며 슬퍼했을 말이었다. 가득이나 제 키가 형제들 중 가장 작은 걸 컴플랙스로 여기는 큰형이었다. 저스틴은 말랑한 보리스의 이마에 입을 맞추며 말했다.

"보리스. 그 말은 형님 앞에서는 하면 안 됩니다. 은근히 섬세한 분이니까."

"아버지가 섬세해요?"

"네. 아주 섬세한 분이죠."

비록 귀족들 사이에서는 얼음송곳 같은 무자비한 인물로 통하지만. 뒷말은 입안에 감춘 채, 저스틴이 보리스를 데리고 걸음을 옮겼다. 제 계산이 맞는다면 저녁 준비가 끝날 때까지는 아직도 시간이 제법 남아있을 터였다. 그때까지 보리스에게 책이라도 읽어주거나 검술놀이라도 하면서 시간을 보내면 그만이리라.

"근데 왜 아버지 앞에서는 삼촌이 안아주는 게 더 좋다는 말을 하면 안 되는 거예요?"

궁금한 것도 많은 보리스가 다시 고개를 갸웃하였다. 일일이 설명하기 귀찮아진 저스틴은 픽 웃었다.

"보리스도 나중이 되면 알게 될 겁니다. 어쨌거나 형님 앞에서는 절대로 키 이야기는 하지 말도록 합시다."

"우움, 알았어요. 그럼 대신 삼촌이 내일도 저 안아주세요! 아주 많이요."

어려도 벌써부터 흥정의 기술이 남다른 아이였다. 저스틴은 그러겠다고 바로 답하는 대신, 조건을 걸었다.

"알겠습니다. 다만 내일부터는 다시 밤에만 보리스를 안아줄 수 있을 겁니다."

요즘 저스틴이 계속 집에만 있었다는 사실을 아는 보리스가 고개를 갸우뚱하였다. 왜 밤에만 된다는 걸까? 아이의 궁금증을 알아차린 것처럼 저스틴이 웃으며 속삭였다.

"도와주고 싶은 사람을 만나러 가야 하니까."

*　*　*

척 보기에도 수리가 시급해 보이는 국립도서관 건물의 정문 앞.

평소보다 조금 조용한 그곳에 베시와 이네딧 부인, 그리고 수염이 덥수룩한 중년 남성이 한 명 서 있었다.

손에 자를 쥔 남자는 그것을 눈에 대어 도서관 건물 벽을 요리 보고, 조리 보는가 하면 건물 벽을 툭툭 두들겨 보기도 하였다.

그가 손을 대자마자 회반죽이 가루가 되어 스스스 부서져 내렸다. 남자는 쯧쯧, 혀를 찼다.

"이거, 이거. 부식 수준이 생각보다 심한 것 같습니다, 관장님."

베시는 덩달아 심각한 얼굴로 시공업자의 말에 귀를 기울이고 있었다.

"그렇게까지 최악인가요?"

"네. 관리가 하도 안 되어서 기존의 칠은 전부 벗겨 내야 할 것 같습니다. 그리고 부식도 꽤 진행되어 있다 보니 페인트칠을 한 밑부분에는 곰팡이가 피었을 가능성도 있죠. 이 경우에는 다시 한 번 회반죽을 발라야 할 텐데, 그 전에 전체적인 세척 작업을 해야 해서……."

업자가 주절주절 설명하는 내용의 베시는 한숨을 푹 내쉰 뒤, 이네딧 부인 쪽을 보았다. 부인은 면목이 없다는 얼굴이었다.

"죄송합니다, 관장님. 어떻게든 제가 더 신경을 썼어야 했는데."

"아니에요. 부인이 미안하실 게 뭐가 있어요. 부인은 이제까지 도서관에서 도망 안 가고 버텨 주신 것만 해도 큰일을 하신 거예요."

그렇게 말한 베시는 업자를 불러 물었다.

"일단 대공사가 된다는 건 알겠어요. 그럼 말씀하신 대로 필수 옵션을 전부 포함하여 공사를 진행하게 되면 전체적인 견적 금액은 어느 정도가 나오죠?"

"일단 내부 견적 금액은 아까 말씀드린 그 금액이 맞지만, 외부 견적 금액을 포함하게 되면 이 정도가……."

주판알을 탁탁 튕기며 업자가 베시에게 금액을 제시하였다.

예산을 훨씬 초과하는 액수에 베시가 얼굴을 팍 찌푸렸다. 그것을 본 업자는 혹시라도 베시가 홍정을 제시할까 겁이 났는지 선수를 쳤다.

"말씀드리지만, 이건 절대 비싼 금액이 아닙니다. 최저 금액으로 맞추어 드리는 것도 가능하지만, 그렇게 하면 아무래도……."

"날림 시공이 되겠죠. 저도 알아요."

베시는 하아, 한숨을 내쉬었다.

"제시하신 금액이 양심적인 수준이라는 것도 알아요. 다만 지금 우리 도서관의 예산 사정에는 좀 빠듯한 금액이긴 해서요."

크리스에게 추가로 받은 예산이 있긴 하지만, 이 다 망가진 도서관을 수리하는 데는 턱없이 부족한 금액이었다.

아낄 수 있는 곳에서는 최대한 돈을 아꼈는데도 이 모양이었다. 새로운 장서 구입이나 비품 준비에 생각보다 돈이 많이 들어간 탓이었다.

'차라리 은빛 매 기사들 한정 모금 활동이나 해 볼까.'

베시는 매우 진지하게 고민하였다.

애초에 이 도서관을 이렇게 엉망으로 만든 건 은빛 매 기사들이니 책임을 그들에게 묻는 게 순리 아닌가.

하이네 공작 부인의 티 파티 사건 이후, 랜돌프는 아주 고분고분하였다. 사실 아직 며칠밖에 지나지 않았으니 방심할 수는 없지만, 어쨌든 베시는 현재 상황에 만족하였다.

가끔 한 번씩 위협을 해 주면 앞으로 은빛 매 기사들을 통제하는 데에는 별문제가 없을 게 분명했다.

그렇기에 그녀는 진지하게 은빛 매 기사들에게 모금이라는 명목으로 강제 금품 탈취를 할 수 있는 방법을 고민하기 시작하였다.

"어떻게 하시겠습니까, 관장님? 도서관 재개장 일정에 맞추려면 늦어도 이번 주 안으로는 공사가 진행되어야 할 것 같은데."

수염을 쓸어내리며 업자가 베시의 눈치를 보았다. 앞에 손을 가지런히 모은 이네딧 부인도 베시의 대답을 기다렸다.

깊은 생각에 잠겨 있던 베시가 천천히 입을 열었다.

"각각의 작업에 어느 정도 기간이 걸릴까요?"

인상 좋은 업자는 친절하게 답해 주었다.

"일단 칠은…… 지금도 벗겨진 부분이 많아서 제거 작업은 몇 시간이면 충분할 것 같습니다. 그리고 세척 작업은 반나절 정도가 예상되고, 회반죽으로 벽을 다시 바르는 작업은 하루하고 조금 더 걸릴 겁니다. 페인트칠 작업은 회반죽이 마른 뒤에 진행되어야 하기 때문에 삼 일 정도로 예상하시면 될 것 같고요."

설명을 꼼꼼하게 들은 베시가 알겠다는 듯, 고개를 끄덕이며 입을 열었다.

"회반죽 색상은 흰색인가요?"

"네?"

베시의 입에서 나온 예상 밖의 말에 업자가 어리둥절한 얼굴을 하였다. 베시는 고개를 돌려 업자를 보며 다시 물었다.

"아까 말씀하셨잖아요. 일단 현재 칠을 제거하고, 외벽 전체를 세척한 뒤 회반죽을 바르고 그 위에 다시 페인트를 바른다고."

"아, 네. 맞습니다. 과정은 그렇게 진행됩니다."

"그 과정에서 사용하는 회반죽 색은 흰색 인가요?"

아니, 회반죽 색상이 그렇게 중요한 요소란 말인가? 업자는 별난 사람 보는 눈으로 베시를 보며 수염을 꾹꾹 만졌다.

"예, 뭐. 원하시면 회반죽 색은 검정색, 파란색, 분홍색, 녹색,

다 원하시는 색으로 해 드릴 수도 있습니다. 하지만 그 위에 칠을 하면 어차피 보이지 않는 부분이니—"

굳이 그럴 필요는 없을 거다. 업자가 그렇게 설명을 마치기도 전에 베시가 먼저 입을 열었다.

"알겠습니다. 그럼 칠 제거와 청소, 그리고 회반죽을 바르는 시공까지만 진행시켜 주세요. 그리고 회반죽 색상은 흰색으로 해 주시고요."

한 치의 막힘도 없이 베시의 입에서 술술 주문이 흘러나왔다. 업자는 당황한 듯 눈을 깜빡거렸다. 그것은 이네딧 부인 역시 마찬가지였다.

"저기, 관장님. 페인트칠은 안 하시고, 회반죽으로만 벽을 덮으실 생각이신가요? 미관상 썩 보기 좋지는 않을 텐데요."

가끔 성 밖에도 칠 없이 회반죽을 훤히 드러낸 건물들이 있었다. 대부분은 그것이 매우 볼품없다 생각하였고, 이네딧 부인 역시 그렇게 생각하였다. 그녀의 걱정을 읽은 베시는 피식 웃었다.

"괜찮아요. 그대로 둘 생각은 없으니까. 외벽은 일단 깨끗하게 손질하는 걸 목표로 하죠. 대신 내부는 확실하게 손을 보자고요."

베시는 손뼉을 가볍게 한 번 치며 업자를 향해 말했다.

"자, 그럼 이제 내부는 아까 협의한 대로 시공 진행해 주시고요. 외벽은 방금 말씀드린 것처럼 해 주세요. 최대한 빨리 하되, 날림은 안 돼요. 아시겠죠?"

"여부가 있겠습니까, 관장님."

업자가 넉살 좋게 웃으며 고개를 끄덕였다. 그의 입장에서도 화제의 대상인 도서관 수리 시공을 맡는 건 여러모로 이득이었다.

"계약서는 어디 있죠? 선금을 준비해 드릴 테니까 내일부터 당장 진행해 주세요."

"아, 잠시 기다려 주십시오."

업자가 제 품을 뒤지는 사이, 베시는 주머니 속에 손을 푹 찔러 넣어 펜을 꺼내 들었다.

그것을 본 이네딧 부인은 얼굴을 팍 찌푸렸다.

"관장님. 암만 그래도 이런 곳에서 서서 계약서를 작성하시는 건 안 됩니다!"

"왜요? 서서 계약서 작성하면 안 되는 예법 같은 게 있나요?"

베시가 시큰둥하게 반박하자 말 안 듣는 딸아이를 꾸짖는 얼굴로 이네딧 부인이 말했다.

"미관상 보기가 안 좋습니다."

"에이, 그런 건—"

"관장님은 제발 자신이 어떤 직위를 가지고 계신지 자각을 좀 가져주세요. 아무리 관장님이 자유분방한 분이어도 도서관의 관장직을 수행하는 자로서 체통을 지켜주세요."

"……."

그렇게 말하면 대꾸할 말이 없었기에 베시는 시무룩하게 고개를 끄덕였다. 업자는 마녀가 저보다 작은 중년 부인에게 인정사정없이 야단맞는 광경을 흥미롭다는 얼굴로 지켜보고 있었다.

"그럼 야외용 테이블과 의자라도 가져 올 테니까 앉아서 계약서를 보세요. 저스틴 경에게 부탁을— 아."

습관처럼 저스틴의 이름을 입 밖으로 낸 이네딧 부인이 멈칫하였다. 베시의 얼굴도 순간, 굳어졌다.

이네딧 부인은 벌써 며칠째, 저스틴이 도서관에 오지 않는 이유를 굳이 묻지 않았다. 베시 역시 굳이 저스틴에 대한 이야기를 하지 않았다. 아마도 부인은 거기서 무언가를 감지한 모양이었다.

"……죄송합니다."

자신의 말실수를 자책하는 것처럼 이네딧 부인의 주름진 눈가의 주름이 더욱 깊어졌다. 그녀에게 괜한 신경을 쓰게 만드는 게 미안했기에 베시는 가볍게 웃어 보였다.

"죄송할 게 뭐 있어요, 부인. 저 그냥 안에 들어가서 어디든 앉을게요."

"어휴, 무슨 말씀이세요, 관장님!"

베시의 말에 얼른 평소의 표정을 되찾은 이네딧 부인이 고개를 저었다.

"안에는 지금 시공한다고 바닥을 들어내서 먼지투성이잖아요. 그냥 계세요. 제가 테이블이랑 의자를 금방 가지고 올게요."

이네딧 부인은 짧은 다리를 부지런히 움직여 뒤뜰 쪽으로 달려갔다. 그 모습을 보며 베시는 한숨을 내쉬었다.

받는 돈보다 더 과한 노동을 하고 있는 부인에게는 언제나 미안한 마음이었다. 심지어 그녀는 도서관 일 뿐만이 아니라 베시의 신변도 알뜰살뜰하게 보살펴 주고 있었다. 아무래도 재개장 이후에는 어떻게든 사서 인력을 보충해서 이네딧 부인에게는 장기 휴가라도 내줘야 할 것 같았다.

베시가 머릿속으로 이네딧 부인을 위한 깜짝 선물을 계획하는 사이, 업자가 베시를 불렀다.

"관장님. 여기 계약서 양식입니다. 공사 계획서는— 아이쿠, 두고 왔군요."

뒷머리를 벅벅 긁적인 업자가 머쓱한 얼굴로 말하였다.

"관장님. 잠시 계획서 양식지를 가지러 다녀오겠습니다."

"가게까지 다녀오시게요? 날도 더운데 그럴 필요 없어요. 나중에 따로 보내 주시면 되죠."

"아닙니다, 성 밖에 세워 둔 짐마차에 있을 겁니다. 계약서 내용을 확인하고 계시는 동안, 다녀오겠습니다."

그렇게 말한 업자가 공손히 계약서 양식이 적힌 종이를 내밀었다. 베시가 그것을 받아 들자 업자가 부리나케 자리를 벗어났다.

이네딧 부인을 포함하여 업자마저 자리를 비우자 주변이 지나치게 조용해졌다. 하필 오늘은 은빛 매 기사들이 훈련장을 비운 날이라 더더욱.

괜히 묘한 기분이 들었기에 베시는 도서관 건물을 올려다보며 생각에 잠겼다.

'도서관을 떠나주세요.'

자신이 저스틴에게 했던 말을 떠올리자 가슴속이 욱신거렸다. 베시는 남에게 싫은 말을 하는데 망설임이 없었고, 미움 받는 것에도 익숙했다.

그런데도 입을 꾹 다물고 자신을 바라보던 저스틴이 자꾸 마음에 걸렸다. 벽에서 뾰족하게 튀어나온 작은 못처럼 그렇게.

왜일까. 고작해야 당신은 이 수도에서 알게 된 사람일 뿐인데. 그냥 잊어버리고, 무시해 버리면 그만인 것을.

베시는 그 이유를 마지막으로 본 저스틴의 표정 때문이리라 생각하였다.

자신이 인사를 건네고 돌아섰을 때의 그 남자는 마치—

"하아—"

마음이 복잡해진 그녀는 깊게 한숨을 내쉬었다.

관두자, 관둬. 생각해 봐야 별수 없는 일에 사로잡혀 시간을 허비하는 건 자신답지 못 했다.

비록 크리스에게 따로 연락이 온 건 없었지만, 저스틴이 며칠째 모습을 보이지 않고 있으니 이제 이걸로 저스틴 하이네를 다시 볼 일은 없을 것이다. 그를 위해서도, 저를 위해서도 다행스러운 일이었다.

이대로 그와 함께 있으면 자신은 점점 약해질 것만 같았다.

결국 위험에 처할 때마다 그의 보호를 바라는 처지가 될지도 몰랐다. 그것이 베시에게는 죽기보다 싫은 일이었다. 상대가 저스틴이기 때문이 아니라 자신이 무력한 존재라는 걸 다시 느끼게 되는 순간이 오는 것이 싫었다.

그런 좌절감은 어릴 때 맛본 것으로 충분했다.

"……일이나 하자."

머리를 흔들어 상념을 털어낸 베시는 업자가 주고 간 종이를 들어 올렸다.

첫 장을 곁눈질로 빠르게 훑고 지나가는 사이, 옆에서 부스럭거리는 소리와 함께 인기척이 느껴졌다.

이네딧 부인이 돌아왔나 보네.

무거울 테니까 같이 들어야겠다며 고개를 든 베시는 멈칫하였다. 베시의 바로 옆에 어느새 야외용 간이 테이블과 의자가 놓여 있었다. 다만 그것을 가져다 둔 인물은 이네딧 부인이 아니었다.

"……저스틴 군?"

당신이 왜 여기에 있냐고 묻는 것처럼 베시가 눈을 천천히 깜빡거렸다.

저스틴은 대답 대신 심드렁한 얼굴로 의자를 뒤로 빼 주었다.

며칠이나 연락도 없었던 남자라고는 생각할 수 없을 만큼 천연덕스러운 태도였다.

"여기는 무슨 일로—"

베시가 질문을 미처 끝내기 전에 저스틴이 입을 불쑥 열었다.

"그간 무단으로 쉬어 죄송합니다. 개인적으로 중요한 일이 있었습니다. 오늘은 오전 중에 나왔으니 무단결근은 아닌 걸로 하죠."

갑자기 불쑥 나타나서 하는 말이 고작 이거라고? 베시는 하, 웃었다. 기분이 나쁘거나 화가 나서 나오는 웃음은 아니었다. 오히려 유쾌하기에 자연스럽게 흘러나온 웃음이었다.

어쩜 이렇게 이 남자는 정말 늘 자신의 예상 밖의 행동을 보여주는 걸까.

"……너무 자기 멋대로인 거 아닌가요?"

"당신만큼은 아닙니다."

유감스럽게도 이번 말에는 반박할 여지가 없었다. 베시 역시 자신이 제멋대로라는 자각은 있으니까.

저스틴은 여기 앉으라는 것처럼 자신이 빼 낸 의자를 툭툭 두들겼다. 손에 계약서를 꽉 쥔 채, 베시는 천천히 그곳으로 향하였다. 그녀가 의자에 걸터앉아 저스틴이 기다렸다는 듯, 그 옆에 섰다. 베시가 고개를 들어 그를 보았다.

"왜 돌아왔어요?"

"오고 싶었으니까."

짧은 질문에 돌아온 대답이 간단하였다. 베시는 그것으로는 부족하다는 것처럼 얼굴을 찌푸렸다.

"……후회하지 않겠어요? 앞으로도 나는 순순히 당신 말에 따를 생각이 없는 데다가, 자꾸자꾸 트러블에 휘말릴 텐데?"

저스틴은 대수롭지 않다는 얼굴로 베시의 물음에 수긍하였다.

"후회하겠죠. 당신이 일을 칠 때마다, 어째서 전하는 이런 여자를 수도로 불러들인 것인지 생각할 겁니다. 그리고 당신이 왈가닥처럼 굴 때마다 대체 내가 전생에 무슨 업보를 지어서 베시에일과 엮였는지를 생각하겠죠."

잠깐. 그건 너무 심한 거 아닌가? 난 거기까지 말한 적은 없는데. 베시가 매서운 눈으로 저스틴을 노려보았지만, 그러거나 말거나 그는 제 할 말을 이어나갔다.

"하지만 옆에서 하는 후회가 훨씬 낫습니다."

그럼 적어도 지킬 수 있잖습니까, 당신을.

차마 내뱉지 않은 뒷말은 고스란히 입안에 담겼다. 보리스의 말대로 이유는 이걸로 충분했다. 당신을 지키고 싶고, 후회하고 싶지 않으니까.

"……저스틴 군. 나 농담하는 게 아니에요. 앞으로 내 주변은 지금보다 더 시끄러워질지도 몰라요."

저스틴이 픽 웃었다.

"그건 무의미한 협박이로군요. 지금도 내 삶은 그다지 조용하지 않은 편입니다."

"……."

제가 경고할 상대를 잘못 택했다는 걸 안 베시가 쓴웃음을 지었다. 하긴 저스틴 하이네가 어디 이런 말로 물러설 남자던가.

"하지만 적어도 내 곁에서 멀어진다면 지금보다 더 성가셔질 일은 없을 거예요. 위험 요소와 불편함에서 벗어나기 위해서는 나와 멀어지는 게 정답이죠."

다른 사람이라면 대부분 그럴 터였다. 그렇기에 베시는 굳이 제 곁을 떠나지 않으려는 이 남자를 이해할 수가 없었다.

"남들이 말하는 정답과 내가 옳다 생각하는 답이 꼭 일치하지는 않습니다."

베시가 한 방 얻어맞은 사람처럼 눈을 깜빡거렸다. 생각하지도 못했던 대답이었다. 저스틴은 아직도 멀뚱하니 서 있는 베시를 의자에 앉혔다.

"나는 후회해도 좋으니 이곳에 있는 걸 택하겠습니다."

가슴이 괜히 먹먹해지는 기분에 베시가 억지로 웃는 얼굴을 하였다.

"……내 옆에 있으면 후회하는 건 기정사실인가 봐요?"

"네. 하지만 당신이 지금보다 조금 더 얌전해진다면 내가 후회하는 횟수가 줄어들 겁니다."

"그건 무리네요."

"압니다. 어쩔 수 없으니까 제가 참을 겁니다."

굳이 참으면서까지 있을 필요는 없거든요. 베시가 뾰족하게 쏘아붙이려는 걸 알아차린 것처럼 저스틴이 부드럽게 웃었다. 한 번도 본 적이 없는 다정한 그 얼굴에 베시가 멈칫하였다.

"그러니까, 베시. 당신도 참길 바랍니다."

"……뭘요?"

한 박자 느리게 베시가 묻자, 저스틴이 손을 뻗었다. 그의 단단한 손가락이 베시의 손에 닿았다.

바람결에 손에 쥔 종이가 부스럭거리는 소리가 났다.

비현실적인 순간이었다.

자신에게 처음 보는 얼굴로 웃고 있는 저스틴, 손등 위에 맞닿은 타인의 온기. 어디선가 들려오는 새의 지저귐 소리.

그 모든 것이 베시의 머릿속을 멍하게 만들었다.

그녀는 생각하려고 하였다. 자신이 아직도 공사 계약서를 정독하지 않았다는 것과 이네딧 부인은 대체 어딜 갔기에 아직도 돌아오지 않는가에 대해.

하지만 그녀의 필사적인 노력은 소용없었다.

"내가 당신을 지키는 것."

귓가에 대고 속삭이는 것처럼 선명하게 저스틴의 목소리가 내려앉는 순간, 모든 게 다시 비현실이 되었다.

베시는 제 손등 위에 있는 저스틴의 손을 밀쳐 낼 생각도 하지 못한 채, 눈을 깜빡였다.

눈앞에 있는 저스틴 하이네는 평소 모습 그대로였다. 시원하게 드러낸 모양 좋은 이마, 깊은 숲처럼 그윽한 청록색 눈동자, 그려낸 것처럼 곧고 또렷한 입술. 그러나 어딘지 모르게 그가 다른 사람처럼 느껴졌다.

자신을 향한 그의 눈에서 느껴지는 감정이 지나치게 가까웠다.

"……왜 지키려고 하죠? 당신이 굳이 그럴 필요는 없잖아요."

크고 깊게 숨을 들이 내쉬며 베시가 물었다.

"크리스에게 받은 명령 때문인가요?"

"그것 때문이라고 생각합니까?"

질문을 받은 저스틴은 오히려 베시에게 반문하였다. 정말로 그렇게 생각하느냐고.

생각에 잠겨 있던 베시는 천천히 고개를 저었다.

감히 황제의 명을 거스르며 제 의견을 말했던 남자다. 황태자의 명령이라는 이유로 자신이 아니라 생각하는 것을 참을 남자도 아니다.

그렇다면 왜? 베시는 혼란스러운 눈으로 그를 보았다. 그 눈빛을 마주한 저스틴은 한쪽 입꼬리만 쭉 밀어 올렸다. 베시는 짓궂은 소년 같은 그 웃음이 싫지 않았다.

"전에도 말했잖습니까. 당신은 그냥 두면 물가에 내놓은 세 살배기 아이같이 불안하다고."

아. 베시는 기억을 더듬어 보았다. 언제였던지는 선뜻 기억이 나질 않았지만, 분명 전에도 그런 말을 한 적이 있긴 하였다. 저

스틴은 턱에 손을 괸 채, 베시를 보고 있었다.

"우리 도서관의 신임 관장님께서는 제가 잠깐만 눈을 떼어도 온갖 사건이라는 사건에는 다 휘말리는 분이라, 도저히 그냥 둘 수가 없을 것 같습니다."

"그래서 날 옆에서 감시하시겠다?"

베시가 한쪽 눈썹을 꿈틀거렸다. 내가 무슨 말썽꾸러기 어린 애도 아니고. 하지만 베시의 소리 없는 투덜거림은 저스틴이 다음 순간 내뱉은 말에 사그라졌다.

"이유 없는 친절보다 그 편이 더 마음이 좋다면 그렇게 생각하십시오. 당신이 좋을 대로. 그리고 당신의 마음이 편한 대로."

저스틴이 베시의 손등을 톡톡 두드렸다. 마치 경계심 많은 길고양이를 어르는 것처럼 가볍게. 기분 좋은 손놀림이었다. 그의 손이 계속 제 손등 위에 머물렀지만, 베시는 그것을 밀어낼 수 없었다. 그것을 알아차린 것처럼 슬며시 웃은 저스틴이 입을 열었다.

"그러고 보니 생각해 보니 그날, 인사에 제대로 답하지 못했더군요."

그날? 고개를 갸우뚱하던 베시는 저스틴이 말한 '그날'이 자신이 세라의 티 파티를 엉망으로 만들어 놓았던 날이라는 걸 알아차렸다.

자신이 저스틴에게 중의적인 의미로 안녕, 이라고 인사를 했던 날.

"내일도 잘 부탁드립니다, 베시."

뒤늦은 인사말을 건네면서도 저스틴은 당당하였다.

뭐야, 며칠이나 지났는데, 이제 와서? 그렇게 생각하면서도 베시는 픽 웃었다. 어느새 그녀의 몸에서 힘이 스르륵 풀렸다.

이 남자 때문에 자신이 약해지는 건 싫지만— 그렇다고 해서 이렇게까지 말하는 남자를 밀어내고도 싶지 않았다. 눈을 내리깐 베시가 중얼거렸다. 내가 조금만 더 강해지면 되지, 뭐.

"응? 뭐라고 했습니까, 베시?"

제가 중얼거린 내용을 그에게 들려줄 수는 없는 노릇이라 베시는 대충 말을 얼버무렸다.

"……처음에는 그렇게 봉사 활동을 싫어하던 사람이라고는 믿을 수 없을 만큼의 변화라고요."

"지내보니 도서관 생활도 제법 적성에 맞는 것 같아서 말입니다. 기사가 안 되었다면 사서가 되는 것도 괜찮았을 것 같습니다."

진심인지 농담인지 구분할 수 없는 진지한 얼굴로 저스틴이 말하자, 베시가 기가 막힌다는 얼굴로 트집을 잡았다.

"저스틴 군, 책 안 읽잖아요."

"아예 안 읽지는 않습니다. 관심 가는 분야에 대한 책은 제법 많이 읽는 편입니다."

"그럼 최근 관심 분야는 뭔데요?"

"최근에는 이렇다 할 관심 분야는 딱히 없었습니다."

그럼 결국 안 읽는 거잖아!

기가 막힌다는 얼굴로 베시가 저스틴을 바라보자 그가 지지 않겠다는 것처럼 그녀를 마주 보았다. 눈싸움을 하는 것처럼 서로의 얼굴을 마주하고 있자니 저도 모르게 베시시 웃음이 새어 나왔다. 저스틴 역시 마찬가지인지 어느새 그도 조용히 미소를 짓고 있었다. 에이, 몰라. 이제 정말 몰라. 이 남자가 택한 거니까 나한테는 아무 책임도 없어. 베시는 편히 마음 먹기로 하였다.

"그래요, 좋아요. 좋아. 저스틴 군은 별종인 데다가 괴짜니까 나한테 부려 먹히는 게 좋아서 도서관에 계속 오고 싶다는 거죠? 알았어요, 이해했어요."

"……."

어느새 완전히 평소의 얄미운 베시 에일로 돌아온 그녀를 보며 저스틴이 한쪽 눈썹을 꿈틀거렸다. 그 찌푸린 얼굴마저도 반가웠기에 베시는 평소보다 들뜬 목소리로 말했다.

"며칠이나 무단으로 쉰 만큼 확실하게 부려 먹어 줄게요. 그러니까 내일은 정시보다 일찍 나오— 아, 아니다. 내일 안 나와도 되겠네요. 모레도. 아, 모레의 내일도."

"……뭡니까. 그거 결국 나오지 말라는 소리 아닙니까? 설마 며칠 안 나왔다고 지금 절 부당 해고하는 겁니까?"

봉사 활동에도 부당 해고라는 개념이 존재하던가. 아니, 애초에 먼저 연락도 없이 쉰 주제에 왜 성질은 자기가 낸담. 그리고 무단으로 쉬면 부당해고감도 맞다고! 하고 싶은 말은 여럿이었지만, 베시는 입을 삐죽이며 다른 대답을 내놓았다.

"아니거든요. 그게 아니고 내일부터 공사 들어가야 하거든요. 그래서 며칠만 안 나와도 된다고요."

그 말을 들은 저스틴의 얼굴이 그제야 누그러졌다. 설마 정말로 자신을 내쫓는 줄 알고 삐쳤던 걸까? 베시는 자신보다 배는 더 커다란 저스틴이 조금 귀엽다는 생각을 하며 웃었다.

"이네딧 부인에게도 그렇게 말해 두긴 했는데, 부인은 창고 정리를 해야 하니까 나온다고 하더라고요."

"베시는 어떻게 할 생각입니까?"

"음, 난 일단 은빛 매 기사단 여러분에게 협조, 아니 부탁을 좀 할 게 있어서—"

베시의 입에서 은빛 매 기사라는 말이 나오는 순간, 저스틴의 눈빛이 날카로워졌다.

아차. 베시는 슬그머니 제 입가를 가렸지만, 이미 때늦은 행동이었다.

"베시."

긴말은 하지 않은 채, 저스틴이 베시의 이름을 불렀다. 그 한마디에 수많은 의미가 함축되어 있었다. 물론 그중에서 가장 알기 쉬운 의미는 대체 왜 또 스스로 불구덩이 속으로 뛰어드느냐는 야단이었다.

괜히 제발이 저린 베시는 입을 삐끔거리며 변명을 늘어놓았다.

“어, 어쩔 수 없는 일이에요! 일부러 시비 걸러 가는 게 아니라 진짜 필요한 일이란 말이에요.”

“좋습니다. 그럼 대체 그들에게 뭘 협조받으려는 겁니까?”

“…….”

이거 말하면 혼날 것 같은데. 베시가 눈을 또르르 굴리며 저스틴의 눈치를 보았다.

촌스러운 안경알 너머에서 분주하게 움직이는 그녀의 커다란 눈동자를 보며 저스틴이 한숨을 쉬듯 입을 열었다.

“베시.”

“……도서관 건물 외벽을 다시 칠하려면 지금 다 떨어져 가는 저 페인트칠을 제거하고, 세척을 해야 한대요.”

베시의 말에 저스틴이 힐끔 뒤를 돌아보았다. 그의 눈에도 칠이 군데군데 벗겨진 도서관 외벽은 썩 보기 좋지 않았다.

“그렇군요. 확실히 외관도 손봐야 할 것 같습니다. 저래서야 도서관이 무너질까 겁이 나서, 왔던 이용객도 도망가겠군요.”

저스틴의 동조를 얻은 베시는 신이 나서 박수를 짝 쳤다.

“그쵸? 그래서 여기서 은빛 매 기사 여러분의 도움이 좀 필요할 것 같더라고요.”

아니, 그러니까 대체 그들에게 무슨 협조를— 미간을 찌푸리며 생각에 잠겨 있던 저스틴은 설마, 하는 얼굴로 베시를 보았다.

"당신, 설마 그들에게 요구할 생각입니까? 부족한 공사 비용을?"

고개를 끄덕이거나 그렇다고 대답하는 대신 베시가 씩 웃었다.

맙소사. 저스틴은 제 이마를 철썩 내리치고 싶은 충동을 느꼈다.

"베시. 당신 잊었습니까? 랜돌프 노튼이 당신의 목숨을 노린 이유가—"

"알아요. 고귀한 귀족 나리에게 더할 나위 없는 수치를 안겨준 평민 계집이 감히 턱 끝으로 자신을 부려 먹었기 때문이라는 거."

그걸 아는 사람이 또 랜돌프와 은빛 매 기사들을 도발하는 계획을 세우고 있단 말인가.

저스틴은 역시 도서관으로 돌아오길 잘했다고 생각하였다. 그냥 두면 언제 터질지 모르는 이 시한폭탄 같은 여자 옆에는 자신이 있어야만 했다.

"괜찮아요. 내가 얌전히 굴건 미친 망아지처럼 날뛰건 간에 어차피 랜돌프나 은빛 매 기사들은 날 눈엣가시로 여길 거예요. 처음부터 날 싫어하기로 정한 사람들의 마음에 들기 위해 노력할 필요는 없잖아요."

"저도 그러라고까지는 말 안 합니다. 적어도 그들을 무의미하게 자극하는 행동은 삼가라는 겁니다."

"그것도 걱정 말아요. 무의미한 자극이 아니라, 의미 있는 자극이니까요."

아니, 의미가 있건 없건 결국 그들을 자극한다는 사실에는 변함이 없다는 거 아닌가. 저스틴은 고집불통인 마녀를 노려보았다. 그 매서운 시선 앞에서도 베시는 헤실헤실 웃었다.

"어쩔 수 없잖아요. 지금 예산으로는 도서관 내부 전체 수리만 해도 타격이 꽤 큰데, 외관도 저 모양이니. 애초에 은빛 매 기사들이 쓸데없이 비품을 파손하거나 책을 찢지만 않았어도 돈이 이렇게 부족할 일은 없었다고요."

베시의 투덜거림에 저스틴은 미묘한 표정을 지었다.

"그러니까 이건 절대 은빛 매 기사들을 자극하거나 그들을 골탕 먹이기 위한 게 아니에요. 정당한 이유가 있는 걸요."

"그들은 전혀 정당한 이유가 아니라고 생각할 겁니다."

저스틴이 계속 꼬투리를 잡고 늘어지자 베시는 얼굴을 팍 찌푸렸다.

"저기요, 저스틴 군. 도와주지 않을 거면 그냥 가만히 좀 있으면 안 돼요? 일을 시작하기도 전에 벌써부터 기운이 빠지잖아요."

"……알았습니다. 언제 갈 겁니까?"

"응? 어디를요?"

"은빛 매 기사들에게 협조 요청인지 뭔지를 하러 가는 거. 동행하겠습니다."

귀찮다는 기색을 내뿜으며 저스틴이 한 말에 베시는 피식 웃었다.

"왜요? 따라와서 도와주게요?"

"도와주진 않아도 지켜 드릴 수 있습니다."

어머나. 베시는 눈을 휘둥그레 떴다. 지켜 준다는 말이 저렇게 자연스럽게 나온담. 무슨 기사님도 아니— 아, 맞다. 이 남자 기사였지, 참.

그동안 잊고 있었던 저스틴의 원래 직업을 떠올린 베시는 작게 헛기침을 하였다.

"괜찮아요, 그럴 필요 없어요. 완벽하게 대비하고 갈 거니까요."

베시가 제 주머니에 손을 푹 찔러 넣더니 애용하는 수첩과 펜을 꺼내 들어 보였다. 그것이 그녀의 마법 도구라는 걸 알고 있는 저스틴은 한숨을 쉬었다.

아무래도 그녀의 머릿속에는 '방심은 금물'이라는 격언이 없는 모양이었다. 그는 베시의 손에서 너무나 손쉽게 펜과 수첩을 빼앗아 들었다.

"당신의 마법이 매우 훌륭하다는 이야기는 족히 들었습니다. 어떤 식으로 당신이 대비할지도 알겠습니다. 하지만 여차하는 상황에서는 펜을 쓰는 것보다 검을 휘두르는 게 더 적절할 겁니다."

저스틴은 다시 한 번 눈 깜빡 할 사이에 베시의 손안에 펜과 수첩을 되돌려 주었다.

"그러니까 당신이 할 수 있는 가장 완벽한 대비는 날 데리고 가는 겁니다, 베시."

베시는 곤란해지고 말았다. 고집불통이라고 욕하면 무시하면 그만이고, 자신에게 억지로 무언가를 요구하면 비웃어 주는 게 그녀의 방식이었다.

하지만 이런 식으로 부드럽게 무언가를 권하는 상대에게는 늘 약해질 수밖에 없었다.

"……모처럼의 휴일이잖아요."

"이미 충분히 쉬었습니다."

"저스틴 군도 은빛 매 기사들과 사이 별로 안 좋잖아요."

"그러니까 제가 가야 하지 않겠습니까. 미움 받는 혼자 보다는 미움 받는 둘이 낫겠죠."

역시 말로는 이 남자를 쉽게 못 이기겠어. 베시는 한숨을 푸— 내쉬었다. 그의 말이 옳다는 것, 그리고 지금은 그의 도움이 적절하게 필요하다는 것도 알고 있었다.

단지 원래부터 남에게 도움을 받는 데 익숙하지 않은 그녀의 베베 꼬인 심성이 그것을 껄끄럽게 여길 뿐.

"……좋아요, 알았어요. 그럼 내일…… 나랑 같이 가줘요."

베시가 못 이기는 척한 말에 저스틴이 씩 웃었다.

변덕이 심한 아가씨에게 줄곧 데이트를 퇴짜 맞다가 간신히 허락을 받은 남자의 기분이라는 게 이런 걸까. 저스틴은 기분이 들뜬 나머지 발끝이 바닥에서 붕 뜨는 것 같은 감각을 맛보았다.

비록 자신이 베시에게 요구한 건 데이트 신청이 아니라 제발 저를 보호자로 데려가라는 간청이었지만.

"그럼 내일 오후 2시에 은빛 매 기사들의 훈련장 앞에서 만나요. 그리고 또—"

베시가 약속 시간이며 장소를 떠드는 사이, 그가 베시를 향해 몸을 숙였다. 아까보다 더욱 가까워진 거리에 베시가 경계하듯 몸을 뒤로 슬그머니 뺐다. 하지만 저스틴은 더 다가오지는 않은 채, 그 자리에서 천천히 무릎을 굽혔다.

어? 베시가 눈을 깜빡이는 사이 어느새 그녀의 손등이 그의 손바닥 위에 올라가 있었다. 저스틴은 고개를 숙여 정중하게 베시의 손등에 입을 맞추었다.

마치 귀부인에게 맹세를 하는 기사처럼 경건하게.

"뜻대로, 마이 레이디."

다른 남자가 제 앞에서 이런 말을 했다면 느끼하다며 코웃음을 쳤을 터였다. 그러나 베시는 제 앞에 있는 검은 머리칼의 기사만큼은 도저히 비웃을 수 없었다. 이런 동작 하나하나가 얄미울 정도로 잘 어울리는 남자였다.

어릴 때조차 느껴 본 적 없는 '멋진 기사'에 대한 환상이 생길 것 같았기에 베시는 손을 뒤로 빼며 헛기침을 하였다.

"……흐, 흠. 그럼 오늘도 할 일 없으니까 가 보세요."

"베시는 어떻게 할 겁니까?"

"나는 공사 계약을 끝내면 잠깐 재정부에 들렀다가 집으로 갈 생각이에요."

"그럼 기다리겠습니다."

"그럴 필요—"

는 없다고 말하려던 베시는 멈칫하였다. 생각해 보니 자신이 사양한다고 순순히 물러날 남자가 아니었다.

"도서관에는 기다릴 장소 없어요, 지금. 저 안에 공사하려고 다 뒤엎어놨거든요."

"그럼 전 잠시 단장님을 뵈러 다녀오도록 하겠습니다. 단장님에게 봉사 활동 내용을 보고해야 하는 시기라서."

단장? 아아. 베시는 저스틴이 말한 단장이 하얀 사자 기사단의 단장을 말한다는 걸 곧바로 깨닫고 고개를 끄덕였다.

"알았어요. 다녀오세요."

"……당신이 제가 없는 사이에 혼자 몰래 돌아가거나 하지 않을 거라 믿겠습니다."

그 말을 하는 시점에서 이미 날 의심하는 거 아냐? 베시는 심드렁하게 대답하였다.

"알았어요, 알았어요. 저스틴 군이 늦어도 집에 안 가고 기다릴게요. 누가 들으면 내가 저스틴 군만 보면 도망치는 사람인 줄 알겠네."

저스틴은 얼굴을 찌푸렸다. 여러모로 할 말이 많다는 얼굴로 입을 작게 벌린 그는 곧 입을 다물었다. 말해봐야 무엇 하겠냐는 체념이 담긴 표정이었다. 베시는 그런 그를 향해 안심하라는 것처럼 손을 흔들어 보였다. 물론 그녀가 아무리 그래도 저스틴은 매우 불안하다는 얼굴이었다.

"그럼 금방 다녀오겠습니다."

"네, 네. 다녀와요."

잘 알겠다는 것처럼 베시가 팔랑팔랑 손을 흔들어보였다. 어째서 저 모습을 보니 불안감이 더 커지는 것인지 알 수가 없었다.

쉽게 떨어지지 않는 발걸음을 어렵사리 떼어 낸 뒤, 단장실로 향하려던 저스틴이 멈칫하였다. 그녀에게 아직 전하지 않은 게 있다는 걸 떠올렸기 때문이었다.

"베시."

"걱정하지 말라니까요? 나 여기 정말 돌처럼 가만히—"

이제는 조금 짜증스러운 얼굴로 베시가 툴툴거렸다. 그녀의 머릿속에는 저스틴 하이네가 잔소리꾼으로 인식된 게 분명하였다.

"형수님께서 전언을 부탁하셨습니다."

"……하이네 공작 부인이요?"

베시의 표정이 일순 딱딱하게 굳어졌다. 평소의 모습과는 달리 알기 쉽게 감정을 드러내는 그녀를 보니 저스틴의 기분이 묘하였다. 분명 만난 횟수나 함께 보낸 시간은 자신이 더 길 터인데 베시는 자신보다는 세라에게 더 친밀감을 느끼는 모양이었다.

'같은 여자이기 때문인가?'

저스틴은 쓸데없는 생각을 머릿속 한구석에 밀어 두고 말을 이었다.

"당신이 준 약이 무척 잘 들어서 최근에는 편하게 밤을 보낸다고 하셨습니다."

"그래요? 잘 되었네요."

정말로 다행이라는 얼굴로 베시가 살포시 웃었다. 저스틴의 앞에서는 좀처럼 지어 주지 않는 웃음이었다.

"그리고 한 가지 더."

베시는 또 뭐가 더 있냐는 듯 고개를 갸웃하였다.

"티 파티에 처음 참석하는 이는 누구나 작은 실수를 하는 법이라고 하시더군요. 그리고 형수님은 친구가 한 작은 실수에 결코 등을 돌리는 일이 없다고도 하셨습니다."

저스틴의 말을 들은 베시가 눈을 커다랗게 떴다.

조금 전보다도 더욱 알기 쉬운 감정의 동요가 그녀의 얼굴에 물결처럼 번져 나갔다. 그것을 바라보는 저스틴의 숨이 탁 막혀 왔다.

베시 에일이 얼굴을 붉히고 있었다.

황태자의 농담에도 눈 하나 깜빡이지 않고, 자신의 장난에도 곧 바로 평정심을 회복하던 여자가 어린 소녀처럼 사랑스럽게, 그리고 사랑에 빠진 여인처럼 화사하게.

"공작 부인에게, 고맙, 다고…… 전해 주세요."

기어들어 가는 것처럼 작은 목소리로 베시가 중얼거렸다. 청각이 남들보다 월등히 좋은 저스틴이었기에 망정이지, 다른 사람이라면 절대 저 수줍은 감사 인사를 들을 수 없을 게 분명했다.

"다, 다음에도 혹시나 초대해 주신다면 그때는 좀 더 예의 바른 손님이 될 거라고도."

부끄러움을 감추기 위한 것인지 평소보다 그녀의 말투가 빨랐다. 그런 그녀가 귀엽게 보였기에 저스틴의 입가가 느슨하게 녹아내렸다.

"아, 그거라면 내일 모레—"

거기까지 말한 저스틴은 곧 하던 말을 멈추었다. 이 말은 미리 말해 둘 필요가 없는 말이었다.

"아무것도 아닙니다. 다녀오겠습니다."

"……다녀오세요."

공사 계약서로 얼굴을 가린 채, 베시가 답하였다. 빨갛게 달아오른 뺨을 감추려는 모양이었다. 그 모습이 아이가 커튼 뒤에 머리를 숨기려는 것처럼 서툴고, 또 귀여웠다.

저런 표정도 지을 줄 아는 사람인 줄은 몰랐다는 생각에 자꾸 그녀에게 시선이 갔다. 그것을 눈치챈 베시는 여전히 얼굴을 가리고, 손을 휘저었다.

"빨리 다녀와요! 안 그러면 나 그냥 가버릴 거예요."

"……분부대로. 마이 레이디."

"그것도 그만해요!"

더 놀리다가는 정말 화를 피할 수 없을 것 같았다. 저스틴은 쿡쿡 웃으며 자리를 떠났다. 그의 걸음 소리가 차츰 멀어지더니 어느 순간부터는 들리지 않았다.

혼자 남겨진 베시는 계약서 너머로 얼굴을 삐죽 내밀어 저스틴이 시야에서 완전히 사라졌음을 확인하였다.

스르륵 손을 내린 베시의 얼굴에는 아직도 붉은 기가 남아 있었다.

"아, 오늘 날 엄청 덥네."

날씨는 덥기는커녕 선선한 편이었지만, 베시는 제 얼굴에 몰린 열기를 순전히 날씨 탓으로 돌렸다. 공사 계약서로 부채질을 해 대며 베시는 얼굴에 몰린 열기를 날려 보내려고 하였다.

하지만 저스틴이 전한 세라의 말이 계속 그녀의 귓가를 맴돌았다.

'친구가 한 작은 실수에 결코 등을 돌리는 일이 없다고도 하셨습니다.'

그 다음으로 떠오른 것은 저스틴을 하이네 공작저로 데려다주었던 날, 세라가 했던 말이었다.

'베시만 허락해 준다면 수도에서는 누구보다 가까운 친구가 되고 싶을 정도인 걸요.'

그녀의 말은 한 치의 거짓도 없는 진심이었다. 베시의 얼굴이 다시 한 번 붉게 물들었다.

완전 방심했기에 이런 것이라며 그녀는 엎드렸다. 답지도 않게 자신이 감동받았다는 사실이 부끄러웠다. 세라의 살롱에서 그 난리를 친 자신을 친구로 받아들이려는 그녀의 진심이 고맙고, 기뻤다.

"으으…… 이건 반칙이야. 이러면 진짜 친구가 되고 싶을 수밖에 없잖아."

사실 베시에게 친구가 없는 것은 아니었다. 마녀 친구들은 두말 할 것도 없고, 아카데미에게서도 친하게 지내던 이는 제법 있었다. 하지만 그들은 대부분 '베시 에일'이아니라 '마녀'를 친구로 삼고 싶어 하는 자들이었다.

그러니 베시가 누군지도 모르는 순간부터 그 어떤 속셈도, 경계도 없이 순수하게 호의를 내비친 사람은 세라가 처음이었다.

"……아."

아니다, 또 있었구나. 베시는 이제는 조금 희미한 기억 속을 더듬었다.

마녀들의 도시 하얀 달밤으로 가던 때, 인신매매단에게 붙잡혔던 기억이었다.

그때 분명 자신을 도와준 사람이 있었다.

바라는 대가는 아무것도 없이 그저 다 죽어 가는 아이를 걱정하며 '모든 만남에는 이유가 있다'고 말했던 남자.

그러니까 세라는 그녀의 삶에서 두 번째였다. 완벽한 타인이면서 그녀에게 순수한 호의를 보여 준 사람. 얼굴뿐만이 아니라 마음도 아름다운 사람이었다.

다음에 그녀를 만난다면 이번에는 직접 미안하다고, 그리고 고맙다고 말해야겠다. 틀림없이 세라는 미안하다는 사과는 필요 없다고 말하리라.

베시는 어쩐지 그녀와의 재회가 무척 기다려졌다.

"……그나저나 아저씨는 대체 어디까지 가신 거기에 아직도 안 오신담?"

혼잣말을 중얼거리며 계약서를 만지작거리던 베시는 멈칫하였다.

무언가 콕 집어 말할 수는 없지만 이상한 기분이 들었다. 마치 누군가가 자신을 지켜보고 있는 것 같은 그런 느낌이었다.

얼굴을 딱딱하게 굳힌 베시는 주변을 둘러보았다. 하지만 주변에는 눈에 보이는 그 어떤 존재도 없었다. 가끔 스산하게 바람 부는 소리만이 들려올 뿐.

베시는 테이블 위에 올려 둔 수첩과 펜을 슬그머니 집어 들었다.

자연스러운 동작으로 수첩을 펼쳐 든 그녀는 그 위에 펜으로 흘리듯 글자를 써 내려갔다.

"작성 시작."

주변에 절대 들릴 리 없는 목소리로 마법을 펼친 뒤, 베시가 숨을 크게 들이 내쉬었다. 여차하면 언제든 마법을 발동시킬 타이밍을 재며 그녀는 기다렸다.

하나, 둘, 셋, 넷.

그녀가 천천히 숫자를 넷까지 셌을 때, 부스럭거리는 소리가 들려왔다.

"작성 끝!"

그녀의 외침이 끝나는 것과 동시에 칼날 같은 바람이 주변에 우거진 수풀을 덮쳐들었다.

쏴사삭—!

근처에 있는 커다란 나무에서 잘려나간 잎사귀가 우수수 떨어져 내리는 소리와 동시에 남자의 낮은 비명이 들려왔다.

"어이쿠!"

응? 베시는 직감적으로 뭔가 이상하다는 것을 눈치챘다.

그 목소리가 무척 익숙했다. 예를 들면 방금 전까지 신나게 공사비를 흥정하던 업자 아저씨의 목소리와 무척 비슷한 느낌이라고 할까.

"아이고, 누가 나 좀 도와줘요!"

착각이 아니었구나! 놀란 베시가 소리가 들리는 곳으로 달려가 보니 공사 업자가 쏟아져 내린 잎사귀 더미에 깔려 있었다.

맙소사. 베시는 부리나케 손을 뻗어 업자를 일으켜 세웠다.

"괘, 괜찮으세요? 다친 덴 없으세요?"

"아이고, 예. 관장님. 괜찮습니다. 급하게 온다고 지름길로 왔는데, 웬 잎사귀들이 이렇게 머리 위에서 한 번에 떨어지는지. 허허."

잎사귀에 긁힌 생채기를 손끝으로 만지며 업자가 얼굴을 찌푸렸다. 그에게 생채기를 만든 장본인인 베시는 깊은 죄책감을 느꼈다.

"이렇게 서둘러서 오시지 않아도 되는데, 죄송하네요. 어, 일단 저쪽으로 가는 게 어떨까요? 기다리고 계시면 제가 약을 찾아서 가져다 드릴게요. 그리고 차도 한 잔 가져다 드릴까요?"

베시의 제안에 업자는 크게 손을 저었다.

"아이고, 아닙니다, 관장님. 그러실 필요 없으십니다. 제가 늦어서 멋대로 서둘렀을 뿐인데요, 뭐. 허허. 그나저나 계약서는 다 보셨습니까?"

제 몸에 난 생채기보다는 대형 공사 계약이 더 중요하다며 업자가 금방 노련한 상인의 모습으로 돌아왔다. 그 놀라운 프로의식에 감탄하며 베시는 고개를 끄덕였다.

"아, 네. 일단 확인은 했는데, 개인적으로 정확하게 확인하고 싶은 조항이 몇 가지 있어서요."

정신이 없는 와중에도 계약서 내용을 꼼꼼히 확인한 베시가 몇 가지 질문을 던졌다. 옷에 묻은 흙먼지를 털털 털어 내며 업자가 말했다.

"안 그래도 그 부분은 계획서를 보여 드리며 말씀드리려고 했습니다. 일단 관장님 말씀대로 저쪽 테이블로 가서 설명 드리죠."

업자의 말에 베시는 고개를 끄덕였다. 그가 먼저 앞장서서 간이 테이블을 향해 걸어 나가자 베시는 그 뒤를 따랐다.

하지만 몇 걸음을 옮긴 후, 그녀는 자리에 멈추어 섰다.

뒤를 돌아 잎사귀가 떨어져 내린 장소를 본 베시는 고개를 갸웃하였다. 이상했다.

그녀가 발동시킨 마법의 내용은 '칼날 같은 바람이 수상한 자의 다리를 공격한다' 였다.

만일 업자가 다리에 상처를 입었다면 베시는 그를 의심했을 터였다. 애초에 그녀가 '수상한 자'라는 단어를 쓴 이유는 애꿎은 행인을 공격하는 불상사가 벌어지지 않기 위해서였다. 그러나 앞장서서 걸어가는 업자는 양쪽 다리와 옷이 매우 멀쩡하였다.

즉, 업자는 선량하고 성실한 일반 상인인 게 분명하다.

'그럼 아까 전 느낀 시선은 내 착각이었던 걸까? 그럴 리는 없는데. 그랬으면 마법 자체가 아예 발동이 안 되었을 텐데? 거참 이상하네.'

베시는 고개를 갸웃거리며 천천히 걸어갔다.

은빛 매 기사단의 훈련장 근처에 작게 찢겨나간 옷감 조각과 핏자국이 있다는 건 전혀 알지 못한 채.

8.

도서관에는 꽃이 필요하다

이튿 날, 2시.

베시는 시간에 딱 맞추어 은빛 매 기사단의 훈련장 앞에 도착하였다. 근처에 있는 나무에 기대어 있던 저스틴이 그녀를 발견하고는 저벅저벅 걸어왔다.

"안녕하십니까, 베시."

베시도 가볍게 인사를 하였다. 저스틴은 평소처럼 시끌시끌한 훈련장 쪽을 힐끔 본 뒤, 말했다.

"정말 꼭 이래야 합니까? 그렇게 금전적 어려움이 있는 거라면 차라리—"

차라리 내가 돕겠다는 말을 하려던 저스틴은 움찔하였다.

아무리 그래도 금전적인 원조를 제안하는 것은 지나친 개입이었다.

베시는 머뭇거리는 저스틴을 보며 무슨 생각을 한 건지 얼굴을 찌푸렸다.

"싫어요."

그녀의 짧은 부정에 저스틴의 가슴이 덜컹 내려앉았다. 마치 자신이 간간이 느끼는 이름 모를 감정 자체를 부정당한 느낌이기 때문이었다.

"크리스 도움을 받는 건 절대로 싫다니까요."

아, 전하에 대한 이야기로군. 저스틴은 맥이 탁 풀리는 것을 느꼈다. 무엇 때문에 그녀의 말 한 마디, 행동 하나에 이렇게까지 마음이 움직이는지 모른 채.

"어쨌든 저스틴 군도 있고 하니까 무리한 일은 안 할게요. 걱정 마요."

베시가 나만 믿으라는 것처럼 가슴을 쭉 폈다. 슬프게도 저스틴은 그런 그녀에게 전혀 믿음이 가질 않았다.

차라리 보리스가 '오늘부터 당근 먹을 거예요!'라고 선언하는 것이 더 믿을 만하였다.

저스틴이 미심쩍은 얼굴로 보거나 말거나 베시는 당당하게 훈련장 문 앞에 섰다. 문을 열기 전, 그녀는 잠시 고민하였다.

'기선 제압을 위하여 문을 발로 차고 들어가는 건 어떨까?'

그 고민은 절대 은빛 매 기사들을 자극하지 않을 테니 걱정하지 말라던 사람의 생각이라고 볼 수는 없었다. 그나마 두터운 문을 발로 차봐야 제 발만 아플 거라는 상식이 있었기에 베시는 얌전히 두 손으로 문을 밀었다. 저스틴이 그런 베시의 뒤를 바짝 따라왔다.

"실례합니다."

마치 포교 활동을 하러 온 사람처럼 베시가 헤헤 웃으며 고개부터 빼꼼 문 안으로 들이밀었다.

삼삼오오 모여 있던 은빛 매 기사들은 문가를 보고 화들짝 놀랐다.

"힉, 베시 에일!"

은빛 매 기사들 사이에서 그녀의 취급은 마치 전설 속의 몬스터와도 같았다. 다들 경계심 가득한 얼굴로 후다닥 뒤로 물러섰다. 안전거리를 확보한 이들은 자신을 대신하여 베시를 상대할 사람을 찾기 위하여 서로를 마주 보았다.

이윽고 희생양으로 선택된 기사 한 명이 등을 떠밀리다시피 하며 앞으로 나섰다.

"무, 무, 무슨 일이냐—인가."

반말인지 반존대인지 알 수 없는 말투를 구사한 기사를 안쓰럽게 보며 베시가 말했다.

"랜돌프 노튼 경은 오늘 안 나오셨나요?"

"부, 부단장님은 지금 잠깐 자리를 비우셨다—네."

어라? 이러면 내 예상과 좀 달라지는데. 베시는 슬그머니 얼굴을 찌푸렸다. 하지만 그녀는 곧 찌푸린 얼굴을 활짝 폈다. 할 수 없지, 뭐.

"어머, 그렇군요. 알겠습니다. 그럼 랜돌프 경은 다음에 봬야겠네요."

생긋 웃은 베시가 사람들의 이목을 집중시키려는 것처럼 손뼉을 짝 쳤다. 물론 그녀가 그러지 않아도 은빛 매 기사들은 침을 꼴깍꼴깍 삼켜 대며 베시를 보고 있었지만.

"그동안 기사님들이 여러모로 협조해 주신 덕분에 도서관 재정비가 정말 원활하게 진행되고 있답니다. 우선 여러분의 노고에 깊은 감사를 드리고 싶어요."

베시는 깊게 고개를 숙였다. 성에 안 찰 때는 있었지만, 어쨌거나 그들을 움직인 덕에 베시는 별도의 인부를 고용할 필요 없이 짐을 옮기고, 망가진 책을 수선하지 않았는가.

"이제 본격적으로 도서관의 망가진 시설 수리에 들어갈 예정이라 당분간 기사님들의 손을 빌릴 일은 없을 것 같아요. 아! 물론 수리가 끝난 후 책을 옮기고 정리하는 일은 기사님들의 도움이 필요하겠지만요."

생글생글 웃는 베시는 제법 애교 있는 표정을 짓고 있었지만, 기사들의 눈에는 그야말로 사악한 마녀의 웃음처럼 보일 뿐이었다.

다들 또 팔자에도 없는 인부 노릇을 하게 되는 거냐고 속으로 투덜거리던 찰나였다.

"하지만 말이죠. 그 전에도 조금 도움을 받아야 할 것 같아서 이렇게 어려움을 무릅쓰고 찾아온 거랍니다."

"무, 무슨 도움을……."

은빛 매 기사가 겁에 질린 얼굴로 물었다. 베시는 짐짓 슬퍼 보이는 얼굴을 하였다.

"실은 말이죠. 어디 사는 어떤 분들께서 도서관 시설을 하도 부수고, 망가트려놓은 바람에 말이죠."

움찔, 움찔. 베시가 말을 하는 동안 은빛 매 기사들이 일제히 어깨를 격렬하게 떨기 시작하였다.

"제 예상과 도서관이 배정받은 예상보다 공사 비용이 훨씬 많이 나와서요. 그래서 부끄럽게도 기사님들께 금전적 원조를 좀 받고자 이렇게 찾아왔답니다."

부끄러움이라고는 전혀 모르는 얼굴로 베시가 손바닥을 펼쳐 내밀었다.

"그동안 도서관의 재개장을 지지하고 응원해 주셨던 분들이니 기꺼이 도와주시리라 믿는답니다. 게다가 고명하신 기사님들이니 어려움에 처한 사람을 못 본 척하시지는 않으시겠죠."

그녀가 펼친 손바닥 안에는 작게 접힌 종이쪽지가 하나 들려 있었다.

은빛 매 기사들은 끽, 소리 없는 비명을 내질렀다. 그들은 베시가 종이 쪼가리를 갖고 있는 모습만 봐도 두려웠다. 정신 나간 마녀가 어떤 마법을 쓸지 알 수가 없었으니까.

겁에 질린 얼굴로 앞에 나선 은빛 매 기사가 억지웃음을 지었다.

"그, 그런 거 였나! 무, 물론 우리는 어려움에 처한 사람을 그냥 지나치지 않는다네. 어, 얼마가 필요한가?"

베시는 코트 주머니에서 곱게 접힌 천 주머니를 하나 꺼내 들었다. 그것을 쓱쓱 펼쳐 입구를 벌리자 제법 커다란 주머니가 되었다.

"이 주머니를 채울 정도로만 부탁드릴게요."

그녀의 말이 끝나기가 무섭게 은빛 매 기사들이 제 주머니를 뒤지기 시작하였다. 그중에는 벗어 둔 겉옷을 찾아 거기서 지갑을 꺼내 드는 이도 있었다. 너 나 할 것 없이 '마녀가 무서워서 피하냐, 더러워서 피한다'는 정신으로 자발적 기부를 시작하였다.

그 모습을 뒤에서 지켜보고 있던 저스틴은 진지하게 생각하였다.

살다 살다 이렇게 시원시원한 금품 갈취 현장을 보는 건 처음이라고.

금품을 갈취하는 가녀린 여자, 그리고 겁에 질린 얼굴로 달려와 금화 서너 개 혹은 수십 개를 내미는 우락부락한 남자들. 살면서 이런 광경을 볼일이 얼마나 있을까.

저스틴은 이 우스꽝스러운 모습을 기억 속에 단단히 담아 두어야겠다고 생각하였다. 다음에 은빛 매 기사들과 시비가 붙는다면, 이때 일을 들먹이며 그들의 새싹처럼 여린 가슴에 억센 비수를 꽂아 줄 생각이었다.

"어머나, 도널드 경은 평소에도 이렇게 큰돈을 가지고 다니시네? 과연 호쾌하시기로 유명한 분답네요!"

베시의 칭찬에 한 번에 금화 오십여 개를 주머니 안에 투척한 도널드가 조금 우쭐한 얼굴을 하였다. 그는 하루가 멀다 하고 술집에서 방탕한 생활을 즐기는 걸로도 유명한 기사였다.

"이 정도야 뭐 별것도 아니지."

"정말 멋지네요! 도널드 경이 여성분들에게 인기가 좋은 이유를 잘 알겠네요."

돈을 뜯기고도 기분이 좋아진 도널드는 내친김에 지갑에 있는 돈을 다 넣는 호기를 보였다. 베시가 더더욱 격렬하게 그를 칭찬해 주자 도널드는 어깨를 으쓱거렸다.

돈을 많이 넣는 다른 기사에게도 베시는 친절함을 잃지 않았다. 저스틴은 어쩐지 그게 매우 꼴 보기가 싫었다.

"베시."

얼굴을 굳힌 저스틴이 베시에게 다가가 그녀의 귓가에 작게 속삭였다.

"그 정도면 충분하지 않습니까?"

주머니는 이미 제법 두툼하였다. 제법 무거워 보이는 저 주머니를 베시가 어떻게 들고 있는 건지 궁금할 정도였다.

베시는 금액을 가늠해 보듯 주머니 안을 들여다본 후, 고개를 끄덕였다.

그래, 이만하면 되겠네. 하지만 기왕이면 조금 더 받아야지.

모처럼 온 기회를 놓치지 않겠다는 듯, 베시가 눈을 반짝반짝 빛냈다.

"자, 자! 기사님들, 고지가 얼마 남지 않았답니다! 우리 힘내서 주머니를 채워 봐요."

아니, 이 여자가 정말. 저스틴은 얼굴을 팍 찌푸렸다. 하지만 은빛 매 기사들은 얼마 남지 않았다는 말에 신나서 지갑을 털어 댔다.

그들로서는 금전적인 손실보다도 당장 이 마녀를 이곳에서 쫓아내는 게 더 중요했으니까.

이윽고 더는 들어갈 공간이 없을 정도로 주머니가 금화로 꽉 찼다. 베시는 끈으로 입구를 단단히 묶은 뒤, 은빛 매 기사들에게 웃어 보였다.

"역시나 은빛 매 기사단은 네 기사단 중 가장 부유한 분들이 모이신 곳이네요. 여러분의 따듯한 온정에 감사드립니다. 덕분에 도서관 재개장 준비가 마지막까지 잘 진행될 것 같네요."

호호 웃으며 베시는 금화가 가득 든 주머니를 저스틴에게 넘겼다. 아주 자연스러운 태도에 저스틴은 엉겁결에 그것을 받아 들었다. 자신이 어쩌다 베시의 짐꾼 노릇이나 하게 된 건지 생각할 겨를이 없었다.

"그럼 기사님들. 오늘도 좋은 하루 보내시고 다음에 또 반가운 소식으로 뵙겠습니다."

들어올 때도 그렇더니 마지막 인사마저도 포교 활동을 끝내고 돌아가는 예비 성직자 같았다.

인사를 마친 베시가 웃으며 손을 흔들자 은빛 매 기사들도 반사적으로 손을 흔들었다. 하지만 그들의 얼굴은 한결같이 '다신 오지 마!'라고 외치고 있었다.

베시는 가벼운 발놀림으로 통통 뛰어 훈련장을 빠져나갔다. 저스틴은 은빛 매 기사들이 텅 빈 지갑을 보며 허탈한 표정을 짓고 있는 모습을 곁눈질하며 그 뒤를 따랐다.

랄, 랄, 라— 기분이 좋아진 베시가 콧노래를 흥얼거리는 소리가 들려왔다. 저스틴은 기분이 착잡했다. 우려했던 일이 벌어지지 않은 건 좋았지만, 대체 이 묘한 기분은 뭐란 말인가.

"저스틴 군. 그거 잘 챙겨요. 일단 금고에 넣어 두—"

신이 나서 떠들던 베시의 말이 끊겼다.

그다지 멀리 떨어지지 않은 곳에 있는 한 남자 때문이었다.

마녀를 마주한 은빛 매 기사들이 그랬던 것처럼 베시 역시 뒤로 주춤주춤 물러섰다. 다만 그녀의 얼굴에는 두려움이 아닌 극도의 불쾌함이 서려있었다. 윽— 하필 여기서 저 인간 얼굴을 볼 줄이야.

곧 그녀의 몸이 저스틴의 넓은 가슴팍에 탁— 닿았다. 저스틴은 자신에게 부딪힌 베시에게는 시선을 주지 않은 채, 앞을 바라보며 입을 열었다.

"전하."

"……저스틴 경. 그리고 베시 관장."

그들의 앞에 있는 건 언제나처럼 빅터를 달고 있는 크리스였다. 하지만 그 얼굴은 평소보다도 더 속내를 알 수 없는 표정을 띠고 있었다.

"자네들이 그쪽에서 무슨 일로 오는 건가?"

은빛 매 기사단의 훈련장 근처이기 때문인지 크리스의 말투나 행동은 지극히 공적이었다. 그러나 황태자가 그러거나 말거나 베시는 평소처럼 행동하였다.

"잠깐 은빛 매 기사 여러분에게 볼일이 있어서 다녀오는 길이야. 그러는 넌 여기 무슨 일이야?"

"……베시."

크리스가 쓴웃음을 지었다. 아무리 그래도 공과 사는 구분해야지, 라고 말하는 것처럼.

"뭐야, 주변에 다른 사람 없는 거 아니야? 아니에요, 저스틴 군?"

베시가 고개를 들어 제 머리 위에 있는 남자의 얼굴을 가만히 올려다보았다. 크리스를 보고 있던 저스틴이 무심하게 고개를 끄덕였다.

"다른 기척은 느껴지지 않습니다."

"그래도 황성에서는 어디에 눈과 귀가 있을지 알 수 없으니 늘 조심해야 하지. 자네도 알지 않나, 저스틴 경?"

크리스가 나무라는 것처럼 저스틴을 조금 차가운 시선으로 보았다. 평소와는 다른 그 서늘한 눈빛 앞에서도 저스틴은 어깨를 한 번 으쓱할 뿐이었다.

"우리 관장님께서는 제가 말한다고 해서 들으실 분이 아니라."

저스틴의 대답은 매우 옳은 것이었기에 크리스는 한 방 먹은 얼굴을 하였다. 그래, 베시 에일이 누가 말한다고 그걸 귓등으로나 들을 여자던가. 게다가 그건 저스틴 역시 마찬가지였다.

두 고집쟁이를 앞에 둔 크리스가 무겁게 한숨을 쉬었다.

"베시. 이미 알고 있겠지만, 은빛 매 기사들과 지나치게 엮이는 건 조심하는 게 좋겠어."

"너야말로 이미 알고 있겠지만, 늦었어. 들었을 거 아니야? 내가 하이네 공작 부인 티 파티에서 무슨 일을 했는지. 난 앞으로도 물러설 생각 없어."

베시는 심드렁하였다.

"내 몸에 닥친 위험은 이미 이 수도에 오는 순간부터 시작되었어. 이제 와서 생각해 주는 척하려면 날 아예 부르지 말았어야지, 크리스 반 듀벨."

그녀의 말에 크리스는 다시 입을 다물었다. 바늘로 온몸을 찌르는 것 같이 아픈 말이었다. 그리고 옳은 말이기도 하였다.

"……베시. 호위를 강화하는 게 좋겠어. 저스틴 경 말고도 다른 기사를—"

"하지 마."

단호하게 베시가 크리스의 말을 부정하였다. 그녀는 고개를 저었다.

"이제 와서 경계를 강화한다고 해서 달라질 건 없어. 오히려 그들에게 안 좋은 빌미만 제공하겠지. 황태자가 마녀인 평민 출신의 신임 관장을 유독 싸고돈다는 소문 같은 거."

이미 충분히 그런 질 나쁜 소문이 성 어딘가에서 퍼져 흐르고 있었다. 그것을 아는 크리스는 입을 꾹 다물었다.

"내 일은 내가 알아서 하니까 넌 신경 쓰지 마. 나한테는 저스틴 군도 있으니까."

베시의 입에서 생각보다 아무렇지 않게 저스틴에 대한 이야기가 나오자 크리스는 적잖이 놀랐다. 그것은 저스틴 역시 마찬가지였다.

하지만 베시는 그것을 깨닫지 못한 채, 말을 이었다.

"지금은 별다른 일도 없고, 도서관 재개장 준비도 순조로워. 오늘부터는 도서관 내부가 공사 들어가니까 당분간 '개인적인 일'도 처리할 생각이야."

그녀가 유독 강조한 '개인적인 일'이 무엇인지, 크리스는 곧바로 알아차렸다. 아마도 슐레이 반 듀벨이 남긴 단서에 대한 조사이리라.

"그래? 당분간 시간 여유가 제법 있겠군. 그럼 내일은 나와 차라도 한잔하지 않겠어?"

크리스는 기다렸다는 것처럼 입을 열었다. 조사는 서두르지 않아도 좋다는 의미로 한 말이었지만, 그것을 알 리 없는 베시는 얼굴을 찌푸렸다.

"하?"

내가 미쳤다고 너랑 차를 마시겠냐! 얼굴을 구긴 베시가 있는 힘껏 짜증을 내려던 순간이었다.

"……베시, 내일 선약이 있는 것 잊지 마십시오."

저스틴의 난데없는 말에 베시가 어리둥절한 얼굴로 고개를 들어 올렸다.

내일 약속? 그게 뭔데? 그런 게 있었나?

저스틴이 손 끝을 살짝 움직여 가볍게 베시의 허리를 스쳤다. 잔말 말고 알았다고 하라는 신호였다.

"아, 아아! 그래요! 그러네! 생각해 보니까 저스틴 군이랑 약속이 있었네!"

베시가 요란스럽게 외친 말에 크리스는 쓴웃음을 지었다. 평소에는 능청스럽게 연기를 참 잘하는 그녀였건만, 가끔 이렇게 거짓말 티가 다 나는 행동을 하였다.

"그래? 저스틴 경과 무슨 약속이 있는데?"

"어, 그게—"

말문이 막힌 베시가 다시 한 번 저스틴의 얼굴을 올려다보았다. 도움을 청하는 것 같은 초롱초롱한 눈망울을 힐끔 본 저스틴이 담담하게 말했다.

"저와 함께 저녁 식사를 하기로 하였습니다. 하이네 공작저에서."

"아아, 맞아요! 저스틴 군이랑 같이 하이네 공작저에서 저녁 식— 사!?"

하하 웃으며 저스틴의 말을 따라 하던 베시가 꽥 소리를 질러 버렸다. 저스틴은 시끄럽다는 핀잔 대신 오만상을 찌푸리며 손으로 귀를 막는 시늉을 하였다. 베시가 몸을 빙글 돌려 고개를 한껏 뒤로 젖혔다.

"그게 무슨 말이에요? 공작저에서 저녁 식사?"

그래도 뒤에 있는 크리스와 빅터를 의식한 베시는 저스틴에게만 들릴 정도로 작은 소리로 물었다.

난 가겠다고 한 적도 없는데? 아니, 그런 말 들은 적도 없는데!

저스틴 역시 베시에게만 들릴 정도로 작은 소리로 속삭였다.

"형수님이 베시를 저녁 식사에 초대하겠다고 하셨습니다."

"그걸 왜 이제 말해요?"

"사실은 어제 말하려다가 관뒀습니다."

어제? 아—

베시는 문득 저스틴이 자신에게 무언가를 말하려다가 아무것도 아니라며 하얀 사자 기사단장을 만나러 가 버렸던 일을 떠올렸다.

아무래도 그때 일을 말하는 모양이었다.

"미리 말해 두면 당신은 사양할 게 분명하니 당일에 당신 집 앞까지 데리러 갈 생각이었습니다."

베시는 기가 막힌다는 얼굴을 하였다. 아니, 내 사정은 상관도 없다 이건가. 자신이 제멋대로 구는 타입 이라는 자각은 있지만, 이 남자는 때때로 자신보다 한 수 위였다.

"형수님이 당신을 보고 싶어 합니다. 알버트는 당신을 위해 맛있는 유명 제과점 초콜릿 스펀지케이크를 준비해 두겠다고 합니다."

알버트? 그게 누구지? 베시가 의아한 얼굴을 하자 저스틴이 얼른 설명을 덧붙였다.

"우리 집안 집사입니다."

"아, 그분!"

내 빈 접시에 바로바로 간식을 채워 주시던 집사님. 자신을 향해 상냥하게 웃던 나이 지긋한 집사의 얼굴과 세라 얼굴을 번갈아 떠올린 베시의 입가가 실룩거렸다. 저스틴은 베시의 대답을 예상하면서도 물었다.

"올 겁니까?"

끄덕, 끄덕. 격하게 고개를 끄덕거린 베시가 뒤를 힐끔 보았다.

약간 놀란 얼굴을 한 빅터 옆에 무어라 표현할 수 없는 표정을 짓고 있는 크리스가 보였다.

"베시. 내 눈의 착각이 아니라면 저스틴 경과의 '저녁 약속'을 방금 잡은 것처럼 보이는데."

"응, 네 눈의 착각 맞아."

크리스와의 약속을 거절할 좋은 핑계가 생긴 베시가 의기양양하게 말하였다.

"너도 알겠지만, 내가 하이네 공작 부인의 티 파티에서 조금 큰 실수를 했잖니. 상냥한 공작 부인께서 날 위로하기 위해 저녁 식사 초대를 해 주셨거든."

"그럼 그 전까지는 나와—"

"어머, 물론 나는 저녁 식사 전에 공작저에 가서 공작 부인과 시간을 보낼 거란다. 전에 부인에게 여러 가지 세상 밖 이야기를 들려드리기로 약속했었거든. 그래서 내일은 오전부터 매우 바쁠 것 같네."

베시가 강경한 거부에 크리스의 표정이 조금 침울한 것으로 바뀌었다. 그는 평소보다 조금 힘없어 보이는 얼굴로 웃으며 물었다.

"베시. 내가 싫어서 그러는 거야, 아니면 공작 부인이 그렇게 좋은 거야?"

둘 다. 뭘 그렇게 당연한 걸 묻느냐며 베시가 핀잔하려던 찰나였다. 크리스가 생각하지도 못했던 한 마디를 덧붙였다.

"아님 저스틴 경 때문인 건가?"

크리스가 의미심장한 눈짓을 하며 턱을 까닥하였다. 그 동작이 무엇을 의미하는지 몰라 어리둥절하던 베시는 곧 자신이 저스틴에게 기댄 것처럼 서 있는 상태라는 걸 눈치챘다. 심지어 어느 틈엔가 저스틴은 자연스럽게 베시의 어깨를 감싸 쥐고 있었다.

헉! 마치 불에 꼬리를 데인 고양이처럼 베시가 후다닥 저스틴에게서 멀어졌다. 답지 않게 당황한 그녀가 커다란 눈동자를 깜빡거리며 고개를 돌렸다. 내가 미쳤나봐! 전혀 이상하다는 생각을 못했어!

"……둘이 그렇게 사이가 좋아졌는지 미처 몰랐군. 안 그런가, 빅터 경?"

놀리는 것 같은 말투에는 묘하게 가시가 돋쳐 있었다. 빅터는 아무 대답을 하지 않았고, 저스틴 역시 입을 꾹 다물었다.

이 상황에서 크리스의 눈치를 보지 않는 건 오로지 베시 한 사람 뿐이었다.

"조, 좋아지긴 무슨! 그냥 조금 전보다 친해졌을 뿐이지, 뭐."

친구에게 놀림받은 걸 부끄러워하는 아이처럼 뺨을 분홍빛으로 물들인 베시가 작게 헛기침을 하였다.

"어쨌든 그래서 나 너랑 못 놀아. 그러니까 넌 딴생각하지 말고 일이나 열심히 해."

더는 할 말이 없다는 것처럼 베시가 성큼성큼 앞으로 걸어 나갔다. 크리스가 자신을 지나치는 베시를 힐끔 보았다. 저스틴의 눈에 비친 황태자는 전혀 평소 같지 않은 얼굴을 하고 있었다.

"베시."

하지만 걸어가던 베시를 불러 세운 건, 크리스가 아닌 빅터였다.

베시가 멈추어 서서 제 오빠를 힐끔 보자, 빅터는 조금 걱정스러운 얼굴로 그녀를 보았다.

"지나치게 무리는 하지 말아라."

머뭇거리던 그가 내뱉은 말은 서툰 걱정이었다. 베시는 픽 웃어 버렸다.

"걱정 마세요, 무리 안 하니까. 그러니까 오빠도 괜히 변장 같지도 않은 변장하고 제 집 앞까지 찾아오는 것 좀 그만하세요."

베시의 말에 빅터의 몸이 크게 움찔하였다.

아니, 그걸 대체 어떻게? 그렇게 묻는 것 같은 빅터의 시선에 베시가 팔짱을 꼈다. 하여간 걱정도 많다니까.

전부터 검은 망토로 전신을 가린 남자가 제 집 주변을 맴돈다는 걸 알게 된 건 최근 일이었다. 그리고 그 수상한 남자가 다름 아닌 자신의 걱정 많은 친오빠 빅터라는 걸 알게 된 것도.

"수상한 사람이 제 집 주변에 있다고 경비대에 신고 들어갔대요. 명색이 황태자 직속 호위 기사가 여동생 혼자 사는 집 스토킹 하다가 경비대에 끌려가면 좀 창피하지 않겠어요?"

빅터가 끙, 앓는 소리를 내며 고개를 숙였다. 제 딴에는 신중을 기해서 움직인다고 했는데, 아무래도 걱정이 과해서 방심했던 모양이었다.

베시는 빅터의 어깨를 툭툭 쳤다.

"다음에는 현관으로 오세요. 차 한잔 정도는 대접할게요."

웬일로 상냥하게 말한 베시가 다시 가볍게 걸음을 옮겼다. 그 모습을 몇 걸음 뒤에서 지켜보고 있던 저스틴이 곧 그녀의 뒤를 따르려고 하였다.

그 순간, 중얼거림보다는 큰, 하지만 말소리보다는 작은 목소리가 들려왔다.

"—부럽군. 자네의 단 몇 주가, 나의 1년보다 더 가깝다니."

황태자의 입에서 나온 그 말은 대답을 요구하는 것은 아니었다. 그렇기에 저스틴 역시 흘려 말하듯 중얼거렸다.

"관계에 있어서 중요한 것은 순서나 시간이 아닙니다."

평소처럼 감정을 알 수 없는 눈으로 크리스가 저스틴을 보고 있었다. 저스틴은 그에게 깊게 고개를 숙여 인사를 한 후, 빅터에게도 인사를 하였다.

황태자와 붉은 늑대의 기사는 마녀와 하얀 사자의 기사가 어깨를 나란히 하고 걸어가는 모습을 말없이 지켜보았다.

이윽고, 그들이 시야에서 완전히 사라졌을 때.

계속 텅 빈 자리를 응시하는 크리스의 눈치를 보며 빅터가 조심스럽게 입을 열었다.

"전하. 괜찮으시겠습니까?"

"……뭐가 말인가?"

"정말 제 동생이 범인을 찾을 수 있다고 보십니까? 역시 이런 일은 전문 조사관에게 맡기심이 좋지 않겠습니까."

빅터의 걱정스러운 말에 크리스는 빙긋 웃었다. 얼마 전에 있었던 일 때문인지 빅터는 베시가 계속 이 일에 관여하는 것을 꺼리는 것처럼 보였다.

"걱정 말게나. 경."

조금 전까지 옅은 베일처럼 드리워져 있던 감정이 전부 걷혀 나간 그 얼굴은 어느새 황태자의 얼굴로 돌아와 있었다.

"그녀는 폭풍이 아니던가. 폭풍이 휘몰아친 자리에 남은 게 어쩌면 진실일지도 모르지 않나."

크리스는 폭풍이 지나간 자리라는 게 어떤 것인지 잘 알고 있었다. 그는 고개를 들어 여전히 걱정이 한가득 담긴 얼굴을 하고 있는 빅터를 보았다.

이기적인 황태자 눈에도 동생 걱정 하느라, 자신의 신변을 돌보느라 바쁜 제 호위 기사가 꽤 안쓰럽게 보이기는 하였다.

"허나, 혹시라도 베시에게, 무슨 일이 생긴다면……."

빅터가 조금 고개를 숙여 걱정스러운 중얼거림을 내뱉었다. 크리스는 쓴웃음을 지었다.

평소에는 '미운 내 누이'를 입에 달고 살면서도 속으로는 그가 얼마나 베시를 아끼는지 잘 알 수 있었다. 오죽하여 스토커로 오해받을 변장까지 하고, 시간 날 때마다 여동생을 몰래 지켜보러 갔을까.

"걱정 말게. 당분간은 근처에 사람을 더 붙이도록 할걸세. 베시의 집은 물론 도서관 주변에도."

물론 은빛 매 기사들에게 한 번 정도는 경고를 해 둘 생각이고.

애초에 그 목적으로 이곳을 찾았던 크리스가 은빛 매 기사단의 훈련장을 힐끔 노려보았다.

“허나, 전하. 이 주변은 원래 은빛 매 기사단이 자체적으로 순찰도 겸하고 있는지라 그들의 반발이 거셀 겁니다. 어쩌면 베시와 전하 사이에 무슨 말이 오갔으리라는 엉뚱한 짐작을 할 수도 있습니다.”

자칫 잘못하면 은빛 매 기사들이 더더욱 베시에게 악감정을 품을지도 모른다. 크리스는 빅터의 그 걱정이 쓸데없는 것이라고 말하려다가 곧 무언가를 떠올린 표정을 지었다.

“……아니, 어쩌면 오히려 그게 더 좋을지도 모르겠군.”

“그, 그게 무슨 말씀이십니까!? 전하께서는 베시를 보호하기 위해 정찰병을 늘리시라고 한 게…….”

당황하여 어쩔 줄 몰라 하는 빅터를 보며 크리스는 웃었다.

처음에는 평소처럼 능청맞던 그 미소는 서서히 서늘한 것으로 바뀌었다.

어느새 황태자는 누군가를 조롱하는 것처럼 차가운 미소를 짓고 있었다.

“그러니까 오히려 잘되었단 말일세. 어리석은 매가 제 무덤을 팔지도 모르니까.”

* * *

저녁 식사에 초대받은 베시가 하이네 공작저로 오기 전. 그녀는 귀족들의 식사 예절이 적힌 책을 차분히 정독하였다. 귀족들이 식사 예절을 얼마나 중요시하는지 잘 알고 있었기에 그녀는 책에 적힌 모든 문구와 삽화를 통째로 암기해 버렸다.

하지만 막상 하이네 공작저의 식사에서는 그것이 필요 없다는 걸, 깨닫게 되었다.

하이네 공작저에서 불필요한 식사 예절은 필요 없었다.

함께 식사하는 상대를 불쾌하지 않게 할 정도의 예의와 즐거운 화젯거리만 있으면 충분하였다.

"베시. 괜찮으면 이 토끼 구이를 더 들어요. 오늘은 굽기며 간이 아주 적당하고 좋네요."

세라의 말이 끝나기가 무섭게 대기하고 있던 집사 알버트가 커다랗게 썰린 고기 덩이를 베시의 접시에 놓아주었다.

베시가 "감사합니다. 공작 부인."이라고 말하는 것과 동시에 이번에는 맞은편에 있던 꼬마 신사가 입을 열었다.

"베시 양, 이것도 맛있어요. 많이 먹어요."

활짝 웃으며 작은 손으로 접시를 가리키는 건 현재 하이네 공작의 첫째 아들인 보리스였다. 즉, 차기 하이네 공작이자 저스틴의 어린 조카.

베시는 다섯 살배기 아이가 손님 접대를 하겠다고 건네는 말이며 하는 행동이 귀여워 참을 수가 없었다. 심지어 베시와 눈이 마주칠 때마다 보리스는 뭐가 그리 좋은지 방긋방긋 웃어 보였다. 그때마다 쏙쏙 들어가는 보조개가 너무나 사랑스러웠다. 세라를 쏙 빼닮아서 그런지 아이는 흡사 그림책 속에 나오는 아기 천사 같이 예뻤다.

아아, 저 통통한 볼을 손끝으로 콕콕 찔러 볼 수만 있다면 영혼이라도 팔 수 있을 것 같아.

베시는 자신이 어느새 손가락을 꼼지락거리고 있다는 걸 깨닫고 서둘러 와인 한 모금으로 목을 축였다.

"오늘은 베시가 함께 있어 줘서 정말 다행이에요. 최근에는 공작께서도 바쁘시고, 도련님들도 바쁘셔서 식탁이 참 허전했거든요. 특히 우리 막내 도련님은 요새 뭘 하느라 그리 바쁘신지 모르겠다니까요."

세라의 은근한 지적에 저스틴이 가볍게 고개를 숙이며 말했다.

"죄송합니다. 하지만 형님들께서 바쁘신 건 아무래도 이해해 주셔야 할 것 같습니다. 국경에서 바마로 족이 계속 모습을 보이고 있다는 정보가 있어 회의가 잦으니까요."

그 말에 세라가 뾰루퉁하게 입술을 내밀었다.

"어머, 저도 알고 있어요. 저스틴 도련님. 그래서 은빛 매 기사단의 단장인 빌헬름 경이 국경까지 가서 경비를 강화하고 있는 것 아닌가요?"

베시는 접시에 놓인 토끼 고기를 작게 썰어 먹으며 생각에 잠겼다.

바마로 족은 제 나라를 갖지 못한 채, 대륙 이곳저곳을 떠돌아

다니는 민족이었다. 그들은 대개 각 나라에서 용병으로 일하거나 자기들끼리 무리를 이루어 도적질을 일삼는 경우가 많았다.

태생적으로 뛰어난 전투 능력을 가진 민족이기에 그들 하나가 잘 훈련받은 병사 다섯을 거뜬히 상대하였다. 그러니 바마로족이 국경에서 보인다는 정보에 공직자들이며 귀족, 황가에서 바짝 긴장하는 건 당연한 수순이었다.

"맞습니다. 빌헬름 경이 그 일로 오랫동안 기사단을 비워 둔 상태입니다."

흠, 그런 이유에서 부단장인 랜돌프가 은빛 매 기사단을 통솔하고 있는 거구나. 입술을 오물거리며 베시는 그 정보를 머릿속에 담아 두었다.

세라는 작게 한숨을 쉬며 말했다.

"하여간 밀러가도 큰일이네요. 아직 혼자인 공작이 그렇게 오래 자리를 비우니 고용인들도 여러모로 불안하겠어요. 밀러 공작도 얼른 좋은 짝을 만나야 할 텐데…… 아니, 그보다도 우리 도련님들이 먼저 좀……."

마지막 말은 거의 들리지 않게 중얼거린 세라는 고개를 들어 베시를 보고 싱긋 웃었다.

"손님을 불러 놓고 제가 너무 재미없는 이야기만 하고 있죠? 베시는 언제 들어도 재미있는 이야기를 들려주는데, 내가 말주변이 없어서 미안해요, 베시."

"아니에요, 공작 부인. 초대해 주신 덕분에 저야말로 좋은 시간을 보내는 걸요. 수도에 온 이후, 가장 즐거운 저녁이네요."

베시는 싱긋 웃었다.

공작 부인의 사람 됨됨이를 알게 된 후로 그녀를 대하는 것이 한결 더 편하고 좋았다.

"그렇다면 다행이네요. 후후. 어머나, 베시 접시가 비었어요. 뭔가 더—"

"아니에요, 이미 배가 부른 걸요."

더 먹으려고 해도 들어갈 공간이 없다고 생각하며 베시가 만족스러운 한숨을 내쉬었다. 그러자 근처에 있던 알버트가 조심스럽게 입을 열었다.

"베시 양. 아직 디저트가 남아 있습니다. 초콜릿으로 코팅한 후, 코코넛 가루를 듬뿍 뿌린 스펀지케이크입니다만—"

"그건 먹어야죠."

아직 못 먹은 디저트 이야기를 듣는 순간, 갑자기 베시의 의욕이 불타올랐다. 냅킨으로 입가를 닦아 내던 저스틴은 기가 막힌다는 얼굴을 하였다.

"베시, 방금 당신 배부르다고 하지 않았습니까?"

"……원래 디저트 배는 따로 있는 거예요."

머쓱해진 베시가 한 말에 얼른 세라가 힘을 보태 주었다.

"맞아요, 저스틴 도련님. 여자들은 아무리 배가 불러도 맛있는 디저트라면 얼마든지 먹을 수 있는 법이랍니다."

"저도요, 어머님! 저 초콜릿 케이크는 많이 먹을 수 있어요!"

보리스도 신이 나서 손을 번쩍 들었다. 아직 어린 차기 공작은 특정 발음이 어려운지, 간간히 혀가 꼬인 소리를 내었다. 베시는 웃음이 터질 것 같은 충동을 꾹꾹 참아야 했다.

저스틴은 일찌감치 항복을 선언한 가운데, 커다랗게 잘린 케이크가 담긴 접시가 다른 사람들 앞에 놓였다.

하이네가의 집사가 신경 써서 준비한 만큼 케이크에서 피어오르는 달콤한 향기는 최고였다.

베시는 마치 오늘 처음으로 먹을 걸 먹는 사람처럼 행복하게 케이크를 먹기 시작하였다.

베시와 세라, 보리스 세 사람은 케이크의 맛을 극찬하며 집사의 어깨를 우쭐하게 만들었다. 저스틴은 그 모습을 보며 슬그머니 웃었다. 이상하게도 그녀가 이 자리에 있는 게 조금도 어색하지가 않았다.

"그나저나 베시. 도서관 공사에 생각보다 많은 예산을 사용해서 어려움을 겪는다고 들었는데, 내가 뭔가 도울 일은 없나요?"

케이크를 싹 비운 후, 홍차를 마시던 세라가 걱정스럽게 물었다.

그 말을 듣자마자 베시는 저도 모르게 옆에 있는 저스틴을 찌릿 째려 보았다. 그 정보의 출처는 모르는 척 물을 마시고 있는 남자일 게 분명했으니까.

"아뇨, 공작 부인을 번거롭게 해드리는—"

"어머, 베시! 친구 사이에서 번거로울 일이 뭐가 있나요. 아주 사소한 것이라도 좋으니 필요한 게 있으면 뭐든지 말해 줘요."

눈을 반짝반짝 빛내며 세라가 베시를 보고 있었다.

자, 어서 내가 할 수 있는 일을 알려 줘요. 그 눈을 마주한 베시는 조금 곤란해지고 말았다.

심지어 어째서인지 보리스마저 초롱초롱한 눈으로 베시를 보고 있었다.

"……형수님, 그렇게 갑자기 물어보면 베시도 당장은 생각나는 게 없을 겁니다. 안 그렇습니까, 베시?"

세라의 질문에 대신 대답한 저스틴이 동의를 구하듯 베시를 보았다. 자신을 곤란하게 만든 장본인이 돕겠다고 나서는 게 아이러니했지만, 베시는 저스틴의 말에 고개를 끄덕였다.

"네. 지금은 생각나는 게 없네요. 하지만 조만간 관장실과 응접실을 꾸밀 때는 부인의 조언이 필요할 것 같아요. 그때 도움을 청해도 괜찮을까요?"

"물론이죠, 베시! 언제든 말하세요. 이래 봬도 제가 실내 장식에 제법 감각이 있답니다."

가슴을 쭉 펴는 세라는 어린 소녀처럼 사랑스러웠다. 베시는 그 옆에 있는 보리스가 세라를 흉내 내듯 고개를 치켜 올리는 걸 보고 빙그레 웃었다.

이곳은 귀족 저택이라고 생각할 수 없을 만큼 기분이 좋은 장소였다. 그 이유가 무엇인지는 분명했다. 신분과는 상관없이 사람을 진심으로 대하는 좋은 사람들이 이곳에 있기 때문이리라.

하지만 그렇다고 해서 언제까지고 이곳에 있을 수는 없었다.

베시는 벽면에 걸려 있는 커다란 시계를 본 뒤, 남아 있는 홍차를 천천히 전부 마셨다.

"시간이 벌써 이렇게 되었네요. 오늘은 이만 실례해야 할 것 같습니다, 하이네 공작 부인."

"어머, 베시. 벌써 가게요? 그러지 말고 오늘은 자고 가세요. 손님용 방은 언제든 준비가 되어 있으니까요."

자리에서 일어서려는 베시를 본 세라가 그녀를 붙잡았다. 보리스의 커다란 눈망울에서도 아쉬움이 뚝뚝 떨어지고 있었다.

그러나 베시는 그 제안을 정중히 거절하였다. 아무리 좋은 사람들이 있는 곳이라 하더라도 귀족의 저택에서 하룻밤을 보내는 건 영 불편하였다.

"집에 가서 해야 할 일도 있고 해서 가 봐야 할 것 같아요. 실례가 아니라면 다음에 또 오도록 하겠습니다."

"실례라니요! 언제든 찾아 주세요. 다음에는 하룻밤을 묵고 가면 더 좋고요."

세라는 마치 베시가 마차로도 며칠은 걸리는 곳에 있는 사람처럼 아쉬워하였다. 그녀는 느긋한 걸음으로도 이십 분이면 충분한 곳에 살고 있는데도.

"바래다드리겠습니다, 베시."

그렇게 말한 저스틴이 자리에서 벌떡 일어서서 식당 밖으로 나가버렸다. 베시가 싫다, 됐다 말을 할 틈도 없었다. 그것을 보고 세라가 후후 웃었다. 의미심장한 웃음이었다.

저스틴이 옷을 갈아입고 오는 동안, 세라와 베시는 현관에 가까운 응접실로 이동하였다.

잘 시간이 다 된 보리스는 집사 알버트의 손에 이끌려 침실로 사라졌다. 귀여운 꼬마 신사는 베시의 손등에 작별 키스를 하는 걸 잊지 않았다.

보리스가 나가는 것과 동시에 완벽하게 외출복 차림을 한 저스틴이 응접실로 들어왔다.

그의 손에는 베시가 이 저택 입구에서 집사에게 맡겼던 낡은 쥐색 코트가 들려 있었다. 그는 어색해하는 베시에게 손수 코트를 입혀 준 뒤, 그녀를 현관으로 에스코트하였다.

세라는 말없이 그 모습을 지켜보면서 어째서인지 흐뭇한 얼굴을 하고 있었다. 덕분에 베시는 더더욱 마음이 불편해졌다.

"오늘은 정말 저녁 시간이 너무 즐거웠어요, 베시. 다음에도 꼭 발걸음을 해 주세요."

"저야말로 감사했습니다. 그럼 다음에 뵙겠습니다, 하이네 공작 부인."

예의 바르게 인사를 마친 베시는 저스틴을 힐끔 보았다. 굳이 안 바래다줘도 되는데. 그런 말이 목구멍까지 차올랐지만, 이미 저스틴은 세라에게 다녀오겠다는 인사를 하고 있는 상태였다.

"다녀오겠습니다, 형수님."

"네, 다녀오세요, 저스틴 도련님. 베시를 잘 데려다주시고, 조심해서 돌아오세요."

고용인들이 커다란 현관문을 열었다. 하이네 공작가 사람들의 배웅을 받으며 베시는 저스틴과 함께 문밖으로 나섰다. 공작저의 대문을 벗어날 때쯤, 뒤를 힐끔 본 저스틴이 피식 웃었다.

그가 왜 그러는가 싶어 덩달아 고개를 돌린 베시는 잠시 멈칫하였다. 불이 환하게 커진 창가에 대롱대롱 매달려 있는 보리스의 모습이 보였다.

"……당신이 꽤나 마음에 들었나봅니다."

베시는 손을 흔들어 주고 싶었지만, 꾹 참고 고개를 앞으로 돌렸다. 다음에 올 때는 어린 신사가 좋아할 만한 장난감이라도 사 올까.

"그러게 말이에요. 하이네 공작가의 사람들은 모두 저에게 굉장히 호의적이네요. 저스틴 군만 빼고."

저스틴이 한쪽 눈썹을 꿈틀거렸다. 나 정도면 충분히 당신에게 호의적인 게 아니냐고 묻는 것 같은 얼굴이었지만, 유감스럽게도 베시는 그 얼굴을 보지 못했다.

"혹시 당신 가문 사람들, '최초의 왕'의 핏줄인 거 아니죠?"

장난처럼 베시가 물은 말에 저스틴은 고개를 옆으로 기울였다.

"그게 무슨 뜻입니까?"

"어라? '최초의 마녀'와 '최초의 왕'에 대한 이야기, 들어 본 적 없어요?

가로등이 하나 둘 켜진 밤거리는 제법 밝았다. 그 빛을 눈으로 좇으며 저스틴은 기억을 더듬었다.

최초의 마녀, 최초의 왕.

최초의 마녀에 대해서는 잘 모르지만, 최초의 왕에 대해서는 저스틴도 알고 있었다.

이 세상을 하나의 나라로 통일하였던, 이 세계가 인정한 단 하나의 왕. 까마득하게 먼 전설 속에 나오는 인물이었다. 다만 각 세계의 왕이나 일부 귀족의 가계를 조사하면 '최초의 왕'의 피가 섞여있는 만큼 그는 실존 인물이 분명하다는 것이 통설이었다.

"왕에 대해서는 들어 보았지만, 최초의 마녀에 대해서는 들은 적이 없습니다."

"그래요? 그럼 책 한번 찾아봐요. 어딘가에 분명 관련된 내용 있을 거예요. 키워드는 창세신화예요."

설명해 주기가 귀찮다는 듯 베시가 어깨를 으쓱하였다.

"궁금하니 간략하게라도 설명해 주십시오."

정직하게 가르침을 청하는 남자의 태도에 베시는 마음이 약해졌다.

"……음, 그럼 간단히 말하자면 일종의 미신이에요. '최초의 왕'의 피가 조금이라도 섞인 사람은 마녀에게 호의를 느낀다는 그런 말이 있거든요. 왜 그런 말이 생긴 건지는 알아서 조사해 봐요."

이제 더는 대답해 주지 않겠다는 것처럼 베시가 한 말에 저스틴이 얼굴을 찌푸렸다. 베시의 심술 때문이 아니었다. 그의 머릿속에 문득 떠오른 한 가지 생각 때문이었다.

"……혹시 그래서 전하께서 당신에게—"

"응? 뭐라고요?"

저스틴의 말을 제대로 듣지 못한 베시가 귀를 쫑긋 세워 되물었다. 자신이 했던 말을 되풀이하고 싶지 않았던 저스틴은 슬쩍 말을 돌렸다.

"아무것도 아닙니다. 그래서 결국 도서관 외벽 회반죽 시공은 다 끝났다고 합니까?"

그가 얼마나 천연덕스럽게 굴었는지, 베시의 관심은 자연스럽게 도서관에 대한 것으로 옮겨갔다.

"아, 네. 아까 여기 오기 전 에릭이 저 대신 확인하고 왔던데, 잘 끝났다고 하더라고요. 내일 가서 내가 손을 마저 보려고요."

"손을 본다고요? 당신이?"

저스틴이 매우 미심쩍다는 얼굴로 베시를 보았다.

은빛 매 기사들의 지갑까지 탈탈 털어 내서 자금을 확보한 뒤에도 페인트칠은 하지 않겠다고 했던 이 여자가 대체 무슨 꿍꿍이를 갖고 있는 것인지 알 수가 없었다.

"설마 당신이 직접 칠한 겁니까? 도서관 벽 전부를?"

"내가 그런 귀찮고 피곤한 일을 할 것 같아요?"

기가 막힌다는 베시의 질문에 저스틴은 침묵하였다.

아니, 할 리가 없겠지. 베시는 제 손으로 그런 중노동을 할 바에는 차라리 은빛 매 기사들을 데려다가 또 고대 노예처럼 실컷 부려 먹을 여자였다.

그렇다면 대체 뭘 하려는 걸까?

저스틴의 그윽한 눈매에 감출 수 없는 호기심이 어렸다는 걸 알아차린 베시가 웃었다.

"궁금하면 내일 한 번 와 보던가요. 혹시 또 알아요? 돈 주고도 못 볼 재미있는 걸 볼 수 있을지."

호오. 그렇게 나오시겠다? 저스틴이 피식 웃었다.

"부디 돈 주고 볼 수 있는 정도의 볼거리가 아니길 바라죠. 그럼 내일―"

자연스럽게 약속 시간을 잡으려던 저스틴은 멈칫하였다.

하던 말을 멈춘 그는 걸음의 속도를 낮추며 주변을 힐끔거렸다.

"왜 그래요, 저스틴 군?"

저스틴은 베시의 물음에 대답 없이 그저 주변을 경계하였다.

그제야 무언가 심상치 않다는 것을 느낀 베시도 덩달아 주변을 두리번거렸다.

"누군가 있나요?"

베시가 다시 한 번 질문을 던졌다. 한동안 신경을 곤두세우고 있던 저스틴이 이윽고 천천히 고개를 저었다.

"……아닙니다. 제 착각인 모양입니다."

하지만 그 얼굴에는 꺼림칙한 기색이 역력하였다. 말과는 달리 완전히 경계심을 떨치지 못한 그가 천천히 고개를 들어 올렸다.

문득 그의 눈에 아직 덜 찬 달이 들어왔다.

조금 어스러진 달 모양이 이상하게 그의 가슴속을 쿡쿡 쑤셔왔다.

* * *

이튿날, 저스틴은 베시와 함께 도서관을 찾았다.

회반죽 시공이 끝난 도서관의 모양새는 예전보다는 멀끔해 보였다. 하지만 칠이 없는 벽으로는 휑한 느낌을 감출 수는 없었다.

"음, 이 정도면 괜찮은 것 같네요."

그래도 베시는 꽤 만족스러운지 요리조리 고개를 돌려가며 도서관 겉면을 살피고 있었다.

"안에는 확인 안 해도 됩니까?"

"안은 아직 공사 안 끝났어요. 한 이틀 정도 더 걸린대요. 오늘도 1시간 후에 공사 시작이니까, 지금 빨리 손봐야 해요."

그렇게 말한 베시는 따라오라는 것처럼 저스틴에게 고갯짓을 하였다.

순순히 그녀를 따라가던 저스틴은 문득 베시가 평소에 가지고 다니지 않던 작은 가방을 갖고 있다는 것을 깨달았다. 제 손바닥보다 조금 더 큰 가방은 안에 무엇이 들었는지 모양이 불룩하였다.

저스틴이 가방 안에 든 물건의 정체를 짐작해 보는 사이, 두 사람은 도서관을 빙 돌아 뒤뜰에 도착하였다.

적당한 곳에 자리를 잡고 선 베시는 가방 안에서 주섬주섬 무언가를 꺼내 들었다. 눈을 가늘게 뜬 저스틴은 그것이 작은 나무 상자라라는 걸 알아차렸다. 베시는 그것을 저스틴에게 내밀었다.

"저스틴 군, 잠깐 이것 좀 맡아 줘요."

엉겁결에 저스틴은 그것을 받아 들었다. 떡갈나무로 만들어진 나무 상자는 생각보다 가벼웠다. 표면에는 알 수 없는 문양이 그려져 있었다. 대체 이게 뭘까?

저스틴이 호기심 가득한 눈빛으로 상자를 살펴보는 사이, 베시는 베시대로 바쁘게 움직였다.

저 끝에서부터 이쪽으로 도서관 벽을 쭉 훑고 온 그녀는 무슨 생각인지 주먹으로 벽을 톡톡 두들기고 다니기까지 하였다.

"좋아, 여기로 하자."

혼자 분주히 무언가를 분석한 베시는 외벽의 어느 한 지점을 손가락으로 툭툭 쳤다. 얼핏 보기에는 다른 부분과 전혀 다를 게 없어 보이는 평범한 벽이었다.

"저스틴 군. 그 상자 좀 줄래요?"

상자를 열심히 관찰하던 저스틴은 순순히 그녀에게 그것을 돌려주었다.

상자를 받아 든 베시는 자물쇠를 향해 손가락을 뻗었다. 그리고 열쇠 구멍을 손톱으로 툭 두들겼다. 그러자 달칵, 하는 소리와 함께 자물쇠가 저절로 풀렸다.

뚜껑이 열린 상자에서 나온 것은 생각보다는 평범한 물건이었다.

"잉크와, 펜?"

고급스러운 나무 상자 안에서 나온 것은 뜻밖에도 작은 잉크병과 조금 독특한 모양의 크리스탈 펜 한 자루였다.

펜? 잉크? 대체 지금 여기서 이게 왜 필요하단 말인가.

저스틴이 느끼는 혼란을 아는지 모르는지 베시는 중얼거렸다.

"오랜만이라 괜찮을지 모르겠네."

영문 모를 말을 중얼거린 베시는 상자를 바닥에 내려놓았다. 저스틴은 방해가 되지 않기 위해 조용히 한 걸음 물러서서 그녀의 행동을 지켜보았다.

상자 위에 잉크병을 올린 뒤, 베시는 뚜껑을 열었다.

곧 잉크병 안에서 시트러스 같은 상큼한 향이 흘러나왔다. 조그만 입구 너머로 보이는 잉크의 색상은 마치 수많은 별이 가득한 밤하늘과도 같은 색이었다.

"흐음, 일단 시험부터 해 봐야겠네."

혼잣말을 중얼거린 베시는 주변을 두리번거리다가 제 주먹보다 작은 크기의 돌 하나를 주워 왔다. 펜을 잡아 글씨를 쓸 자세를 취한 그녀는 낮게 중얼거렸다.

"기록 시작."

평소보다 진지한 베시의 목소리가 그런 말을 내뱉은 찰나—

주변의 공기가 순간적으로 멈추었다.

아니, 멈춘 것 같다는 생각이 들 정도로 저스틴과 베시가 있는 공간의 분위기가 변하였다.

조금 전까지 나뭇가지를 흔들어 놓던 바람이 잠시 멈추어 섰다.

그 나무 위에서 달콤한 기쁨을 노래하던 새는 숨을 죽였다.

어딘가에 숨어서 제 울음소리를 뽐냈던 벌레가 곡을 멈추었다.

순식간에 무음의 세계가 되어 버린 공간에서 들리는 것은 오로지 단 하나.

펜이 움직이는 소리뿐이었다.

사각, 사각, 사각—

길이가 조금 긴 펜을 능숙하게 움직이며 베시는 돌 위에 한 줄의 문장을 적어 내려갔다. 펜 끝이 돌을 스치자 회색 돌 위로 독특한 색의 잉크가 서서히 스며들었다. 양쪽 시력이 매우 좋은 편인 저스틴은, 베시가 돌에 쓴 문구를 한 글자도 놓치지 않고 읽어냈다.

영원히 지지 않는 꽃이 핀다.

그것은 베시가 쓴 것치고는 꽤 낭만적인 문장이었다. 저스틴은 난데없이 그녀가 그런 문장을 돌에다 쓰는 이유를 알 수 없었다.

"기록 끝."

그 순간, 저스틴은 놀라운 광경을 목격하였다.

그녀가 주워 온 것은 분명 어디에서나 볼 법한 평범한, 작은 돌이었다. 아무런 특징도 없는 우둘투둘하고, 작은 구멍이 여러 개 나 있는 평범하디 평범한 돌.

그런데 베시가 문구를 적은 것과 동시에 그 돌 틈 사이마다 아주 작은 '꽃'이 피어났다.

가짜도, 환상도 아니었다.

순식간에 주변이 달콤한 장미 향으로 가득 찼다. 그 향이 뿜어져 나오는 근원에서는 베시의 머리색을 똑 닮은 붉은 꽃잎이 탐스럽게 제 모양을 뽐내고 있었다.

비록 어린아이의 손톱만 한 크기였으나 그것은 분명 장미였다.

그것도 살아 있는.

"음, 괜찮네."

꽃이 핀 돌을 이리저리 둘러보며 상태를 확인한 베시는 그것을 한쪽에 대충 내려놓았다. 그리고 펜촉에 잉크를 묻힌 뒤, 아까 전 자신이 눈여겨 보아두었던 외벽에 펜을 가져다 댔다.

펜촉이 벽에 작은 점을 만든 순간,

"기록 시작."

베시가 벽에 휙— 적어 내려간 문장은 이번에는 저스틴이 알아볼 수 없는 말이었다. 마녀들만이 쓰는 언어일까? 대체 뭐라고 쓰는 거지?

하지만 그의 궁금증은 몇 초도 지나지 않아 해소되었다.

"기록 끝."

베시의 주문이 끝나는 것과 동시에 아무것도 없던 곳에서 갑자기 자라난 넝쿨이 순식간에 도서관을 감싸고 올라가기 시작하였다.

누군가가 온 세상의 시계를 아주 빨리 감은 것처럼 모든 것이 순식간에 벌어졌다.

곧 가느다랗고 잎사귀가 아주 여린 넝쿨 사이로 이름을 모를, 혹은 익숙한 수십 종의 꽃이 피기 시작하였다.

노란색, 빨간색, 파란색, 분홍색, 하얀색, 보라색. 주황색. 하늘색. 메리 골드. 원추리. 장미. 베고니아. 팬지. 제비꽃. 히아신스. 자운영. 싱아. 기린초. 금낭화. 포인세티아.

개화 시기도, 품종도 서로 다른 꽃들이 한 넝쿨을 타고 피어나는 모습은 너무나 비현실적이었다.

바로 눈앞에서 그것을 보고 있는 저스틴이 자신의 눈을 의심하며 가볍게 눈덩이를 문지를 정도였다.

어느새 알록달록한 꽃들이 순식간에 도서관의 벽을 뒤덮었다.

아무리 감성이 메마른 자라도 이 도서관의 모습을 본다면 놀라움을 금치 못할 게 분명했다.

그곳은 이제 도서관이라기보다는 마치 동화나 신화 속에 나오는 어느 요정의 궁전 같았으니까.

이게 바로 마녀의 마법인가? 사람들이 그토록 두려워하고, 악하다고 말하는 게 이런 것이라고?

저스틴은 혼란도, 동요도 아닌 감정에 취해 가볍게 고개를 흔들었다.

흔히 사람들은 마녀를 악한 것이라고 불렀다.

대부분의 사람이 마녀를 두려워하던 시대가 있었다. 어떤 나라에서는 공공연하게 마녀 사냥이라는 것이 벌어진 적도 있었다.

수많은 여성들이 단두대에 올라 이슬처럼 사라졌다. 마녀에게 우호적인 나라도 있었지만, 그런 곳은 극소수였다.

사람은 자신이 쓰지 못하는 마법의 힘을 두려워했다. 그래서 마법은 미지의, 공포의 대상이었다.

저스틴 역시 그렇게 배워왔다.

그가 이유 없는 혐오와 공포를 극복한 지금도, 어디선가는 마녀에 대한 차별과 학대가 이어지고 있을지 모른다.

그자들은 결코 알지 못하리라.

이제까지 그들이 배워 온 무서운 마녀, 그리고 두려운 마법은 모두 거짓이었다.

마녀가 행하는 마법은 이토록 아름답고 상냥하였다. 도서관을 둘러싼 꽃과 넝쿨에서는 다정함과 따뜻함이 흘러넘쳤다.

이유 없이 울고 싶은 기분이 들 정도로, 저스틴은 감동했다. 인간이 제 능력을 뛰어넘는 경이로운 것을 목격했을 때 느끼는 전율이 그의 머리끝부터 발끝을 스쳤다.

저스틴은 고개를 돌렸다. 이런 상냥한 마법을 보여 준 마녀가 대체 어떤 얼굴을 하고 있을지 궁금했으니까.

하지만 그녀는 그저 시큰둥하게 콧등을 긁적이며 중얼거릴 뿐이었다.

"뭐, 나쁘지 않네."

그렇게 말하는 베시는 정말 나쁘지 않다고 생각하는 얼굴이었다. 자신의 마법을 뻐기거나 뽐내는 기색은 조금도 없었다.

저스틴은 처음으로 머리가 아닌 가슴으로 깨달았다.

베시 에일이 정말 선택받은 존재, 마녀라는 것을.

"……이게 정말 당신의 마법입니까? 전에 제가 봤던 것과는 다른 것 같습니다."

여러 가지 궁금한 점과 감탄이 목구멍까지 치밀어 올랐다. 하지만 저스틴이 뱉을 수 있는 말은 고작 그 두 마디가 전부였다.

잉크병과 펜을 정리하던 베시는 시큰둥하게 대답하였다.

"뭐예요. 방금 내가 하는 거 직접 보고도 못 믿겠어요? 이건 내가 쓰는 마법 중 '하나'예요."

저스틴은 그녀가 강조한 단어에 특별한 의미가 있음을 깨닫고 되물었다.

"하나?"

"지금 쓴 마법은 평소에 쓰던 것과는 좀 다른 종류거든요. 그러니까, 하나."

그렇게 말한 베시는 저스틴을 향해 눈을 찡긋거리며 웃었다.

"내가 말했죠? 오늘 돈 내고도 못 볼 걸 보게 된다고. 어때요? 이정도면 제법 특별하죠?"

그제야 어서 날 칭찬하라는 것처럼 베시가 가슴을 쭉 폈다. 아이처럼 천진난만한 모습이었다.

"……그렇군요. 정말 대단한 것 같습니다."

저스틴은 진심으로 감탄하였다. 아닌 게 아니라 오늘 그는 평생을 살아도 남들이 절대 못 볼 광경을 목격한 셈이었다.

이 모습을 좀 더 눈에 담아 두자며 저스틴이 고개를 들었다. 조금 전까지 밋밋하고 아무 특징 없던 도서관 건물이 이제는 그 어떤 건물보다도 화사하고 아름다워 보였다.

'정기 귀족 회의에서 이 이야기가 나오겠군. 꽃으로 둘러싸인 도서관이라니. 성 밖에서도 소문이 돌―'

"아."

저스틴은 그 순간 깨달았다. 베시가 갑자기 왜 도서관 건물에 이런 화려한 마법을 건 것인지.

"사람들 사이에서 소문이 나겠군요. 벽에 꽃이 가득 피어 있는 독특한 도서관에 대한 소문이."

베시는 씩 웃었다. 마치 그의 말에 동조하는 것처럼.

"이 제국 사람들은 책에 별로 흥미가 없잖아요. 그러니까 이런 화제성이라도 있어야 다들 도서관에 관심을 갖겠죠."

"이미 도서관은 여러 가지로 의미로 충분히 화젯거리이지 않습니까."

"그걸로는 부족해요. 좀 더 많이 사람들의 관심이 필요하니까."

바람이 불자 향긋한 꽃냄새가 바람에 실렸다. 이토록 많은 꽃이 피어 있는데도 불구하고 꽃향기는 숨 막힐 정도로 강하거나 지독하지 않았다.

은은하고 달콤한 향은 오히려 기분을 상쾌하게 만들었고, 심지어 머릿속을 맑아지게 만들었다.

이것도 다 마법 때문인 걸까.

어느새 베시가 벽에 핀 꽃 한 송이를 조심스럽게 쓰다듬고 있었다. 그녀의 머리카락 색을 꼭 닮은 아름다운 장미였다.

조용히 눈으로 그녀의 움직임을 좇던 저스틴은 베시의 하얀 손끝에 닿아 있는 장미로부터 시선을 뗄 수가 없는 것을 느꼈다.

꽃을 만지고 노는 베시는 평소보다 어리고, 동시에 여리게 보였다. 저스틴의 가슴속이 알 수 없는 통증으로 찌르르 울려왔다.

그는 자신도 모르게 한 걸음을 앞으로 내디뎠다.

베시에게 가까워지기 위해.

"베시."

"응?"

"이곳에는 왜 온 겁니까?"

갑작스러운 저스틴의 질문에 베시가 고개를 천천히 들어 올렸다.

촌스러운 안경알 너머로 그녀의 커다란 눈동자가 보였다. 겨울 하늘처럼 맑고 시린 예쁜 푸른색.

저스틴이 얼마 전부터 좋아하게 된 색이었다.

"왜냐니요. 지금 저스틴 군도 봤잖아요. 벽을 손보려고—"

"이 수도에 온 이유. 도서관의 관장직을 맡은 이유."

저스틴이 또다시 한 걸음 앞으로 다가갔다. 꽃향기가 더욱 진해진 탓인지 머리가 아찔하였다. 그는 나오는 대로 말을 끄집어냈다.

"혹시 크리스 전하 때문인 겁니까?"

베시는 분명 크리스를 싫어하는 것처럼 보였다. 하지만 그럼에도 불구하고 그의 부탁을 들어주었다. 도서관의 관장직을 맡아 주었을 뿐만이 아니라 슐레이 반 듀벨이 남긴 단서를 조사하는 일에도 협력해 주었다.

그렇다면 혹시 베시는—

저스틴은 다시금 무겁고 탁한 감정이 가슴에 차오르는 것을 느꼈다.

"저스틴 군, 미쳤어요? 무슨 그런 끔찍한 소리를 해요?"

듣기만 해도 소름 끼친다는 것처럼 베시는 얼굴을 찌푸렸다. 그러더니 손안에 있는 여린 장미꽃이 마치 크리스의 목인 것처럼 꾸욱 움켜쥐었다. 아름답던 꽃잎이 그녀의 손안에서 무참하게 구겨지자 저스틴은 그것이 안타까웠다.

베시의 머리카락 색을 똑 닮은 그 꽃이 그는 꽤 마음에 든 참이었으니까.

"딱히 크리스 때문에 여기 온 건 아니에요. 처음에 편지를 보낸 건 오빠였어요. 물론 그 뒤에 크리스가 있다는 걸 예상하지 못한 건 아니긴 하지만, 그래도 그 미친 밝힘증 황태자 때문에 온 건 아니라고요."

베시는 꾹 쥐고 있던 주먹에 힘을 풀었다. 그러자 그녀의 손안에서 구겨진 장미꽃잎이 우수수 바닥으로 떨어졌다.

"크리스와는 아카데미에서 알고 지낸 선후배 사이예요. 친구라고 이름 붙일 수도 없는 관계죠. 애초에 난 친구 잘 안 만들어요. 귀찮아지니까."

만일 이 자리에 크리스가 있었다면 속상해 할 말이 분명했다. 그러나 저스틴은 그 말에 조금 안심하고 말았다. 그리고 자신의 그 유치한 안도감을 깨닫기 전에 다른 사실을 먼저 알아차리고 말았다.

"하지만, 베시. 저희 형수님과는 가깝게 지내고 있지 않습니까."

"그거야— 공작 부인은 좀 특별한 사람이잖아요. 누구나 그녀를 좋아할 수밖에 없을걸요. 나도 그녀가 좋아요."

베시는 몸을 빙글 돌려 벽에 등을 기대었다. 그러자 각양각색의 꽃이 그녀의 몸을 부드럽게 감쌌다. 금싸라기 같은 햇빛이 조각조각 부서져서 그녀를 감싼 꽃 사이로 흩어지고 있었다.

특별한, 사람.

어째서인지 그는 그 말에 욕심이 났다.

베시 에일이라는 사람에 대해 누구보다 잘 아는 것이 바로 자신이었으면 좋겠다는 욕심.

지금 자신의 앞에 있는 그녀의 뺨에 붙은 꽃잎을 떼어 줄 수 있는 것이 오로지 자신뿐이었으면 좋겠다는 욕심.

사람을 쉽게 좋아하지 않는 베시가 세상에서 자신만큼은 누구보다 믿고 좋아해 주었으면 좋겠다는 욕심.

그런 생각을 하며 무거운 침묵을 지키던 저스틴의 표정이 묘하게 변하였다.

마치 무언가, 아주 중요하고 심각한 것을 깨달은 사람처럼.

"……그럼, 어떻게 하면 난 당신과 '친구'가 될 수 있는 겁니까?"

갑작스러운 저스틴의 말에 베시가 눈을 동그랗게 떴다.

어머머. 이 기사님이 또 엉뚱한 소리 하시네. 그가 농담이라도 하는 게 아닐까 생각하며 베시는 장난스럽게 말을 맞받아쳤다.

"글쎄요. 마녀에 대해서 좀 열심히 공부를 하고 온 다음에?"

"그럼 내가 마녀에 대해 누구보다 잘 알게 된다면…… 아니, 당신에 대해 알게 된다면 저는 그 누구보다— 당신과 가까운 사람이 될 수 있는 겁니까?"

조용한, 그래서 더욱 크게 울리는 목소리에 베시의 가슴 언저리가 찌르르 울렸다. 그는 무언가, 아주 중요한 것을 전하고 싶어 하는 눈빛으로 베시를 뚫어지게 쳐다보고 있었다.

"네? 어…… 음, 아, 그러니까."

말문이 막힌 그녀는 입을 벌렸다 닫기를 반복하였다. 도저히 웃으면서 상황을 얼버무릴 분위기가 아니었다.

저스틴이 조용히 눈을 빛내며 베시에게 또 한 걸음 다가왔다. 그녀를 바라보는 그의 눈은 푸르스름한 밤하늘을 고스란히 담은 호수처럼 아름다웠다.

"베시."

그녀의 이름을 속삭이며 저스틴이 베시를 향해 또 한 걸음을 내디뎠다. 홀린 듯이 그의 눈을 바라보고 있던 베시가 반사적으로 뒤로 물러서려고 하였다.

하지만 그녀의 등은 이미 벽에 닿아 있었다. 놀라 굳어진 베시는 시선이라도 피하려는 것처럼 고개를 아래로 숙였다.

그제야 그녀의 눈에 꽃잎이 자신의 머리며 몸에 잔뜩 엉겨 붙어 있다는 것이 보였다.

베시가 꽃잎에 정신을 판 사이, 어느새 저스틴은 베시의 바로 앞까지 다가와 있었다. 그리고 그의 손이 천천히 뻗어 와 베시의 뺨에 붙은 꽃잎을 한 장 떼어 냈다.

기분 탓인지, 그녀는 자신의 뺨이 참 뜨겁다고 느꼈다.

혹은 저스틴의 손이 지나치게 차가웠거나.

"저, 저스틴 군."

당황한 탓인지 베시의 목소리가 가볍게 떨렸다.

저스틴은 그녀의 부름에 답하지 않았다. 그저 양손을 벽에 짚은 채, 천천히 베시를 향해 몸을 숙였다.

인적이 드문 조용한 뒤뜰. 사람들의 눈을 피해 밀회를 갖는 연인.

그리고 영원한 사랑을 맹세하며 사랑하는 여인에게 키스하는 남자 주인공.

베시는 마녀들 사이에서 한동안 유행했던 어느 연애 소설에 이런 비슷한 장면이 나온 적이 있다는 걸 깨닫고 당황했다.

어? 거, 거짓말! 잠깐! 지금이 이럴 장면인가!? 갑자기?

그렇게 베시가 허둥지둥하며 혼란스러운 시선을, 자신의 앞에 선 저스틴을 향해 던질 때였다.

"베시."

숨이 막힐 것 같이 낮고, 오싹한 목소리가 그녀의 이름을 불렀다.

그 부름에 베시는 자신의 몸이 긴장 때문에 잔뜩 굳어지는 것을 느꼈다. 저스틴의 숨이 베시의 귓가를 간질이고 있었다.

조금 전까지는 은은하던 꽃향기가 이제는 숨이 막힐 정도로 강렬했다. 그리고 베시를 보는 저스틴의 눈빛은 그 꽃향기보다도 더 무겁고 강렬했다.

베시의 심장 박동 수는 어느새 최고조에 달해 있었다.

전에도 분명 이렇게 가까이서 그의 얼굴을 마주했던 기억이 있었다.

하지만 그때와 지금은 분명히 달랐다.

이제 베시의 안에서는 저스틴은 단지 얄미운 독설을 퍼붓는 기사님이 아니었다. 그리고 아마도 저스틴에게도 베시는 그저 어쩔 수 없이 지켜야만 하는 그런 대상은 아니리라.

'내가 당신을 지키는 것.'

'당신이 좋을 대로. 그리고 당신의 마음이 편한 대로.'

그가 자신에게 속삭였던 말이 선명하게 떠올랐다.

어느새 심장이 제 의지와는 상관없이 뛰고 있었다. 가슴이 멍든 것처럼 쓰리고, 아팠다.

그녀는 그 이유가 저스틴의 눈빛 때문이리라 생각하려 하였다. 그저 한없이 올곧고 진지한 이 눈빛을 마주한다면 누구나 이렇게 되리라.

무엇보다 그 속에서 숨어 있는 칼날 같은 예리함과 기민함은 마치 적의 기습을 눈치챈 기사 같은—

응? 잠깐. 적의 기습을 눈치챈 기사?

그때, 베시는 알아차렸다.

저스틴이 무엇을 말하고 싶은 것처럼, 자연스럽게 어느 수풀 방향 쪽으로 힐끔 시선을 던지고 있다는 것을.

그것을 본 베시는 자신도 모르게 고개를 돌리려고 하였다. 그러나 작은 속삭임이 그것을 저지하였다.

"—고개를 돌리지 마십시오."

눈빛만큼이나 잔뜩 날이 선 그 목소리에 베시의 고개가 그대로 멈추었다. 그것은 분명 평소의 저스틴 하이네가 아니었다.

긴장한 그녀가 짧게 숨을 내쉬며 슬그머니 눈을 아래로 내리깔았다. 그러자 저스틴의 오른손이 조용히 움직이는 모습이 보였다.

그의 손안에 무언가가 들려 있다, 그렇게 베시가 생각한 순간.

저스틴이 움직였다.

휙— 그야말로 전광석화 같은 속도였다. 베시의 눈에는 그의 움직임이 다 보이지도 않았다.

저스틴은 재빠르게 몸을 옆으로 움직이는 것과 동시에 손안에 있던 작은 돌멩이를 수풀 더미를 향해 날려 보냈다.

다음 순간, 탁! 무언가가 부딪치는 작은 소리가 들려왔다.

반응이 있다. 순식간에 칼을 빼 든 저스틴이 수풀 더미를 향해 칼을 휘둘렀다. 단 한순간의 틈도 허용하지 않을 셈이었다.

공기를 세차게 가른 칼끝이 수풀 사이의 빈 공간을 노렸다.

그러나 손끝으로 오는 반응이 없었다.

쯧, 자신도 모르게 혀를 찬 저스틴은 급하게 시야를 가로막는 수풀을 칼끝으로 밀어 버렸다. 그리고 텅 빈 공간을 보고 얼굴을 찌푸렸다.

분명 반응이 있다고 생각했건만, 그가 노린 장소는 텅 비어 있었다.

"……누가 있었어요?"

뒤늦게 베시는 저스틴의 뒤에서 고개를 쏙 내밀었다. 저스틴은 텅 빈 바닥을 노려보며 대답하였다.

"네, 방금 낯선 기척을 느꼈습니다."

"고양이나 그런 거 아니에요? 어제도 이네딧 부인이 이 근처에서 고양이를 보았다고 하던데."

"유감스럽게도 그건 아닐 겁니다."

그렇게 말한 저스틴은 조금 전 자신이 던졌던 돌멩이의 조각을 바닥에서 주워 올려 베시에게 보여주었다.

"갈라져 있습니다."

그의 말대로 조그만 돌멩이는 아주 깔끔하게 두 조각으로 나뉘어 있었다. 그것을 본 베시의 얼굴은 딱딱하게 굳어지고 말았다.

검술에 대한 조예가 깊지 않은 그녀조차 그것이 쉽지 않은 일이라는 걸 알고 있었다.

돌을 향해 칼을 휘두른다면, 자칫 잘못하면 검날만이 상하기에 십상이었다. 하지만 수풀 속에 숨어 있던 이는 단 한순간에, 날아오는 돌을 두 동강 내 버린 것이다.

"기척이 어디로 사라졌는지 알 수 있겠어요?"

저스틴은 잠시 눈을 감고 있다가 천천히 눈을 떴다. 그의 눈에 얼핏 혼란스러운 기색이 스쳐 지나갔다.

그는 은빛 매 기사단의 훈련장이 있는 방향으로 몸을 돌렸다. 아무 말을 하지 않았지만, 베시는 저스틴이 어느 곳을 가리키는 것인지 알아차렸다.

"은빛 매 기사 중에 이런 걸 할 수 있는 사람이 있어요?"

"다른 기사들에 대해서는 잘 모르겠지만, 단장인 밀러 공작이라면 가능합니다. 랜돌프 경도 컨디션이 좋을 때라면, 아마 가능할 겁니다. 그런 이야기를 들은 적이 있습니다."

어라. 그 찌질하고 별 볼 일 없어 보이는 부단장이 이런 고도의 기술을 쓸 수 있단 말이야?

사실 그녀의 머릿속에서 랜돌프 노튼의 이미지는 목청이 우렁차기만 하고, 실력은 보잘것없는 기사였다. 그랬기에 베시는 조금 놀라고 말았다.

하지만 그녀는 곧 고개를 저었다. 비록 자신에게는 랜돌프가 시시하게 보여도 실제로 그가 정말 실력이 없는 자라면 기사단의 부단장이라는 중직을 맡았을 리가 없었다.

"……뭐, 실제로 은빛 매 기사가 제 주변을 캐는 거라면 별걱정 안 해도 될 것 같네요. 저번 협박, 아니 저번 부탁이 유효한지 아직 얌전하니까요."

그게 아니면 조만간 가볍게 협박 한 번 더 해 줘도 될 테고. 베시가 가볍게 내뱉은 말에 저스틴은 얼굴을 찌푸렸다.

"미안하지만, 베시. 내가 지금 신경을 쓰는 건 그들이 아닙니다."

베시는 고개를 갸웃거렸다.

"그럼 무엇 때문인데요?"

저스틴은 은빛 매 기사단의 훈련장이 있는 쪽, 아니 그 너머를 노려보고 있었다.

방금 전 그가 휘두른 검만큼 예리하고 서늘한 눈빛이었다.

"이상합니다."

"그러니까 뭐가요? 대체 뭐가 이상하고, 뭐가 신경 쓰이는 건데요?"

댁 혼자만 알지 말고 말을 좀 해! 베시가 답답해 죽겠다는 것처럼 재촉을 해 대자, 저스틴이 천천히 입을 열었다.

"분명 기척은 저 방향으로 사라지긴 했으나, 방금 그 기척은……."

기사의 것은 아니었다.

만일 그것이 기사의 것이었다면 저스틴이 모를 리가 없었다.

같은 기사단의 기사뿐만이 아니라 다른 기사단의 기사와는 연무 때문에 수없이 검을 부딪혀 왔으니, 그 기척을 그가 모를 리가 없었다.

그러나 방금 전 느낀 기척은 분명 그들의 것이 아닌 낯선 이의 것이었다.

살기도 악의도 없었지만, 심상치 않은 예리함이 담겨 있는 시선.

분명 어젯밤에도 느꼈던 시선과 비슷한 종류의 것이었다.

'역시 어제 일은 착각이 아니었군.'

저스틴은 자신을 멀뚱히 올려다보는 베시를 보았다. 그의 가슴에 불안감이 마르지 않는 샘물처럼 치솟았다. 아무리 그녀가 실력 좋은 마녀여도 갑작스러운 기습에 약하다는 걸, 그는 이미 아주 잘 알고 있었다.

"베시."

"응? 네?"

저스틴을 따라 하려는 것인지 고개를 쭉 빼고 주변을 둘러보던 베시는 반사적으로 두 번 대답을 하였다.

그녀가 왜 그러냐는 얼굴로 저스틴을 보자, 그가 사뭇 진지한 얼굴을 하였다.

"저번에 제가 했던 말 기억하십니까?"

"무슨 말이요?"

당신이랑 내가 대화를 주고받은 게 어디 한두 번이냐며 베시가 고개를 갸웃하였다.

"싫어도 참으라고 했던 것 말입니다."

그 말에 베시는 그제야 아, 하는 얼굴로 고개를 끄덕였다. 분명 저스틴은 그런 말을 한 적이 있었다. 자신이 옆에 있는 게 싫어도 참으라고.

"네, 기억해요. 근데 그게 왜요?"

"한 가지 확인을 하고 싶습니다. 제가 싫습니까?"

"……갑자기 엄청 어려운 걸 물어보네요."

아니, 왜 하필 지금 이 순간 그런 질문을 던지는 거람. 베시는 무어라 대답하면 좋을지 모르겠다며 얼굴을 살짝 찌푸렸다.

저스틴 하이네가 싫으냐며 물으면 딱히 싫은 것 같지는— 않았다.

처음에는 열 받는다고 생각했던 그와의 말다툼은 때로는 적당한 기분 전환이 되기도 하였으니까. 그것을 제외하고 저스틴에게서 트집을 잡을 구석은 딱히—

잠시 생각에 잠겼던 베시는 작게 헛기침을 하였다.

"음. 뭐, 그렇게 싫지는 않고, 조금? 가끔? 되게 얄밉구나, 하는 생각이 드는 정도—"

"그럼 됐습니다. 앞으로 전 당신의 사적인 외출에도 전부 동행하겠습니다."

"그게 갑자기 왜 그렇게 되는 건데요?!"

아니, 지금 당신 질문이랑 내 대답이랑 당신 최종 결론 사이의 연결점이 대체 뭐야? 베시는 기가 막힌다는 얼굴로 저스틴을 바라보았다.

"현재 당신 주변을 맴도는 자가 있는 건 분명합니다. 그러니 상대가 누군지 밝혀낼 때까지는 당신의 안전이 최우선입니다."

저스틴의 말은 매우 지당한 것이었지만, 베시는 밀려오는 갑갑함에 한숨을 내쉬었다. 안 그래도 과하다 싶은 이 남자의 보호가 날이 갈수록 점점 더 심해지는 것만 같았다.

"……만일 내가 몰래 혼자 움직이면 어쩔 건데요?"

그러자 저스틴이 코웃음을 픽 쳤다. 가소롭다는 태도였다.

"술래잡기가 하고 싶은 거라면 기꺼이 응해 드리죠. 대신 당신은 절대 나에게서 도망칠 수 없을 겁니다."

어디 한번 도망쳐 보라는 것처럼 저스틴이 고개를 까닥하였다.

"당신이 어디에 있건, 어디에 숨건 난 반드시 당신을 찾아낼 거니까."

"대단한 자신감이네요."

베시의 빈정거림에 저스틴이 소리 없이 웃었다.

어째서인지 그 웃음은 다정한, 그래서 좀처럼 보기 드문 그런 것이었다.

"이상하게도 당신에 한해서는 내 감이 무척 잘 맞아서."

그렇게 말한 저스틴이 베시를 향해 손을 뻗었다. 그리고 그녀의 머리칼에 붙은 꽃잎 한 장을 손끝으로 툭툭 털어 냈다. 그 손길이 아주 부드러웠다.

저스틴은 그 손길만큼 상냥한 목소리로 말했다.

"답답하고, 불편하리라는 건 압니다. 하지만 당신을 걱정하는 사람들을 생각해서라도 당분간은 참도록 하십시오."

그 말에 문득 떠오르는 얼굴들이 있었다. 후드로 온몸을 감춘 채, 집 주변을 맴돌며 경호 아닌 경호를 하던 오빠 빅터와 자신을 친구라 부르며 반겨 주는 상냥한 세라, 그리고 언제나 걱정 어린 잔소리를 끊임없이 늘어놓는 이네딧 부인.

베시가 잠잠해지자 저스틴은 만족스러운 얼굴을 하였다.

비록 그녀와 알고 지낸 시간이 긴 건 아니지만, 저스틴은 이제 어느 정도 그녀를 다루는 방법을 알고 있었다. 하이네 공작 부인이 그렇듯 다정하고 상냥하게, 그리고 부드럽게.

베시는 명령에는 반발하면서도 부탁에는 약했다.

"……알겠어요. 앞으로 개인적인 일로 움직일 때는 반드시 당신에게 먼저 알릴게요."

한숨처럼 천천히, 베시가 말을 내뱉었다. 이렇게까지 말하는 그에게 싫다고 하는 건 순전히 쓸데없는 고집에 불과했다. 무엇보다 그의 말대로 다른 사람들에게 불필요한 걱정을 끼치고 싶지 않았다.

"좋습니다. 베시."

베시가 고개를 끄덕인 게 기뻤던 저스틴이 그녀의 머리칼을 가볍게 쥐었다. 꽃잎처럼 보드라운 감촉이 그의 손끝을 간질였다. 그는 그것을 입술에 가볍게 대었다. 기사가 단 한 명뿐인 레이디에게 입을 맞추는 것처럼 부드럽게. 다분히 충동적인 행동이었지만, 제 행동이 잘못된 것이라는 생각이 들진 않았다.

"그럼 이제부터는 난 반드시 당신 곁에 있겠습니다."

베시의 귀에 닿은 저스틴의 말이 꽃향기처럼 달았다. 조금 전 느꼈던 두근거림이 다시 한 번, 그녀의 가슴에서 천천히 퍼져 나가기 시작하였다.

내가 왜 이러지.

아까 전, 자신을 벽으로 몰아붙였던 저스틴의 행동이 낯선 이를 방심시키고 자신을 지키기 위함이었다는 걸 그녀는 알고 있었다. 지금 이 순간, 자신에게 이런 스킨십을 하는 것 역시 그에게는 별 의미가 없으리라는 것도 알았다.

그럼에도 불구하고 이상하게도 얼굴에 온몸의 피란 피는 전부 몰리는 것만 같았다.

“이, 이, 이제! 공사 인부들 올 시간 다 되었네요! 가야겠네요!”

저스틴의 손을 탁 쳐낸 베시가 얼른 바닥에 내려놓았던 상자를 챙겼다. 등을 돌린 베시의 귓불이 붉게 물들어있었다. 그것을 본 저스틴이 조금 전 그녀의 머리칼에 키스한 제 입술을 만지작거렸다. 조금 전 감촉을 다시 떠올리는 것만으로도 아찔한 기분이 들었다.

어째서 그런 거지? 무심코 저질러 버린 행동에 대한 이유를 찾는 건 어려운 일이었다. 그저 장미꽃처럼 탐스럽고 부드러운 머리칼에 입을 맞추고 싶다는 생각이 들었고— 그 생각을 행동으로 옮겼을 뿐이었다. 그것 외에 다른 이유가 도저히 떠오르질 않았다.

서서히 입에서 손을 떼던 저스틴의 눈에 문득 돌 하나가 들어왔다.

아까 전, 베시가 작은 장미꽃을 피운 작은 돌이었다.

몸을 숙여 그것을 집어 보니 활짝 핀 여러 송이의 꽃 옆에 아직 완전히 피지 않은 작은 봉오리가 보였다.

단 하나뿐인 꽃봉오리.

그것이 매우 특별하게 보였기에 저스틴은 조심스럽게 돌을 들어 올렸다.

예쁜, 소중한, 특별한, 독점하고 싶은, 사랑스러운, 그리고 지키고 싶은 것. 작은 꽃봉오리는 저스틴에게 여러 가지 감정을 느끼게 만들었다.

"저스틴 군, 뭐해요? 빨리 가요!"

어느새 준비를 다 끝낸 것인지, 베시가 먼저 가겠다며 저만치서 성화였다.

알겠다고 답하며 저스틴은 손에 쥔 돌을 코트 주머니 속에 조심스레 찔러 넣었다. 이유는 모르지만 베시의 마법이 담긴 이 돌을 길바닥에 아무렇게나 내버려 둘 수가 없었다. 저스틴은 주머니 속의 묵직한 돌을 손끝으로 어루만지며 베시의 뒤를 천천히 따랐다.

제 마음이 아직 피지 않은 꽃봉오리와 같다는 걸 깨닫지 못한 채.

〈다음 권에 계속〉